Sous le vent de la liberté

LUMIÈRES D'AMÉRIQUE

Christian Léourier est né en 1948 dans l'est de Paris. Adolescent, il a découvert la science-fiction. Par elle, il a appris à changer de regard. Aujourd'hui, il est chargé de la politique culturelle et de mémoire du ministère de la Défense, et anime une collection de romans pour la jeunesse en coédition avec Nathan, *les Romans de la mémoire*. Il a publié de nombreux ouvrages chez J'ai Lu, Hachette, Gallimard...

Illustration de couverture :
Alexis Lemoine

3, rue Bayard, 75008 Paris
ISBN : 978-2-7470-1082-5
Dépôt légal : novembre 2005

Loi 49-956 du 16 juillet 1949 sur les publications destinées à la jeunesse

Christian Léourier

Sous le vent de la liberté

Lumières d'Amérique

MILLÉZIME
BAYARD JEUNESSE

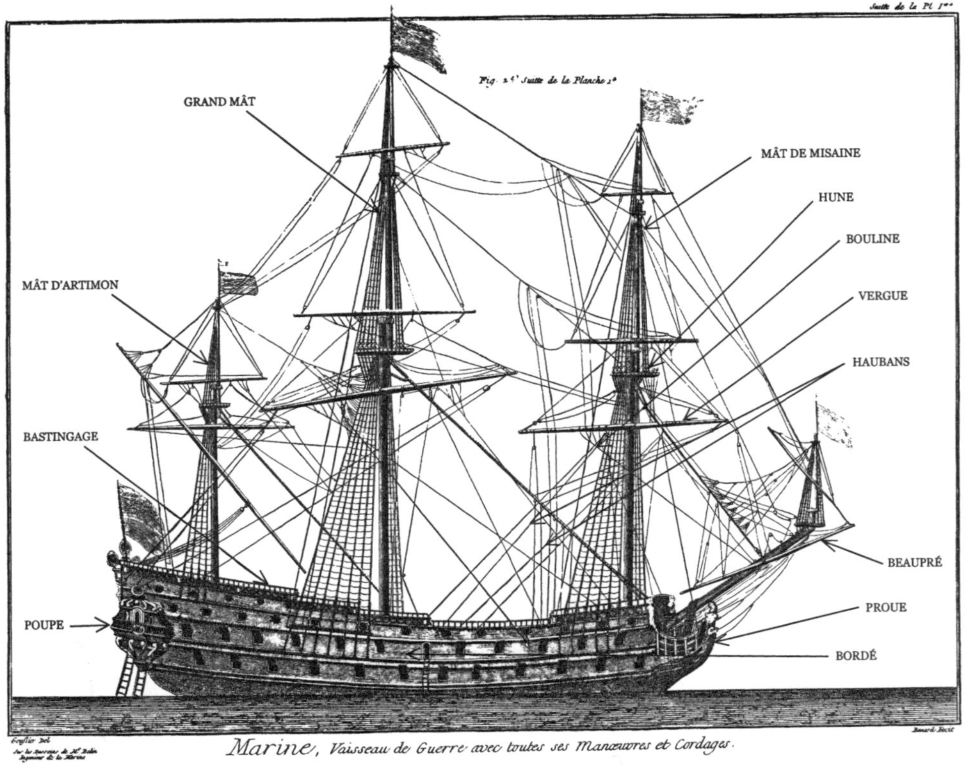

Marine, Vaisseau de Guerre avec toutes ses Manœuvres et Cordages.

Gravure extraite de *L'encyclopédie Diderot et D'Alembert*.

Première partie

La terre des insurgés

Chapitre 1

Le char de l'Ankou

Le manoir de Kervadec ne ressemblait en rien aux gracieuses gentilhommières flanquées d'une chapelle et d'un pigeonnier que, sous le règne de notre roi Louis le seizième, les architectes de Rennes érigeaient au centre de jardins élégants. De son passé de forteresse, il gardait une tour arasée et des murs épais, à peine égayés par les fenêtres à meneaux que la Renaissance y avait percées. La charpente creusait, le toit fuyait en plusieurs endroits et, les nuits de tempête, le vent s'engouffrait par mille fissures dans les galeries. Le blé poussait jusqu'aux abords de la terrasse, plus souvent fréquentée par les poules que par la noblesse des environs. Telle quelle, solitaire et patinée comme un rocher de la lande, cette bâtisse de granit gris, moins exiguë que les fermes alentour mais à peine plus confortable, était bien la tanière qui convenait à mon père, le marquis Armel Hoel de Kervadec.

Si le marquis appartenait à une lignée vénérable, il ne pouvait en revanche tirer orgueil de sa fortune. Ses biens se réduisaient à la demeure ancestrale et aux quelques terres qui l'entouraient. Pourtant, si, comme de nombreux gentilshommes de notre âpre Bretagne, il menait une existence proche de celle que connaissaient les paysans, il le devait autant, voire davantage, à son attachement aux doctrines des philosophes qu'à l'insuffisance de sa fortune. Toute sa vie, il nourrit un rêve : arracher, grâce à l'introduction de nouvelles semences, des moissons abondantes à une terre qui s'en montrait par nature très avare. Pour ses expérimentations, il ne dédaignait pas de pousser lui-même la charrue. Une attitude aussi extravagante de la part d'un aristocrate inspirait de la méfiance à ses voisins, voire du mépris. Tout aussi suspect à leurs yeux paraissait son goût pour la lecture. Sa bibliothèque constituait sa fierté, sa passion, son bastion. Peut-être lui aurait-on pardonné cette manie s'il s'était voué aux ouvrages pieux ou aux auteurs édifiants du Grand Siècle. Mais à Bossuet,

La Bruyère et Fénelon, il préférait Montesquieu, Rousseau, Raynal, voire ces libertins en vogue à Paris, dont on murmurait avec effroi qu'ils raillaient le clergé, malmenaient la morale et se mêlaient de bousculer l'ordre du royaume.

– La première des libertés, proclamait-il, doit être celle d'imprimer !

Ces propos scandalisaient ; il n'en avait cure. Depuis la mort de son épouse, il vivait en ermite, ne supportant auprès de lui qu'un couple de domestiques âgés et moi, son cadet, auquel il entendait communiquer sa foi en l'homme. Car ce solitaire aimait ses semblables à condition de ne pas les fréquenter. Quelquefois, il se levait de son fauteuil afin de déclamer à mon intention un passage de d'Alembert ou un plaidoyer de Diderot. En ces seules occasions, le paisible Armel de Kervadec s'enflammait. Car au quotidien, cet homme débonnaire ne montrait aucun goût pour le maniement des armes et nul ne se souvenait d'avoir vu pendre à sa ceinture l'épée à laquelle ses quartiers de noblesse lui donnaient droit. Cependant, il m'enseigna dès mon plus jeune âge les rudiments de l'escrime, comme il seyait à notre rang. Il m'apprit qu'un gentilhomme, s'il est acculé à devoir défendre sa vie, se fait un point d'honneur de ne jamais toucher son adversaire qu'à la poitrine et que l'élégance du geste est le premier souci du duelliste. J'aimais ses leçons. Mais j'avais appris, en me frottant aux gamins des fermiers, d'autres luttes et d'autres mœurs, moins policées, plus efficaces, et je maniais le penn-baz[1] mieux que l'épée.

J'appréciais d'autant plus notre intimité qu'elle naquit assez tard. Longtemps, en effet, mon père m'était apparu comme un être lointain, fantasque, oscillant entre la mélancolie et l'enthousiasme. J'avais poussé dans les jupes de Melle, la servante. Jusqu'au jour où, levant la tête de ses livres, le marquis découvrit avec consternation qu'il avait pour fils un jeune sauvage hirsute, qui gambadait les pieds nus, n'aimait rien tant que grimper dans les chênes du bosquet, s'exprimait le plus souvent en breton sans savoir épeler le moindre mot de ce jargon, pas plus que du français. Cette découverte l'étonna comme s'il s'éveillait d'un long engourdissement ; de fait, il ne manifestait qu'indifférence pour ce qui

1. Bâton de combat.

l'entourait depuis le jour où son épouse avait perdu la vie en me donnant naissance. Soudain, ce fils auquel il n'avait jamais prêté attention lui apparut comme une chance. De même qu'il cherchait une céréale d'un nouveau genre, de même il voulut voir en cet enfant au front têtu la graine de l'humanité nouvelle dont ses livres prédisaient la venue.

Il s'affirmait libertin et ne perdait pas une occasion de se moquer des prêtres. Pourtant il confia mon éducation au recteur de la paroisse, le père Milon, un homme aussi rond dans ses manières qu'anguleux dans son physique. Ses ouailles attribuaient sa maigreur à une sainte pratique des mortifications, et son prestige s'en trouvait accru auprès d'elles. L'évêque, en revanche, désapprouvait un zèle jugé excessif, surtout chez un prêtre d'origine roturière. Le P. Milon souriait de l'une et l'autre opinion. À l'entendre, sa maigreur tenait simplement à la constitution dont la nature l'avait doté et il aurait pu manger plus que de raison sans grossir d'une once. Je le crois volontiers, bien qu'il n'eût jamais l'occasion de démontrer cet appétit à Kervadec, où la frugalité qui présidait aux repas devait moins à la modération chrétienne qu'à la pauvreté.

Mon père ne perdait aucune occasion de taquiner l'abbé sur quelque contradiction du dogme ; en contrepartie, celui-ci le mettait régulièrement en garde contre l'enfer. Mais ils se ressemblaient trop, d'une certaine manière, pour ne pas s'aimer. Tous deux nourrissaient l'espoir de voir l'humanité atteindre un jour au bonheur. Ils différaient seulement sur le moyen d'y parvenir. L'abbé pensait trouver le chemin dans les Écritures, tandis que mon père accordait sa confiance aux ouvrages des philosophes. Chacun d'eux comptait sur moi pour illustrer ses convictions. Le matin, donc, l'abbé m'invitait à méditer sur les *Actes des Apôtres* et les textes de saint Augustin, mais aussi sur les auteurs grecs et latins, qu'il chérissait par-dessus tout. Le soir, mon père me lisait des passages de Bayle, Helvétius ou Voltaire. Au dernier surtout, il vouait une admiration sans borne.

J'aimais à le rejoindre après dîner dans la bibliothèque, la seule pièce chauffée l'hiver, non pour le confort, mais parce que les livres craignent l'humidité. Mon père possédait les trente-cinq volumes de l'Encyclopédie et les consultait souvent. Tandis qu'il lisait, je laissais mon imagination courir en contemplant les gravures qui les illustraient. Je m'attardais en particulier sur les planches consacrées à la marine, fasciné par le nom étrange des mâts et des gréements. De temps en temps, levant la tête de son livre, mon père m'expliquait comment l'ingéniosité des hommes, venant à bout des tâches les plus ardues, finirait par imposer la justice et la paix sociale. Contrairement à la plupart des gens, il ne redoutait pas le changement ; il usait volontiers, pour le désigner, d'un mot nouveau : le progrès.

Rien ne réjouissait davantage le marquis qu'une lettre de M. de Maulevain, son libraire de Troyes, lui annonçant la dernière livraison d'ouvrages qu'on disait imprimés en Hollande ou à Genève pour tromper la censure. Il n'hésitait jamais à interrompre la leçon du P. Milon pour m'annoncer cet événement, qui précédait souvent la disparition de quelque meuble. Mon précepteur ne se permettait aucun commentaire, mais tendait, impérieux, son interminable index vers le texte posé devant moi : il se méfiait, lui, du changement et n'accordait sa confiance aux livres que lorsque les siècles en avaient consacré la sagesse.

Mon père recevait aussi, de loin en loin, d'autres lettres. J'en devinais l'auteur à la tristesse qui s'emparait alors de son regard. Mon frère Yves était bien plus âgé que moi. Un jour – ma mère était encore de ce monde – il avait pris la mer dans l'intention de faire fortune. Mon père ne tolérait pas d'entendre prononcer son nom ; cela disait assez que mon frère s'était embarqué sans son consentement. J'ignorais quelles affaires Yves brassait au-delà de l'océan. Je tenais un peu rigueur au marquis de son silence. Car, pour l'enfant que j'étais, ce frère mystérieux parti courir sa chance aux Amériques devint bientôt un héros secret. Cela, sans doute, n'était pas étranger à l'attrait que les navires exerçaient sur moi. Je tentais bien, quelquefois, de surprendre une de ces lettres. Mais mon père les enfermait sitôt lues dans un coffret de marqueterie dont lui seul possédait la clé.

Jamais je n'essayai de forcer la serrure de cette cassette, exposée en évidence dans la bibliothèque, tel l'arbre de la connaissance au centre du jardin d'Éden. Je redoutais trop de blesser mon père. Néanmoins, ma curiosité était mise à rude épreuve et j'espérais, comme un chat guette un geste maladroit de la cuisinière, une négligence qui ne vint jamais. À plusieurs reprises, je m'efforçai de soutirer un renseignement au P. Milon. Un jour, excédé par mon insistance, il déclara :

– S'il est de la volonté de Dieu de ramener le fils au père, alors ils se réconcilieront. Même un négrier ne doit pas désespérer de la divine Providence !

Il en profita pour me faire traduire en grec la parabole du fils prodigue. Et, tandis que je m'appliquais à en calligraphier les caractères, je me demandais si mon maître avait proféré une maxime d'ordre général, ou s'il s'agissait d'une allusion au négoce de mon frère.

Aux environs de 1775, le marquis s'enticha des colons de l'Amérique du Nord, entrés en rébellion contre le roi d'Angleterre. Selon lui, les *Insurgents* – ainsi les nommait-on – jetaient les bases d'une société idéale, fonctionnant selon les principes d'égalité et de fraternité préconisés par les philosophes des Lumières [1]. Le monde, instruit par l'exemple de ces précurseurs auxquels il prêtait toutes les vertus

---

1. Courant de pensée né à la fin du XVIIe siècle, commun à toute l'Europe. Plaçant l'homme au centre de leurs réflexions, les philosophes des Lumières considèrent que l'expérience et le raisonnement sont les seules sources de la connaissance, condamnent l'intolérance, préconisent une organisation sociale fondée sur l'utilité et préfèrent le parlementarisme à la monarchie absolue.

des Romains de la République, ne tarderait pas à connaître un nouvel âge d'or.

– Tu verras, prédisait-il, les *Insurgents* lèveront la torche qui éclairera tous les hommes.

Il n'excluait d'ailleurs pas les Anglais de ce partage car, contrairement à l'opinion répandue en Bretagne, mon père éprouvait de l'estime pour un peuple qui, malgré une désagréable tendance à chercher querelle aux Français, n'en avait pas moins accueilli Voltaire quand celui-ci risquait la Bastille, et dont de nombreux philosophes louaient les institutions politiques.

Il éprouva une grande joie en apprenant qu'un jeune enthousiaste, le marquis de La Fayette, s'était engagé aux côtés des *Insurgents*, malgré l'opposition du roi, que les idées avancées des Américains effarouchaient. Il n'alla cependant pas jusqu'à suivre son exemple. Mon père, je l'ai dit, n'avait rien d'un guerrier. Il se contenta de caresser l'idée de traverser l'océan pour participer à la construction de ce pays qui rejetait la tyrannie.

Peut-être aurait-il fini par s'embarquer, si la Providence n'en avait décidé autrement.

Le marquis Armel Hoel de Kervadec mourut comme il avait vécu, en paysan. Ce triste événement, qui allait tant infléchir ma destinée, intervint passé l'Assomption de l'an 1780, au terme d'un après-midi alourdi par l'orage. Épuisés d'avoir moissonné par une chaleur caniculaire, les paysans profitaient de quelques jours de répit. Dès le matin, le ciel avait pesé sur les chaumes avec un éclat métallique. Dans les écuries, les bêtes s'agitaient sous la piqûre des taons. Les hommes guettaient les nuages poussés par le vent de la mer. Vers cinq heures, enfin, ils crevèrent. Nous avions tant attendu un peu de fraîcheur, l'air était si moite, que j'entendis avec soulagement les premières gouttes s'écraser dans la poussière. Puis la pluie se mit à tomber en trombes. Il faisait pour ainsi dire nuit, ce qui rendait plus sublime encore le spectacle des éclairs tendus entre le ciel et la lande. Soudain, un coup de tonnerre plus terrible que les autres fit trembler les hauts murs de Kervadec. Mû par quelque pressentiment, mon père courut à la fenêtre et l'ouvrit, au mépris de la pluie qui pénétrait à flots dans la pièce. Il étouffa un juron et se précipita au-dehors. J'aperçus une colonne de fumée, au-delà du bosquet qui bornait le parc : la foudre avait touché la Croix Saint-Blaise, la plus grosse métairie du domaine. Je me précipitai à mon tour. Mon père ayant emprunté notre unique cheval, je dus courir jusqu'à la ferme. Fort opportunément, la pluie cessa : l'orage, ayant frappé, s'en allait porter ailleurs sa colère.

L'éclair avait crevé le toit de la grange, enflammé la moisson. Quand j'arrivai à la métairie, mon père dirigeait la lutte contre l'incendie. Derrière lui, le métayer Le Bihan et sa famille formaient une chaîne. Tout ce qui pouvait contenir de l'eau : seaux, seilles, écuelles même, était mobilisé. Cette tentative me parut dérisoire : que pouvaient quelques pintes de liquide contre la fureur du brasier ?

Par bonheur, la foudre avait épargné la maisonnette des Le Bihan. Mais la perte de la grange ne les éprouvait guère moins. Ils étaient trop pauvres pour la reconstruire. Désormais il leur faudrait, comme leurs voisins, se contenter de couvrir les meules avec de la terre pour les protéger de la pluie. Mais au fait, quelles meules ? Une année de labeur partait en cendres. Voilà pourquoi ils s'acharnaient contre toute raison, et mon père le premier. Il se tenait si près des flammes que la fumée, par moments, le cachait à ma vue. Je pris place dans la chaîne. L'aîné des fils Le Bihan et l'une des brus puisaient l'eau avec tant d'énergie que les seaux volaient de main en main sans jamais s'arrêter. L'aïeul, tout perclus qu'il était, me passait le seau, que je donnais à mon tour au Taiseux, un garçon de mon âge qui avait été mon compagnon de jeux dans mon enfance. L'esprit épais, il ne parlait guère. Cela lui avait valu son sobriquet ; nul ne se souvenait de son vrai nom, Perig. On appréciait surtout son ardeur au travail, car le gaillard, taillé en hercule, valait un attelage. Ce soir, il fixait sur le brasier son regard buté, balançant son corps dans le geste régulier du faucheur, insensible au poids des seaux.

Je ne possédais pas sa vigueur : bientôt l'échine et les bras me firent mal. Je me demandais comment le grand-père supportait un effort aussi soutenu.

Soudain un mur céda. La bâtisse tout entière bascula et ce qui restait de la charpente s'écroula en projetant une immense gerbe d'étincelles. La paille enflammée se répandit, vomie par le bâtiment effondré. Les paysans se figèrent. Quelques-uns laissèrent rouler leur seau à terre.

Le Bihan se précipita vers le brasier en hurlant :

– Monsieur le marquis !

Alerté par la détresse de sa voix, je me ruai à mon tour.

Mon père, coincé sous un madrier tout fumant, avait perdu connaissance. Je me jetai sur la poutre brûlante, la poussai de toutes mes forces, sans grand succès jusqu'à ce que le Taiseux vînt me prêter main-forte. À deux, nous la soulevâmes assez haut pour permettre à Le Bihan de dégager le blessé.

Il était méconnaissable, la peau noircie, craquelée. Néanmoins il respirait encore.

– Faut prévenir le recteur ! décida Le Bihan.

Ces paroles sonnèrent comme un glas. Je me révoltai :

– Non, attends ! Ramenons-le à Kervadec.

Le Bihan, se rappelant à temps sa condition et la mienne, se retint de soulever une objection.

– Comme vous voudrez, Monsieur Jean. Taiseux ! Attelle la charrette.

Puis, tandis que Perig se dirigeait vers la remise, il insista :

– Sauf votre respect, Monsieur Jean. Ça n'empêche qu'on devrait appeler le recteur.

La plus jeune de ses filles s'en chargea. Je ne la retins pas.

– C'est pitié, murmura Le Bihan. Le Bon Dieu sait ce qu'il fait et on n'a pas à juger, nous autres. Mais tout de même, c'est pitié.

Pensait-il à mon père ou à la récolte qui achevait de se consumer dans les décombres de la grange ?

Pendant tout le trajet, je m'agrippai à la ridelle. Le grincement des roues sur les pierres du chemin, c'était, je le jure, le bruit sinistre du char de l'Ankou[1]. Plus jamais je n'ai entendu passer une charrette sans songer à cette funeste soirée.

Sitôt prévenu, l'abbé Milon accourut. Un peu médecin, comme tous les prêtres, il prépara une décoction de pavot pour calmer la douleur du blessé. Il ne pouvait faire davantage.

L'agonie de mon père dura trois jours. Le manoir ne désemplit pas. Les paysans se relayaient au chevet de leur maître. La plupart pénétraient pour la première fois dans ses appartements. L'austérité des lieux les surprenait, les décevait peut-être. Ils n'imaginaient pas ainsi le château, comme ils disaient en parlant de Kervadec. Mon père se réjouissait de leur présence. Il se savait au terme de son existence ; cependant, les rares fois où il ouvrit la bouche, ce ne fut pas pour se plaindre mais pour s'inquiéter de la récolte et des dégâts provoqués par l'orage.

1. La Mort, dans la tradition bretonne.

Il me demanda aussi d'avertir ma tante, Mme de Rivelen. Le marquis, en effet, avait une sœur. Je ne la connaissais pas. À quinze ans, elle avait épousé un négociant brestois qui avait largement dépassé la quarantaine, M. Combray. Il n'entrait pas d'amour dans cette union. En récompense de vingt années au service de la Chambre des Comptes de Brest, le roi avait anobli ce prospère commerçant. Au nom de Combray, le bourgeois ajouta celui, tombé en déshérence, de Rivelen. Mais il avait besoin de donner un peu de crédibilité à cette dignité toute neuve qui, pensait-il, l'aiderait dans ses affaires. Louise de Kervadec était pauvre, mais armoriée. Il l'épousa. Mon père parlait de cet arrangement avec irritation. Car souhaiter l'égalité entre tous les hommes ne l'empêchait pas de condamner cette mésalliance, à la rigueur admissible pour une fille de la noblesse de robe, mais indigne d'une lignée remontant au temps de Nominoë[1].

Devant le lit du moribond, je mesurais combien le destin de notre famille était étrange. Je n'avais jamais connu mes grands-parents. Ma mère était morte en

1. Comte de Vannes, il étendit son autorité à toute la Bretagne ; son fils Erispoë devint le premier roi de Bretagne (IXe siècle).

me donnant le jour. Je ne me souvenais pas d'avoir vu ensemble mon père et sa sœur. Et un océan me séparait de mon frère.

À l'aube de ma quinzième année, je me retrouverais bientôt seul.

Chapitre 2

M. Combray de Rivelen

M. Le Dantec arriva dès le lendemain de l'accident en compagnie de sa femme et de sa fille. Avec beaucoup de chaleur, il m'assura de sa sympathie, tout en évoquant mon père dans des termes touchants. Je lui en sus gré. Je ne voyais d'autre motif à sa visite que son amitié pour le blessé, sans même m'offusquer de sa hâte à en parler comme si celui-ci avait déjà rendu son âme à Dieu.

Maxime Le Dantec était un homme petit, replet, chauve, à la lèvre et aux joues pendantes, au nez proéminent, à l'œil porcin. Sa fille avait heureusement hérité des traits harmonieux et de la finesse d'esprit de sa mère. Elle comptait deux ans de plus que moi. En sa présence, je faisais généralement piètre figure. Ses yeux bleus, ses cheveux blonds ramenés en de sages bandeaux qui encadraient l'ovale harmonieux de son visage, ses lèvres petites et mutines me troublaient au point de me rendre gauche. Je la connaissais pourtant depuis longtemps. Mon père et le sien étaient en affaires, comme on dit : cela signifiait qu'au fil des années M. Le Dantec avait acheté plusieurs parcelles du domaine, et non les moins bien placées. Sa fille l'accompagnait parfois dans ses visites.

Elle se nommait Maria. Est-il un prénom plus doux que celui-là ?

Dans ce jour où le malheur frappait Kervadec, sa présence m'était un baume précieux. M. Le Dantec me parlait de mon avenir, des difficultés que j'aurais à entretenir le domaine, des dettes de mon père qui grevaient mon futur héritage. J'observais Maria à la dérobée et je ne songeais pas à m'indigner de tels propos, pour le moins prématurés.

– Dans tous les cas, Monsieur Jean, dit-il en posant la main sur mon genou avec une familiarité qui ne me heurta même pas, je vous le dis tout rond. J'étais l'ami de votre père, je veux être le vôtre. « Bon chien chasse de race », n'est-il pas vrai ? Nous nous entendrons toujours, vous pouvez compter sur moi.

Et pour me prouver la sincérité de ses paroles, il revint le lendemain. Seul, hélas.

La pluie estompait les arbres du bosquet. Elle avait commencé l'avant-veille, à l'aube, au moment précis où mon père était mort au terme d'une nuit de délire. Depuis, les paysans défilaient en silence devant sa dépouille. Melle, la vieille servante, reniflait son chagrin. Le P. Milon priait, aussi pâle que le mort.

Vers dix heures, un homme entra dans le salon d'honneur en secouant son manteau ruisselant. La noirceur de ses yeux, enfoncés sous un sourcil charbonneux, ses lèvres minces figées dans une moue méprisante, durcissaient son visage. J'éprouvais immédiatement une vive antipathie pour ce personnage ; elle se mua en exaspération quand je le vis se comporter en maître avec les paysans qui encombraient la salle.

– Pourquoi n'allume-t-on pas de feu ? s'écria-t-il en se laissant tomber dans le fauteuil préféré de mon père. Avec cette pluie, il ferait bon se sécher !

Puis, se tournant vers moi, il m'écrasa d'un regard sans indulgence :

– Ainsi, voilà mon neveu !

Je fis de cette façon la connaissance de M. Combray de Rivelen et compris aussitôt pourquoi mon père ne fréquentait guère l'époux de sa sœur.

Il observait la demeure avec le regard d'un huissier dressant un inventaire. À l'évidence, la rareté du mobilier le consternait. Il n'avait pas demandé à voir son beau-frère. Je dis, d'une voix aussi glaciale que possible :

– Monsieur, mon père sera bientôt mis en bière.

– J'ai entendu le glas, en arrivant.

Il se radoucit soudain, mesurant sans doute combien son attitude pouvait me froisser. Ou bien son regard avait-il croisé celui du P. Milon ?

– Beaucoup de choses nous séparaient, le marquis et moi. J'ignore ce qu'il vous a raconté à mon sujet.

Bien peu, à vrai dire. Le lui révéler ne me parut pas assez blessant. Je me tus, laissant par ce silence supposer davantage. Il reprit :

– Nous n'avions pas les mêmes idées, Dieu merci. Votre pauvre père s'était laissé troubler la cervelle par la lecture des Encyclopédistes et autres Physiocrates[1] ;

---

1. Ces économistes du XVIIIe siècle préconisaient le libéralisme pour développer l'agriculture, présentée comme la source de toute richesse. Leur doctrine, développée par Quesnay, a été exposée en 1768 par Pierre Dupont dans son ouvrage, la *Physiocratie*, d'où le nom qui les désigne.

j'espère qu'il ne vous a pas chamboulé l'esprit avec leurs propos diaboliques.

Il quêta une approbation du côté de l'abbé, mais celui-ci regardait ostensiblement dans une autre direction. S'il n'approuvait pas les idées de mon père, il jugeait indécent qu'on les désavouât aujourd'hui.

– Enfin, il n'est pas trop tard, bougonna M. Combray. Nous veillerons à vous donner une éducation de chrétien, fidèle à son roi et à l'Église.

– Le Père Milon s'en est chargé ! affirmai-je, me dressant de toute ma hauteur avec l'arrogance d'un jeune coq.

Il se leva, avec une agilité inattendue chez un homme dont l'aspect évoquait déjà le vieillard – et, de fait, il frisait la soixantaine. La fureur décomposait ses traits. Homme pressé, il ne supportait pas la contradiction. L'arrivée des Le Dantec endigua le flot de sa colère.

Maxime Le Dantec se précipita vers moi, m'attrapa les deux mains et les secoua en appuyant ce geste de sympathie d'un regard où se lisait tout le chagrin du monde. Il avait les paupières rouges et les traits défaits.

Pendant ce temps, son épouse recevait les hommages de M. Combray et présentait ses respects au

P. Milon. Elle se comportait déjà en châtelaine mais, de cela, je ne m'en avisai que plus tard. Quand son mari consentit enfin à me lâcher les mains, elle se tourna vers moi.

– Maria voulait venir, dit-elle. Je le lui ai interdit. Cette petite est si sensible ! Mais croyez, Monsieur le Marquis, que j'ai dû discuter ferme et même un peu me fâcher.

C'était la deuxième fois qu'on me donnait du Marquis : un paysan avait commis la même erreur, oubliant que le titre revenait à mon frère aîné. Cependant, je ne songeais pas à la reprendre. Elle avait prononcé le nom de Maria : mes idées s'embrouillaient et je devenais sot.

Le grincement des roues devant le seuil m'annonça le corbillard.

La famille avait comme il se doit sa place réservée dans l'enclos paroissial du village. Tous nos gens attendaient. Au passage du cercueil, les hommes baissaient leur chapeau et les femmes se signaient. Pendant l'office, mon oncle pria fort dévotement.

J'espérais le voir reprendre la route après les obsèques. Il n'en fut rien. D'une façon plus surprenante, les Le Dantec s'attardèrent également à l'entrée du cimetière. M. Le Dantec et mon oncle tinrent ensemble un long conciliabule. De temps en temps, ils regardaient dans ma direction. Le Dantec détournait son regard quand il croisait le mien. Puis mon oncle m'invita à le rejoindre dans sa voiture pour regagner le manoir.

Dans l'après-midi, le notaire arriva à Kervadec. Il montait une vieille jument blanche, si cagneuse que c'était miracle que ses genoux ne se heurtassent pas quand elle marchait. Le seul mérite de cette bête squelettique était sans doute de ne pas avoir coûté cher à son acheteur.

Le notaire connaissait bien le chemin : mon père avait eu recours à lui à maintes reprises, pour vendre des parcelles du domaine. Tant que cet homme au teint jaune, vêtu été comme hiver d'un de ces manteaux à la mode d'Angleterre qu'on appelle redingote, traversait la cour, le chien tirait sur sa chaîne en vociférant. Je m'en défiais également, par instinct plus que par raison, car, n'ayant jamais assisté à l'un de ses entretiens avec mon père – dans ces occasions, celui-ci s'arrangeait toujours pour m'éloigner –, je n'avais pas lieu de le croire plus malhonnête qu'il n'est d'usage dans sa profession. Mais tout, dans ses manières à la fois obséquieuses et suffisantes, me déplaisait. Je trouvais grossier qu'il se présentât aussi tôt pour régler la succession. Je m'apprêtais à lui exprimer ma façon de penser, mais il m'ignora, réservant sa déférence exagérée à M. Combray. Je m'approchai. Non seulement mon oncle ne me chassa pas, mais il m'accueillit avec un sourire, si on peut appeler ainsi l'étirement de ses lèvres qui réduisait sa bouche à une simple fente.

– Maître Boldu, ici présent, était chargé des affaires de votre père. Vous êtes mineur. Notre parenté me désigne comme votre tuteur. D'ailleurs, je suis votre seule famille. Vous préparerez votre bagage. Si j'en juge par ce que je vois, il sera tôt fait.

– Mon bagage ? feignis-je de m'étonner.

– Je vous emmène à Brest. Votre tante a beaucoup insisté sur ce point.

Je me raidis :

– Je vous sais gré, mon oncle, de vous soucier de moi. Mais si à quinze ans on est mineur, on n'est plus un enfant et j'entends demeurer à Kervadec. D'ailleurs, il n'est pas exact que vous soyez ma seule famille : j'ai un frère.

– Certes, je n'aurais garde de l'oublier, approuva-t-il avec un empressement suspect. Et je vais m'efforcer de l'avertir du décès de son père. Mais cela ne sera pas aisé. Depuis combien d'années n'a-t-il pas donné de ses nouvelles ?

Il était fort bien renseigné, pour un homme que nous ne fréquentions pas.

– Les Amériques ne sont pas sûres, poursuivit-il. Pleines de sauvages, de marécages où l'on attrape la fièvre. Sans parler de l'océan et des Anglais. S'il revient jamais, nous aviserons. D'ici là...

– Je l'attendrai ici !

Il soupira, jeta vers le notaire un regard où se lisait l'accablement. J'avais déjà vu cette expression désolée sur les traits de Le Bihan quand, après avoir cassé son bâton sur le dos de son âne, il constatait que l'animal n'avait pas progressé d'un pouce.

– On dirait, mon enfant, que vous ignorez dans quelle déconfiture se trouve votre bien. Au lieu d'étudier les théories abstraites des économistes et chercher je ne sais quel miracle agricole, votre pauvre père eût été mieux avisé de gérer ses affaires avec plus de discernement. Les rares parcelles du domaine qui n'ont pas été vendues sont couvertes d'hypothèques, tout comme le logis. Je ne puis me mettre en charge de ces dettes. Fort heureusement, le principal créancier a la bonne grâce, en attendant le règlement de la succession, de ne pas exiger le remboursement de traites échues depuis longtemps. À condition, bien entendu, de jouir immédiatement du manoir.

– Le principal créancier ?

– Monsieur Le Dantec.

Ce coup m'anéantit. Je me laissai choir sur une chaise, la poitrine oppressée.

Pendant ce temps, le notaire sortait d'une sacoche de cuir aussi usée que sa redingote un acte auquel il ne manquait plus que la signature de mon tuteur. Celle de Le Dantec y figurait déjà. Maître Boldu plongea de nouveau la main dans son nécessaire, pour en extraire une plume et un minuscule encrier d'argent. La plume grinça, sinistre, quand mon oncle apposa son paraphe au pied du document.

– Voilà qui est réglé, dit-il. Préparez-vous. Nous devons arriver avant la retraite [1].

À peine toucha-t-il au repas qu'avait préparé Melle : il était trop pressé. Je ne fis pas davantage honneur aux talents de la vieille cuisinière, mais pour une

1. Sonnerie de cloches qui annonçait la fermeture des portes d'une ville.

autre raison : j'avais la gorge trop nouée pour avaler le moindre morceau.

Je redoutais de quitter Melle. À juste titre. La pauvre femme m'avait élevé. Mon départ lui brisait le cœur.

– Je reviendrai bientôt, lui dis-je, bien persuadé de tenir ma promesse.

Cela n'étancha pas ses larmes. Son mari, Jakez, se laissait lui aussi aller à pleurer. Je me devais de montrer l'exemple de la fermeté. Je n'y parvins qu'en m'astreignant au silence. À la moindre parole, j'aurais à mon tour éclaté en sanglots.

Sur le perron, je tombai sur Le Bihan, venu me faire ses adieux. Il portait encore sa tenue du dimanche, revêtue pour les obsèques. Ses doigts courts tripotaient les rubans de son chapeau.

– Sauf votre respect, Monsieur Jean. On dit que le nouveau propriétaire est riche. Croyez-vous qu'il reconstruira ma grange ?

Les nouvelles couraient vite, sur la lande !

– Que me chantes-tu, avec ton nouveau propriétaire ? le rabrouai-je. Jusqu'à preuve du contraire, Kervadec appartient aux Kervadec !

Je lui en voulais, injustement sans doute, d'oublier en quelles circonstances son maître avait trouvé la mort.

– Eh bien, venez-vous ? s'impatientait mon oncle, depuis sa voiture, tandis que son cocher chargeait mon maigre bagage.

Je gardai les yeux fixés sur le chemin, droit devant moi, tandis que dans mon dos s'éloignait la lourde bâtisse de granit.

– Nous arrêterons-nous au village, mon oncle ? J'aimerais prendre congé du P. Milon.

Cela le contrariait. Il ne pardonnait pas à mon précepteur de ne pas l'avoir soutenu. Mais, par respect envers sa soutane, il n'osa pas me refuser ce que je lui demandais. Hélas, l'abbé n'était pas dans sa cure. Je lui laissai un message, désespéré de ne pouvoir lui confier mon désarroi. Lui seul aurait su me conseiller d'une manière à la fois avisée et désintéressée. Car les autres, j'en étais convaincu, avaient conspiré pour me dépouiller. Tout s'était passé si vite : comment douter que mon oncle et Le Dantec se fussent depuis longtemps mis d'accord ? Mon frère au diable vauvert, moi mineur, Le Dantec pouvait impunément se pavaner à Kervadec, si Combray l'y autorisait. Combien avait-il touché pour cette trahison ? Tandis que la voiture cahotait sur la lande, je savourai l'amertume d'imaginer une vengeance qui emporterait dans une même tourmente mon oncle et Le Dantec.

Cela ne m'empêchait pas de me sentir le cœur vague en songeant aux yeux de Maria. Pour moi, aucun doute : on l'avait tenue à l'écart de la machination dirigée contre mes intérêts. Sinon, elle l'aurait dénoncée.

Mais quand la reverrais-je ?

Chapitre 3

Les nouveaux maîtres

« Brest ! » Dans nos campagnes, on ne prononçait pas ce nom sans réticence – ou sans une secrète envie. Aux yeux de nos pieux paysans, Brest apparaissait comme une cité de débauche, dans les rues de laquelle le diable entraînait en sarabande les soldats et les filles perdues. Aussi, elle était trop près de l'océan. Pour un paysan de la lande, la mer, c'est la mort. Pour ma part, malgré le désagrément que j'éprouvais à voyager auprès de mon taciturne parent, je ressentais une certaine excitation à l'approche de la ville. Bien qu'elle se trouvât à moins d'une demi-journée de Kervadec, je n'y avais encore jamais mis les pieds.

De ce côté-ci de la rivière Penfeld, une seule issue, la porte de Landerneau, perçait le rempart. Quoique la Grande Rue fût large, comparée aux boyaux qui débouchaient sur elle, la voiture progressait avec peine à cause de son encombrement. Le cri des charretiers, le hennissement des mules, le trot des chevaux montés par les dragons de la garnison, la foule des paysans venus vendre aux gens de la ville, qui un panier de légumes, qui une poule encore caquetant, tout cela m'étourdissait. Plus de vingt mille habitants, sans compter les soldats, s'entassaient dans l'espace étroit cerné par son enceinte. Moi qui n'aimais rien tant que les longues chevauchées dans la lande déserte, je contemplais cette bousculade avec un ahurissement incrédule, un peu craintif.

Mon oncle, négociant fortuné, logeait près du Quai Marchand. Le spectacle des navires qui se pressaient dans le port me stupéfia. Enfin, je les voyais en vrai, ces bâtiments que j'avais si souvent imaginés, plus énormes que dans mes rêves les plus fous ! Et combien nombreux ! Une forêt de mâts se dressait, plus haute que le clocher de mon village. Il flottait sur elle une odeur nouvelle pour moi : les effluves de l'océan, le remugle du goudron fondu par les calfats[1], la fumée des braseros où les ferronniers mettaient à

1. On trouvera en fin de volume un glossaire des termes de marine.

rougir leurs instruments. Je l'avoue : cette puanteur me séduisit. Peut-être parce qu'elle se mêlait aux parfums délicieux échappés des ballots qui, déchargés par une armée de portefaix, s'entassaient sur les quais. Les matelots s'interpellaient. Des coups de sifflet ponctuaient les manœuvres. Partout résonnaient le fracas des masses, le grincement des poulies, les aboiements des gradés. De l'arsenal provenait une rumeur incessante qui témoignait d'une activité intense. Les goélands lançaient en volant leur cri geignard. Malgré tout, on finissait par distinguer un autre bruit, plus subtil, qui était le battement de cœur de cette ville : le clapotis des vagues frappant les coques.

M. Combray habitait une maison cossue et grise. Un office en occupait le rez-de-chaussée. Pour le traverser, nous descendîmes de voiture non pas dans la cour, mais dans la rue, au mépris des bons usages. Le silence affairé qui régnait en ce lieu offrait un saisissant contraste avec le vacarme du quai. Des greffiers alignés derrière de hauts pupitres se penchaient sur de lourds registres. Je savais le négoce de mon oncle prospère – un simple regard sur la voiture et la livrée de son cocher m'avait renseigné sur ce point. Mais à voir tous ses commis aligner des colonnes de chiffres, je mesurai à quel prix Louise de Kervadec avait vendu ses quartiers de noblesse.

Des registres reliés de toile noire ou bleue couvraient entièrement les murs de l'étude. Seule décoration de ce temple tout entier consacré au commerce, le modèle en réduction d'un voilier trônait en son centre. Rien n'y manquait. Le moindre cordage, la plus petite pièce de l'accastillage figuraient. Les voiles étaient roulées sous leurs vergues, sans doute pour permettre de distinguer le détail des mâts et des haubans. Mon oncle remarqua la fascination qu'exerçait sur moi ce véritable objet d'art.

– La *Belle-Louise*, annonça-t-il avec orgueil.

Par galanterie, il avait donné au fleuron de sa flotte le nom de son épouse.

Ma tante... Je ne l'avais jamais vue, et quand mon père en parlait – rarement – il évoquait une petite fille. Je me retrouvai face à une femme habillée de noir, l'œil scrutateur, encore jeune, certes, mais qui serait bientôt sèche. Comparée à son accueil, la conversation de son bourgeois de mari avait été cordiale. Elle m'examina de bas en haut et commenta cet examen par un soupir.

– Mon pauvre ami, dit-elle en s'adressant à son époux, voilà un fier parent ! Il faut au plus tôt lui faire tailler un habit décent. Ah ! vraiment, mon frère a été bien inspiré de mourir si tôt. Aussi, a-t-on idée de se mélanger aux paysans !

Piqué au vif, je répliquai :

– Il suffisait, Madame, de me laisser la jouissance de mon domaine. Ainsi je n'aurais pas été à votre charge.

Elle sursauta, offusquée. Imaginait-elle que je venais chez elle pétri de reconnaissance et d'humilité ?

– La bonne idée, en vérité ! Qui aurait pourvu aux intérêts des emprunts ? D'ailleurs, il ne convient pas qu'un Kervadec passe pour un gueux. Il suffisait bien de mon pauvre frère, que sa marotte a conduit à tâter de la charrue. Paix à son âme, ajouta-t-elle en dessinant un rapide signe de croix sur sa poitrine maigre.

Je soupçonnais mes parents d'avoir agi par intérêt. Ma tante me dévoilait un autre motif, au moins aussi puissant : en m'éloignant de Kervadec, elle espérait mettre une sourdine au scandale qu'avait suscité le comportement de mon père. Son époux, naturellement moins attaché à la respectabilité de mon nom, tenta de la modérer en arguant qu'il ne convenait pas d'engager de gros frais pour la toilette d'un futur séminariste.

À ce mot, la terre se déroba sous mes pieds. Quoi ! Non content de m'arracher à Kervadec, ce bourgeois entendait faire de moi un prêtre ! Je compris immédiatement pourquoi : en entrant dans les ordres, je renoncerais à mes biens, le mettant ainsi à l'abri de toute réclamation.

Mais s'il croyait manœuvrer un Kervadec par un procédé aussi grossier, il courait au-devant d'une grande déception !

Cette nuit-là, je ne pus trouver le sommeil, l'esprit torturé par une multitude de projets plus irréalisables les uns que les autres. Au matin, ma décision était prise. Tous les cadets de Bretagne, même s'ils ne sont pas très versés dans les choses de la loi, savent que seul l'aîné, celui-là même qui hérite du titre, du domaine et des archives familiales, peut saisir la justice du roi en matière de succession. Si je voulais chasser Le Dantec du manoir et dénoncer les abus de mon oncle, il me fallait provoquer le retour d'Yves au plus tôt.

Un peu avant l'aube, je me glissai dans l'écurie. Avec mille précautions, je sellai un cheval. Je franchis le seuil en le tirant par la bride, inquiet d'entendre le portier donner l'alerte. Mais, soit qu'il dormît encore, soit qu'il ne se méfiât pas du neveu de son maître, il ne se manifesta pas. Sitôt le rempart franchi, je pris le galop. Le trajet de Kervadec à Brest m'avait paru interminable quand je l'avais parcouru au côté de mon oncle. En sens inverse, il me sembla plus court. Craignant que, mon forfait découvert, M. Combray ne lançât ses gens à ma poursuite, je ne m'autorisai aucun arrêt, au risque de crever le cheval sous moi. Ma monture, un alezan brûlé, plus habitué à l'attelage qu'à de telles équipées, n'était pas un coursier de premier ordre. Néanmoins sa nature généreuse trouvait à s'exprimer et la pauvre bête supporta sans broncher le train d'enfer que je lui imposais.

Enfin, j'aperçus la silhouette familière de notre clocher. Un chien aboya quand j'abordai le village ; son appel fut repris de niche en niche. Je me précipitai le cœur battant vers le presbytère. Le verrou n'était pas tiré ; il ne l'était jamais. Quand le P. Milon m'aperçut, il m'ouvrit les bras et nous restâmes enlacés un long moment. Il paraissait aussi ému de me revoir que je l'étais moi-même, comme si nous nous étions quittés depuis une éternité. Je crois que nous pleurions un peu.

Je lui racontai l'accueil que m'avait réservé ma parentèle et les projets qu'elle nourrissait.

– Le séminaire ? Trouves-tu donc si terrible de revêtir la soutane ? me taquina l'abbé. Tu ferais, ma foi, un élégant recteur. Mais ce serait sans doute un bien mauvais tour à jouer à ton bonhomme de père.

– Dites-moi que faire ! l'implorai-je.

– Tout vient à point à qui sait attendre, énonça-t-il, usant d'un de ces proverbes dont il ne se montrait jamais avare. Entrer au séminaire ne signifie pas prononcer ses vœux. Patiente. Au moins, tu en sortiras instruit.

– Mais que m'y apprendra-t-on, que vous ne m'ayez déjà enseigné ?

L'abbé secoua la tête en souriant avec indulgence.

– Yann, dit-il en employant mon prénom breton, celui de l'affection, tu cherches à me flatter, ce n'est pas bien. Tu sais pourtant que tu n'as pas besoin de cela pour obtenir mon aide.

– Pourquoi ne pouvais-je rester au manoir ?

– Tu poses une question dont tu connais la réponse : tu es mineur. En l'absence de ton frère aîné, c'est à ton oncle, ton plus proche parent, qu'il revient de gérer tes biens. Ton frère et toi héritez du domaine. Mais ton père avait contracté de gros emprunts…

– Je sais cela. Nous rembourserons.

– Avec quoi ? Ton oncle n'a pas menti : Kervadec est couvert d'hypothèques. Ton père me l'avait dit. Tu sais ce que cela signifie : si vous ne pouvez payer vos dettes, le domaine sera vendu.

– Le pourceau Le Dantec s'est mis d'accord avec le corbeau brestois ! Entre bourgeois...

– Ne sois pas aussi sévère. J'ai parlé à Maître Boldu. Le Dantec a la jouissance de Kervadec, mais n'en a pas acquis la propriété. Par cet arrangement, ton oncle a gagné du temps et empêché que ce qui reste du domaine soit dépecé.

Le P. Milon aurait trouvé des excuses au démon lui-même. Je lui en voulais, ainsi qu'à mon père, de m'avoir caché la vérité sur l'état de notre fortune. Je nous croyais pauvres. Nous étions ruinés. J'en fis le reproche à l'abbé.

– Tu as raison, reconnut-il. Le marquis pensait que tu aurais bien le temps de te piquer aux épines de la vie et moi-même... Mais plaie d'argent n'est pas mortelle. Bonne réputation vaut mieux que ceinture dorée...

J'interrompis cette litanie de proverbes :

– Je ne suis pas sûr que l'accord entre Le Dantec et mon oncle soit valable. Le notaire n'aurait-il pas dû consulter mon frère avant de disposer ainsi d'un bien qui lui appartient par droit d'aînesse ?

L'abbé enfouit son maigre visage dans des mains non moins décharnées et se frotta deux ou trois fois les joues : un geste qui lui était familier quand je posais une question qui l'embarrassait. Cette fois, pourtant, il ne pourrait pas l'esquiver en invoquant la Providence, comme il avait coutume de le faire chaque fois qu'il se trouvait acculé par les raisonnements logiques de mon père.

– Comment te répondre ? Je ne suis pas juriste. Ton frère ne donne plus signe de vie depuis longtemps. Et quand bien même : il est si loin, dans les Îles ou en Amérique. Alors, à moins d'aller le chercher...

Il ignorait, mon brave précepteur, qu'en prononçant ces mots il scellait mon destin. Mais peut-être n'y était-il pour rien. Peut-être mon destin s'était-il joué à l'instant où j'avais respiré l'enivrante odeur de l'océan.

Je passai la nuit chez mon bon maître. Il insista pour me céder son lit et je pus constater que la réputation d'austérité que lui valait sa maigreur se justifiait aussi par la minceur de sa paillasse.

Le lendemain, après m'avoir offert une bolée de lait, il m'annonça qu'il interviendrait auprès de M. Combray pour que celui-ci pardonne ma fugue

– et l'emprunt indélicat de son cheval –, mais qu'il me fallait, dans mon intérêt, regagner Brest. Je me rendis d'autant plus volontiers à ses arguments que je souhaitais à présent rejoindre le port. Pour une raison, certes, tout autre que les siennes, mais je me gardais de le lui avouer. Je pense qu'il soupçonna quelque chose, car je l'avais habitué à plus de résistance. Cependant, il feignit de me croire.

Au moment de partir, je persuadai le P. Milon de la nécessité de me rendre une dernière fois à Kervadec pour récupérer quelques documents : cela justifierait, prétendis-je, mon escapade aux yeux de M. Combray. Si l'abbé trouva l'excuse assez plate, il me laissa aller, sur la promesse de revenir bientôt.

Quand je m'engageai dans l'allée qui menait au manoir, le chien accourut en gambadant, en dépit de son grand âge. Jakez manifesta en me voyant une surprise heureuse qui m'alla droit au cœur.

– Monsieur Jean ! Je savais que vous reviendriez !

– Hélas, mon bon Jakez, je ne reste pas.

Je lui expliquai le motif de ma visite. Ses traits s'affaissèrent.

– Alors, si vous devez repartir tantôt, il ne faut pas que Melle vous voie. Cela lui crèverait le cœur une fois encore.

Comme je me dirigeai vers le perron, il m'arrêta.

– Les nouveaux maîtres sont là.

Dans leur impatience de jouer les châtelains, les Le Dantec n'avaient même pas attendu l'arrivée de leurs meubles pour s'installer.

– Puisqu'il en est ainsi, annonce-moi. Eh bien ? Qu'attends-tu ?

Le pauvre vieux obéit ; il n'aurait pas eu le dos plus voûté pour monter au gibet. J'observai la façade familière comme je ne l'avais jamais regardée. Et mon cœur battit un peu plus vite, car, derrière une croisée de l'étage, je venais d'apercevoir Maria. Elle me vit, leva la main pour m'adresser un signe timide... M. Le Dantec déboucha sur le perron.

Il souriait, mais son œil restait froid.

– Je vous croyais à Brest..., commença-t-il, mi-figue mi-raisin.

– Dans la précipitation du départ, j'ai omis d'emporter des papiers auxquels je tiens beaucoup. Les lettres de mon frère.

Il se détendit un peu.

– Mon père les conservait dans une cassette entreposée dans la bibliothèque. Peut-être les avez-vous trouvées ?

M. Le Dantec se troubla.

– Effectivement, bafouilla-t-il, sans avoir eu l'intention de surprendre des secrets de famille, j'ai ouvert par mégarde un coffret contenant des lettres...

J'en étais sûr ! Mon oncle, après un tri rapide, s'était emparé de tous les documents relatifs aux affaires de mon père, mais il n'avait pas jugé utile d'emporter les correspondances privées.

Le Dantec me précéda dans la bibliothèque. La vue de ce sanctuaire raviva mon dépit et ma colère. Un jour, je reviendrais, je ferais rendre gorge à mes parents félons et à ce bourgeois qui, feignant l'amitié, avait si bien œuvré à me dépouiller ! Qui aurait tout aussi bien dépouillé mon père si celui-ci avait vécu quelques mois de plus !

La cassette de marqueterie trônait à sa place. Le Dantec n'avait pas éprouvé les scrupules qui m'avaient toujours retenu : il avait forcé la serrure, m'épargnant d'avoir à commettre ce sacrilège. Le coffret contenait de nombreuses lettres de libraires. Au fond, je découvris ce que je cherchais.

Avant de quitter la pièce, je laissai une dernière fois mon regard glisser sur les reliures. Le Dantec n'ouvrirait sans doute jamais un de ces livres. Au moins, il ne démembrerait pas la collection. Ces ouvrages faisaient désormais partie de sa richesse, ils constituaient une curiosité dont il se plairait à faire étalage comme d'autres montrent les œufs d'autruche ou les galuchats de leur cabinet d'histoire naturelle. Quand je rentrerais en possession de mes biens, je retrouverais cette bibliothèque intacte. Je ne résistai pas, néanmoins, à la tentation de dérober le livre préféré de mon père : les *Lettres philosophiques* de Voltaire. Je le dissimulai sous ma chemise, avant de rejoindre Le Dantec, la correspondance de mon frère à la main.

Le Dantec eût été mieux inspiré de la détruire ! J'étais sûr de retrouver la trace de mon frère grâce à elle. J'exhibais l'arme de ma vengeance sous le nez de ma future victime et elle me souriait, inconsciente. Cela me procura un tel sentiment d'invulnérabilité que j'osai demander :

– N'aurai-je pas le plaisir de présenter mes hommages à Mademoiselle votre fille ?

Le visage de mon hôte se ferma.

– Ma fille n'est pas ici ! répliqua-t-il.

Or, à ce moment, une porte s'ouvrit derrière moi. Le Dantec sursauta. Je me retournai.

Maria !

Elle était très pâle, raide, les lèvres serrées, comme si elle cherchait à dominer la plus vive émotion.

– Maria..., commença Le Dantec.

Elle le coupa, s'adressant à moi :

– Il paraît, Monsieur, que vous nous quittez ?

– Provisoirement, croyez-le !

– Je l'espère, murmura-t-elle. Vous serez toujours le bienvenu pour moi.

Dans mon dos, j'entendais la respiration de Le Dantec s'accélérer au rythme de sa colère. Je ne résistai pas à la tentation de l'attiser encore, par un madrigal pourtant maladroit :

– Vos paroles, Mademoiselle, me sont douces, parce qu'elles sont prononcées à un moment où le monde me paraît hostile et, surtout, parce qu'elles sont prononcées par vous.

Ah ! Comme j'aurais voulu à cet instant avoir l'esprit de Voltaire, au lieu de débiter cette platitude. Cependant, Maria se montra indulgente. Elle m'adressa un sourire timide. Si éphémère qu'il fût, il valait à mes yeux toutes les promesses.

– Sachez, dit-elle, que je serai à Kervadec quand vous reviendrez.

– Ma fille ! explosa Le Dantec. Vous perdez le sens ! Je vous prie de sortir immédiatement.

Elle obéit, non sans une lenteur étudiée.

– Quant à vous, Monsieur, ajouta Le Dantec quand je me tournai vers lui, déguerpissez ! Vous n'avez plus rien à faire ici ! Plus rien, m'entendez-vous !

Ses petits yeux porcins luisaient de haine. Il avait peur de moi ! Je le saluai d'un éclat de rire.

Chapitre 4

Un gabier surnommé Papegai

Le voyage du retour fut moins exaltant que mon escapade de la veille. À mesure que nous approchions de notre destination, je redoutais davantage la colère de mon oncle. Monté sur une vieille mule, le P. Milon ralentissait l'allure ; tant et si bien que, nous heurtant à la porte close de la cité, nous dûmes passer la nuit dans une grange.

Je m'amusai de la mine scandalisée de l'abbé devant les désordres de la ville. Des hommes ivres, assoupis à même le sol, encombraient les rues, surtout au voisinage du port. Malgré l'heure matinale, rires et chansons fusaient par les fenêtres des nombreux estaminets. Les marins ou les soldats de la flotte dépensaient leur maigre solde en boissons et en plaisirs faciles. Ainsi que je l'appris plus tard, le jour où le brave abbé assista à ce spectacle qu'il trouvait affligeant et dont la gaieté m'amusait, ces hommes revenaient des côtes d'Angleterre. La dysenterie, puis la tempête avaient mis un terme au projet de débarquement de nos troupes en Grande-Bretagne, que les Anglais, trop occupés par le soulèvement de leurs colonies américaines, eussent été bien en peine d'empêcher. Les soldats ne se souciaient guère de la déception de leurs officiers. Ils revenaient vivants de cette campagne et entendaient en profiter.

J'enviais leur insouciance. J'étais loin de la partager. Ce n'est pas sans un serrement de cœur que je franchis le seuil de la maison grise. Le maigre abbé me paraissait un piètre bouclier. Il fut cependant efficace, puisque mon oncle, après m'avoir tout juste effleuré du regard, s'adressa poliment à mon compagnon de voyage.

– Je vous remercie, mon Père, de m'avoir ramené ce jeune écervelé dont les manières me paraissent encore très bourrues.

Puis, se tournant vers moi :

– Au moins, avez-vous pris soin de mon cheval ?

Je lui dis qu'on l'avait emmené aux écuries et qu'il était en bonne santé. Cette nouvelle parut lui procurer une grande satisfaction.

– Il est un peu bouillant, plaida le P. Milon, reprenant la conversation où elle s'était interrompue avant cet intermède. Mais cela augure de sa vaillance. Comme l'écrit Homère : « Ainsi jusqu'à l'éther s'élève la lueur du bouclier d'Achille... »

– Certes, certes, maugréa mon oncle, plus impressionné par la soutane du prêtre que par le lyrisme du poète grec.

Le voyant aussi conciliant, mon précepteur estima possible de tenir la promesse qu'il m'avait faite.

– Il aurait dû vous prévenir. Mais ses intentions n'étaient pas malicieuses. Il désirait seulement récupérer quelques documents personnels que, dans l'émotion du départ, il avait négligé d'emporter.

Mon oncle ne sourcillait pas. Il offrait même un visage affable à l'abbé. Celui-ci s'absorba soudain dans la contemplation de ses mains jointes et ajouta, sur un ton détaché :

– Il souhaitait aussi me parler de l'état ecclésiastique où vous songez...

– Ce n'est pas vous, mon Père, qui jugerez ce projet déplacé, le coupa mon oncle. D'ailleurs, je m'en suis entretenu avec le chantre de la cathédrale de Tréguier, qui honore ma table quatre fois l'an. Il juge cette idée fort bonne. La prêtrise convient aux gentilshommes sans fortune qui n'ont pas de charge dans l'armée.

Le ton cassant sur lequel il avait invoqué l'autorité du chantre équivalait à une menace : un petit curé de campagne issu de la roture, même si par extraordinaire il avait quelque instruction, n'était pas de taille à contrecarrer ses desseins. J'intervins avant que le P. Milon ne se mît dans un mauvais cas.

– Eh bien, soit, mon oncle. Je me plierai à votre volonté.

Mon précepteur me jeta de biais un regard qui en disait long, mais il ne me trahit pas. Simplement, en m'embrassant avant de me quitter, il me souffla :

– Bonne chance, mon garçon. Sois patient et habile : souviens-toi que ce n'est pas la fougue d'Achille qui fit tomber Troie, mais l'astuce d'Ulysse.

L'abbé parti, je m'apprêtai à essuyer les reproches de M. Combray. Il ne m'en adressa aucun, pas plus qu'il n'avait pris la peine de lancer des recherches en apprenant mon départ. Au fond, mon oncle ne m'en aurait pas voulu de disparaître, comme l'avait fait mon frère. Plus méfiante, ma tante voulut savoir quels documents je tenais tant à reprendre. Je ne pouvais l'avouer sans risquer de dévoiler mes plans. Aussi me gardai-je bien de lui montrer les lettres. Je lui tendis le livre, qu'elle considéra avec un dégoût horrifié.

– Moi vivante, jamais un écrit de ce mécréant, un homme qui reniait Dieu et osait prendre la défense d'un huguenot criminel[1], ne restera sous mon toit.

Joignant le geste à la parole, elle jeta le volume par la fenêtre. Je serrai les dents, mais ne soufflai mot : j'avais préservé l'essentiel. Je demandai l'autorisation de prendre congé et me réfugiai dans ma chambre, pressé de lire les lettres de mon frère. Je n'avais pas osé le faire pendant le voyage, car je craignais un sermon de l'abbé qui, comprenant mon intention, aurait tenté de me dissuader. Je poussai le verrou. Juste au moment où je m'apprêtais à sortir les précieuses missives, on frappa à la porte.

Sur ma permission, Landry, un serviteur de ma tante, pénétra dans la pièce. Il me tendit un objet que je reconnus au premier coup d'œil. Le livre n'avait pas trop souffert de sa chute. Landry sortit sans

1. Allusion à la défense par Voltaire de Calas, un protestant injustement accusé d'avoir tué son fils pour l'empêcher d'embrasser la religion catholique.

prononcer un mot. Pourquoi cet homme effacé avait-il couru le risque de défier sa maîtresse pour me restituer mon bien ? Je ne le sus jamais. Ce geste de sympathie m'émut. Encore ne mesurai-je pas pleinement, ce jour-là, le service qu'il me rendait.

Les lettres de mon frère se révélèrent à la fois exaltantes et passablement décevantes. Yves évoquait des pays inconnus en des termes qui embrasaient mon imagination : il avait parcouru la côte d'Afrique, les Antilles, le Nouveau Monde... Il décrivait, avec une précision de naturaliste, la végétation étonnante de ces contrées et donnait sur les mœurs des indigènes des détails amusants ou effrayants. Hélas, aucune de ces lettres ne portait de date, si bien qu'il m'était impossible de savoir d'où provenait la dernière. Autre déconvenue : mon frère se montrait fort discret sur sa propre existence, se contentant de brèves indications sur sa santé. Encore était-ce toujours pour se plaindre du coût monstrueux des remèdes délivrés dans ces régions lointaines. Car ses lettres, il faut bien le dire, visaient surtout à obtenir l'envoi de quelque argent. À plusieurs reprises, il promettait de s'amender et de revenir en Bretagne, pour peu qu'il réussît à économiser le prix de la traversée.

Mon père accédait-il à ses requêtes ? Malgré leur brouille, j'imaginais mal le marquis rester sourd aux supplications d'un fils repentant. Mais sans doute les intermédiaires chargés de convoyer la somme ne brillaient-ils pas par l'honnêteté. Car Yves réitérait souvent la même demande.

Un bruit dans le corridor m'alarma. Je dissimulai les lettres sous mon matelas. Les pas s'éloignèrent : probablement Landry qui, son service terminé, gagnait son logis sous les combles. Je soufflai ma chandelle. Mais je restai longtemps à rêver les yeux ouverts de rivages baignés par des océans lointains.

Le lendemain, le tailleur vint prendre mes mesures. Quelques jours plus tard, un commis m'apporta trois habits, l'un de drap gris, l'autre de velours bleu, le troisième de soie grège. Jamais, bien entendu, je n'avais revêtu de tenues aussi précieuses. Je m'y sentais engoncé et gauche. Quand j'apparus au dîner, vêtu de bleu, la mine de mes parents s'allongea. Je devinai sans peine leurs pensées. Ma tante se disait que la mise ne suffisait pas à masquer mes mauvaises manières, mes gestes trop amples et ma démarche dénuée de la moindre grâce. Mon oncle songeait au prix de l'étoffe.

L'après-midi même, Louise de Rivelen me fit appeler.

Elle tenait salon pour un cercle d'amis choisis en raison de leur titre. Son grand désespoir était de ne pouvoir attirer dans ce cénacle quelques officiers de haut rang qui, habitués aux cercles parisiens, eussent consacré sa gloire. Elle devait se contenter d'une poignée de nobliaux des environs se piquant de poésie et de deux ou trois jeunes abbés en dentelles.

Quand je pénétrai dans la pièce, un grand silence tomba. À la demande de ma tante, j'avais revêtu l'habit de soie et posé sur ma tête une perruque poudrée, la première que j'eusse jamais portée. Je n'osais bouger, de crainte de la voir glisser ou d'entendre craquer les coutures de ma culotte.

– Mon neveu, Jean Hoel de Kervadec.

Je saluai, d'une voix indécise.

– Mais il parle le français ! s'écria un freluquet, gloussant de sa propre plaisanterie.

– Ajoutez-y le latin et le grec, répliquai-je. Mais je regrette de ne pas entendre que le breton, si c'est pour subir la pédanterie des sots !

Sans attendre d'être invité à prendre congé, je tournai les talons. J'étais très fier de cette repartie, qui m'était venue spontanément. Bien sûr, mon insolence ne pouvait rester sans suite. M. Combray me convoqua.

– J'apprends, Monsieur, que vous avez insulté les amis de mon épouse.

Il tourna la tête vers ma tante. Elle se tenait droite, les lèvres pincées, le front buté. Une vraie statue de la dignité outragée.

– Me croirez-vous, si je vous dis avoir répondu à un affront ?

Ma tante exprima par sa mimique l'indignation que lui inspirait mon audace. M. Combray, au contraire, paraissait assez enclin à me croire. Néanmoins, il dit, d'un ton conciliant :

– Je crains, Monsieur, que vous n'ayez mal interprété une simple badinerie. Vous n'êtes pas habitué au monde...

– Assez pour savoir moucher qui me cherche querelle !

– Constatez par vous-même ! s'écria ma tante. Ce jeune coq monte sur ses ergots sitôt qu'on lui adresse la parole.

– Les Pères y mettront bon ordre, la calma M. Combray. Je m'occuperai dès demain de son admission au séminaire.

Le conseil du P. Milon me revint en mémoire à point pour m'éviter un nouvel écart et me porter à la ruse.

– Mon oncle, je sais qu'en me confiant à l'Église vous n'avez d'autre considération que mon intérêt. Cependant, tout en respectant la religion comme il se doit, je ne me sens aucune vocation pour le sacerdoce. En revanche, ce que j'ai surpris de l'activité de votre maison excite ma curiosité. Mon oncle, ne pouvez-vous plutôt m'initier à l'état de négociant armateur ?

– Ah çà ! s'insurgea ma tante. Oubliez-vous le nom que vous portez ?

M. Combray blêmit.

– Dois-je vous rappeler, Madame, qu'un noble ne déroge pas à exercer le commerce maritime ? Lequel, soit dit en passant, paie vos robes et vos caprices, voire ceux de vos petits marquis !

Puis, se tournant vers moi :

– Quant à vous, Monsieur, nous en reparlerons. En attendant, regagnez votre appartement et ne vous avisez plus de troubler la sérénité de cette maison !

De ce jour, j'évitai la compagnie de ma tante. Sans trop de peine, car elle m'opposait une indifférence qui masquait mal son animosité envers moi. Je m'entendais mieux avec son bourgeois de mari. L'intérêt que j'avais manifesté pour sa profession avait radicalement modifié ses dispositions à mon égard. Il n'avait d'autre raison de vivre que ce métier qui l'accaparait tout le jour. Ses commis ne l'aimaient pas. Il ne leur opposait pourtant ni méchanceté, ni avarice. Mais il ne manifestait pas davantage de bonté, voire d'attention. À ses yeux, seule comptait l'écriture sur le registre et non la main qui la traçait. Il ne goûtait pas d'autre poésie que les chiffres. Il ne connaissait le vaste océan que par le décompte des jours nécessaires à ses voiliers pour acheminer leur cargaison. Il n'avait jamais embarqué sur l'un de ceux qu'il armait, fût-ce pour traverser la rade. Cela ne l'empêchait pas d'en connaître les moindres recoins. Il savait, à la livre près, quelles marchandises contenait leur coque pansue. Il n'aimait pas la guerre, qui gênait le commerce maritime, mais rêvait d'un monde débarrassé des Anglais, parce que ces gens ne respectaient rien, ni le pape, ni le négoce français.

Mon stratagème avait réussi : il ne me parlait plus de séminaire, mais d'escomptes, de tonneaux de jauge et de routes maritimes. Je feignais de me passionner pour ses affaires. Elles me fournissaient un excellent prétexte pour échapper à l'atmosphère pesante de sa demeure. Au motif d'examiner le chargement des navires dont mon oncle m'entretenait en épluchant ses livres, j'errais le plus souvent possible dans les rues de Brest. Je revêtais pour ces promenades le modeste habit que j'avais apporté de Kervadec. M. Combray ne m'en empêchait nullement. J'avais en effet donné ma parole de gentilhomme de ne pas en profiter pour m'enfuir de nouveau. Malgré les mises en garde de ma tante, ce serment lui suffisait. Je me serais d'ailleurs plutôt laissé enfermer au bagne que d'y manquer.

Ce bagne, précisément, dominait de sa sombre masse la rive de la Penfeld. Il se laissait d'autant moins oublier qu'on rencontrait partout les forçats, aisément reconnaissables à leur casaque rouge et à leur pantalon jaune. Ils travaillaient à la voirie, au charroi du fret, au grattage des coques dans les bassins de radoub. C'étaient eux qui tournaient dans les cages d'écureuil pour actionner les grues, eux encore qui, à six ou huit, pesaient sur les manivelles des machines à fabriquer les cordages.

On croisait aussi de nombreux soldats, en attente d'embarquer vers les Antilles et qui encombraient les venelles étroites semées d'estaminets plus ou moins louches. J'admirais les riches demeures de la rue de Siam, je dévalais les ruelles escarpées, coupées d'escaliers, j'assistais aux parades des troupes dans le quartier du Champ-de-Bataille. Parfois un passeur m'emmenait sur l'autre rive de la Penfeld, à Recouvrance. Là, tout un peuple d'artisans et d'ouvriers se pressait à l'ombre de l'église Saint-Sauveur. On n'y voyait guère de messieurs en habits, comme dans la paroisse Saint-Louis. On y parlait le breton.

Au début d'octobre, la température fraîchit. Un crachin obstiné s'installa. Mais ni la pluie, ni la froidure qui s'aggravait de jour en jour, annonçant un hiver particulièrement rigoureux, ne me dissuadaient de courir les rues. Si l'activité d'une foule pressée m'avait étourdi le jour où j'avais vu Brest pour la première fois, que dire de la fébrilité qui y régnait aujourd'hui ? Le bruit courait que le comte d'Hector, le commandant de l'arsenal, avait reçu mission de préparer la flotte à appareiller avant le printemps. Cinquante vaisseaux à radouber ! Deux mois de vivres pour leurs équipages à engranger ! Dans un temps aussi court ! Chacun s'accordait à juger la tâche impossible. Toute la ville, cependant, se mobilisait pour remplir cette gageure. À l'arsenal, on travaillait même la nuit, à la lueur des chandelles. Mon oncle houspillait ses commis : un convoi marchand profiterait de la traversée de la flotte pour rejoindre les Antilles sans risque d'être attaqué par les Anglais. Il voulait que ses navires en soient. Et moi, je me jetais dans ce tourbillon comme dans une fête.

Toujours mes pas me ramenaient au port. Non loin du château qui en protégeait le débouché, la machine à mâter me fascinait par ses dimensions. À l'abri de bâches immenses, les bâtiments à l'amarre s'alignaient sur deux rangs au milieu de la Penfeld. Leurs gréements démontés encombraient le quai. Quant à ceux qu'on armait, je ne me lassais pas d'admirer leur race, leur proue arrogante, le luxe avec lequel les sculpteurs avaient orné leur poupe. Avec leur étrave puissante, leur taillemer effilé, leurs préceintes vigoureuses, ils me semblaient indestructibles : je ne connaissais pas encore l'océan.

Un soir, alors que je m'apprêtais à rejoindre le quai Marchand, le manège louche de trois individus retint mon attention. La main fermée sur un de ces crochets acérés dont usent les portefaix pour soulever les ballots, ils se dissimulaient derrière un empilement de vieilles barriques qui achevaient de pourrir sur le quai. Le chef de la bande affichait un sourire démoniaque. Du moins je le crus tout d'abord. Mais, surpris de voir son masque figé dans une expression aussi affreuse, je l'observai plus attentivement : ce que j'avais pris pour un rictus était en fait une cicatrice qui, partant de la commissure des lèvres, courait jusqu'à sa pommette.

Il avança la tête, la rentra précipitamment, glissa quelques mots à voix basse à ses comparses. Un marin de haute taille approchait, le pas rendu hésitant par l'ivresse. Je ne le connaissais pas, mais la lâcheté de ce guet-apens me révolta. En silence, j'escaladai la futaille. Comme l'homme arrivait à quelques pas, je criai : « Gare devant ! » tout en poussant le tonneau du sommet, qui aussitôt dévala sur l'embuscade. Entraînés par le mouvement, les autres fûts s'écroulèrent. J'eus tout juste le temps de sauter à terre. Mon stratagème avait produit l'effet que j'en attendais. Menacés par la chute des barriques, les trois gredins quittèrent leur cachette, tandis que leur victime désignée s'immobilisait. Apercevant ses agresseurs, l'homme émit un rugissement de bête fauve ; au lieu de détaler, il se précipita sur eux, un poignard à la main. Bien que supérieurs en nombre, les malandrins s'enfuirent sans oser engager le combat. L'homme salua cette débandade par un énorme éclat de rire et de grands moulinets de son arme.

Le temps de me relever, tout était fini.

– Foi de Papegai, mon gaillard, tu as joué un fameux tour à ces forbans.

Il m'embrassa. Il sentait la sueur et la vinasse.

– Allons fêter ça !

J'essayai de décliner l'invitation, mais son visage prit une expression terrible et sa main se crispa sur le manche de son poignard : mon obligé avait le vin susceptible ! Je me laissai donc entraîner dans une sombre gargote, où l'on me servit la piquette la plus aigre qu'il m'ait été donné de boire.

Là, mon hôte m'apprit que j'avais l'honneur de partager la table d'un gabier, c'est-à-dire un matelot chargé de manœuvrer la voilure. Chacun savait que les gabiers constituaient l'élite de l'équipage. Et comme il ne faisait aucun doute que, de toutes les corporations, celle des marins était la plus digne de considération, il devenait évident que j'avais affaire à la crème de l'humanité. Cela se mesurait d'ailleurs à la témérité avec laquelle il vidait le pichet, supportant sans broncher l'acidité du breuvage.

Il entreprit ensuite de me raconter ses campagnes. Il avait participé à la bataille qui avait opposé la flotte du Ponant[1] aux Anglais au large d'Ouessant. Je ne tardai donc pas à apprendre que, si les vaisseaux français avaient mis l'ennemi en déroute, cette victoire devait moins à la science maritime de l'amiral d'Orvilliers qu'au courage et au sang-froid d'un matelot surnommé Papegai.

– C'était en juillet de l'an 1778. Depuis dix jours, au large d'Ouessant, nous essuyions gros temps. Ça beaussit et qu'est-ce qu'on voit ? Les voiles anglaises...

Trois jours de poursuites et de dérobades, puis un combat qui, débuté à la mi-journée se prolongea jusqu'à la nuit : le récit lui dura trois pichets de vin.

– En somme, dis-je pour lui être agréable, rien ne vaut la vie de marin. Tu dois être impatient de repartir.

Il écrasa son poing sur la table, en proie à une furieuse indignation.

– Plus souvent, qu'on me verra sur un vaisseau du roi ! J'ai mon congé, je le garde ! Ces navires-là,

1. Mouillée à Brest, la flotte du Ponant (Occident) était chargée de contrôler l'Atlantique, en particulier les voies commerciales qui reliaient les Antilles à l'Europe.

garçon, c'est l'antre des damnés ! Monter à leur bord, c'est s'embarquer pour la mort. Et encore, la mort, c'est une douceur qui met fin à tes souffrances. Tiens, j'aime encore mieux coiffer le béret rouge ! Le bagne ne peut pas être pire que l'existence d'un marin. Si tu me vois la tête un peu chaude, ce soir, moi qui d'ordinaire suis sobre comme le saint Jean qui baptisa le Christ, c'est que je fête mon retour à la vie.

Il démontra son propos par une foule d'exemples, enchaînant des épisodes plus effroyables les uns que les autres, où les punitions succédaient au scorbut et à la dysenterie, la faim et la soif à l'horreur des combats. La nuit était tombée depuis longtemps quand Papegai consentit enfin à quitter cette salle qu'enfumaient les pipes de matelots braillards.

Je retrouvai à grand-peine mon chemin, dans les ruelles dépourvues de lanternes. Réduit à tâtonner dans une ombre épaisse, je faisais très attention de ne pas glisser sur les pavés mouillés et surtout de ne pas heurter les pauvres hères, marins en escale ou bien ouvriers de l'arsenal nouvellement recrutés qui dormaient à même le sol, faute d'avoir trouvé un logeur assez compréhensif pour leur consentir l'avance d'un loyer.

Je me glissai discrètement dans la maison, au terme de cette première équipée nocturne. Elle ne fut pas la dernière. Par la suite je rencontrai à plusieurs reprises Papegai, qui n'en finissait pas de fêter son congé. Quand il était ivre, il poursuivait le récit de ses exploits. Lorsqu'il n'avait pas bu, il parlait du bonheur que connaîtraient les hommes si, à bord des navires, il n'y avait pas d'officiers et, à terre, pas de noblesse ni de clergé. Cela m'amusait de l'entendre pérorer contre les aristocrates sans qu'il soupçonne mon origine, même si quelquefois l'outrance de ses propos me froissait un peu.

Je menais cette existence de badaud depuis presque trois mois, quand un soir, à la fin du repas, mon oncle se tourna vers moi et dit, sur un ton glacial :

– On m'a rapporté sur vous des bruits étranges.

Le sourire contraint de ma tante m'alarma.

– Quels bruits ? demandai-je, la voix blanche.

– Vous fréquentez des lieux bien peu recommandables.

– Je vous proteste...

– N'ajoutez pas le mensonge au nombre de vos turpitudes. J'ai des informateurs dans tout le port. Je ne peux tolérer que votre conduite vienne ternir la réputation de mon négoce. Dès demain, vous irez au séminaire !

La sentence m'assomma. J'avais presque oublié cette menace. Les larmes me montèrent aux yeux, et je me cabrai pour conserver toute ma dignité en présence de ma tante, qui ne m'épargnait pas son triomphe.

Cette nuit-là, je dormis peu. D'abord agité par la révolte, la colère, je retrouvai intact mon ressentiment envers M. Combray, découvrant du même coup, à ma surprise, que ses attentions envers moi l'avaient un peu émoussé. Mais quand les étoiles, au-dessus des toits, pâlirent, j'envisageai la situation avec plus de sang-froid. En revenant à son idée première, M. Combray avait rompu le pacte que nous avions conclu. Je ne me sentais plus tenu par mon serment de ne pas m'enfuir. Or, la conversation de Papegai avait confirmé ce que l'agitation du port et la rumeur publique m'avaient d'abord appris : on armait la flotte pour lutter contre les Anglais en Amérique. L'Amérique ! Ma chance de retrouver Yves, de le ramener, de confondre les coquins...

À l'aube, je me glissai hors de la maison.

Chapitre 5

À bord de l'*Auguste*

Le jour pointait à peine. Déjà une activité fébrile emplissait le port de sa clameur.

Des forçats tiraient sur les cordages d'un palan pour hisser une pièce d'artillerie. Un garde-chiourme dirigeait la manœuvre à grands coups de sifflet tandis que des matelots s'apprêtaient à haler le canon aussitôt qu'il dépasserait le pavois.

Plus loin, d'autres bagnards, sous le regard blasé de quelques fusiliers, formaient une chaîne pour embarquer des sacs de vivres. Le torse ployé sous la charge, ils se succédaient sur une longue planche qui reliait le bâtiment au quai. Ils ne redescendaient pas les mains vides : à mesure que la cargaison prenait place dans la cale, ils en évacuaient les sacs de sable qui la lestaient.

Je me rappelais les paroles de mon oncle. N'y avait-il pas, dans la foule, quelques mouchards à son service ? Je me dirigeai vers un secteur moins agité. Mâtés, gréés, armés, des vaisseaux de ligne et plusieurs frégates attendaient le signal du départ.

Je m'arrêtai pour admirer un de ces géants. Son nom, l'*Auguste*, promettait la gloire à son équipage. Sa muraille noire, immense, dominait le quai telle une forteresse. Les cordages, tendus comme les muscles d'un lutteur, s'élançaient à des hauteurs vertigineuses.

Accoudés au bastingage, des marins m'observaient.

– As-tu fini de bayer ainsi ? Tu vas user la coque, à la regarder comme ça !

– Je veux souscrire un engagement.

– Vraiment ? C'est que tu as le goût du malheur, garçon !

Quelques rires fusèrent, bientôt éteints : un officier approchait. Déjà âgé, l'œil clair dans une face rubiconde, le front massif, presque proéminent sous sa perruque poudrée, il portait des culottes blanches et une veste rehaussée de parements. Il avait si fière allure que je le pris d'abord pour le commandant de bord. Sans doute m'avait-il entendu, car il me demanda, du ton le plus affable :

– Comment te nommes-tu ?

Je ne tenais pas à ce que mon oncle retrouvât ma piste. Aussi, je m'inventai une nouvelle identité :

– Yann Rustan.

– Tu me parais un peu vieux pour faire un mousse. Car tu n'as jamais navigué, dirait-on.

– C'est vrai, Monsieur l'officier... Monseigneur... Capitaine... Mais j'apprendrai vite.

Il rit.

– Eh bien, soit ! Monte et viens t'inscrire sur le rôle.

Le cœur battant, je me précipitai vers l'échelle de coupée. L'officier n'était pas le capitaine, mais l'écrivain du bord. Je signai d'une croix le registre où il avait inscrit mon nom, pour ne pas éveiller les soupçons en montrant que j'avais de l'instruction. Mon embarquement s'était révélé moins compliqué que je ne le redoutais. En fait, je m'étais exagéré la difficulté : j'apprendrais bientôt qu'au cours des derniers mois les combats contre les Anglais, un peu, le scorbut et la dysenterie, beaucoup, avaient ravagé les équipages et qu'on se montrait encore moins exigeant pour les enrôlements qu'à l'ordinaire – ce qui n'était pas peu dire.

– Te voilà marin du roi, mon garçon, dit l'écrivain en fermant le livre. Tu as de la chance, pour tes débuts en mer, d'embarquer sur un vaisseau de premier rang !

J'éprouvai de la sympathie pour ce noble qui ne dédaignait pas d'adresser quelques mots au novice que j'étais. Il m'observait, un œil à demi fermé.

– Yann Rustan, hein ? C'est comme cela que tu t'appelles ?

Je me sentis rougir, soupçonnant qu'il avait éventé ma supercherie. J'en acquis la conviction quand il ajouta :

– Peu importe qui tu es vraiment. Fais ton travail, respecte les officiers, sois brave au combat, c'est tout ce qu'on te demande. Mais si tu manques à ton devoir, tu apprendras qu'à bord la discipline n'est pas un vain mot !

Il me parut moins sympathique, pour le coup.

On m'attribua une camisole et des pantalons de toile grise. Les soutes étaient chargées, la cargaison amarrée. La plupart des matelots profiteraient jusqu'au dernier moment des plaisirs du port. De même l'embarquement des régiments interviendrait juste avant l'appareillage. Ne demeuraient sur l'*Auguste* que quelques officiers subalternes responsables du chargement et les rares marins qui préféraient le bord aux aventures des ruelles. Entendez qu'il ne leur restait plus un sou à donner aux filles et aux gargotiers. L'un d'eux, un petit homme nerveux dont le regard gris surmontait un nez tordu, m'initia à l'art de chasser les rats. Ces rongeurs, m'apprit-il, sont une malédiction pour un navire. Ils pillent les provisions de la cambuse, percent les réservoirs d'eau et n'hésitent pas à mordre les caliers qui les dérangent.

Armé d'un bâton, je fus préposé à la garde des amarres par où embarquent ces maudites bêtes. J'eus la bonne fortune d'en assommer deux ou trois. Cet exploit me valut la considération de mon compagnon, qui répondait au sobriquet de Bâbord-Amures.

– À cause que mon nez a pris un coup de vent de ce côté-là, expliqua-t-il en montrant son arête nasale déviée.

Je m'attachai vite à ce petit homme, originaire de Bayonne – j'ignorais encore que, dans la flotte, si les Bretons et les Provençaux se honnissent les uns les autres, ils s'accordent à mépriser les Basques. Il me racontait de fabuleuses histoires :

– ... À peine avait-on allumé le feu, que notre île se mit à bouger. Nous avons tout juste eu le temps de déhaler le canote : ce que nous avions pris pour un rocher était une baleine, la plus grosse baleine de tous les temps...

Je ne croyais pas un mot de ses récits, mais je ne demandais qu'à l'écouter. Il ne contait d'ailleurs pas que des fables et, par la suite, je me féliciterais à plusieurs reprises d'avoir suivi les conseils qu'il me prodigua à ce moment. Ce fut lui, par exemple, qui m'indiqua où m'installer pour dormir.

– Aujourd'hui, l'*Auguste* te semble vaste. Mais tu verras, garçon, quand ils seront tous là ! Tu le trouveras diablement encombré.

La question n'était pas dénuée d'importance. Dans un vaisseau, chaque objet a sa place. La cargaison est solidement arrimée dans les cales. La poudre est rangée dans la sainte-barbe, au-dessus du gouvernail. Les fusils sont alignés dans des râteliers près de la salle du conseil. On confine le feu à trois endroits précis : la cuisine, pour cuire, la chambre du capitaine et l'habitacle du compas, pour éclairer. L'équipage, en revanche, doit se débrouiller pour trouver un logement. On pend son hamac où on le peut : dans les cales, dans les entreponts, sous la dunette... L'abri le plus recherché est la batterie haute, située juste sous le pont : celui-ci protège des intempéries, l'air y est moins puant qu'ailleurs et la lumière pénètre par les écoutilles quand les sabords sont fermés.

– La meilleure place, pour sûr. Aussi sûr qu'elle n'est pas pour toi.

– Et pourquoi donc ? m'écriai-je : ne suis-je pas à bord, quand les autres traînent dans les estaminets ?

– Tu crois donc que les premiers arrivés sont les mieux servis ? Ça ne se passe pas du tout ainsi ! N'oublie jamais que tu es un novice. Fais-toi petit. Prends exemple sur les rats : ils survivent aussi longtemps qu'on ne les remarque pas.

– Mais toi, tu ne t'installes pas là-haut ?

– Oh ! moi, je suis un calier. Dès que nous aurons largué les amarres, tu ne me verras plus si près du pont.

Il prononça ces mots avec un soupçon de tristesse dans la voix. Cette nouvelle me glaça. En fait, je comptais sur Bâbord-Amures pour me guider dans l'existence nouvelle qui s'ouvrait à moi et qui, sans que je voulusse me l'avouer, m'effrayait un peu.

Chapitre 6

Au vent du large

L'*Auguste* emportait dans ses flancs une quarantaine de vaches, autant de cochons, de nombreux canards et quelques poules, qui pondraient aussi longtemps qu'elles ne crèveraient pas du mal de mer.

J'avais aidé à la constitution de cette ménagerie en halant une vache. Soutenue par une ventrière de toile, elle tournait lentement sur elle-même, pattes raidies, cou tendu vers le sol qui s'éloignait à mesure que nous tirions sur la corde du palan. Elle poussait des beuglements désespérés, auxquels répondaient nos rires et nos plaisanteries. Enfin, la malheureuse bête disparut par l'écoutille.

Il fallut ensuite entraver le bétail dans l'entrepont, tâche difficile, car les bêtes affolées cherchaient à s'enfuir. Un cochon réussit dans cette tentative, entraînant dans l'hilarité générale un matelot accroché à sa queue.

L'embarquement de la troupe à bord des vaisseaux et des navires transporteurs, plus petits et plus légers, suivit de peu celui des bêtes. Le roulement martial des tambours, le sifflement aigrelet des fifres précédaient les soldats. Ils avaient fière allure, le mousquet bien droit sur l'épaule, le torse bombé sous leurs uniformes blancs aux parements et revers bleus. La foule, jamais lasse de ce spectacle, se pressait pour les voir embarquer. Les badauds criaient, acclamaient les soldats, conspuaient les Anglais.

Nous étions désormais parés à partir. Mais le vent, soufflant du sud-ouest, nous retint au port trois jours durant. Je comprenais à présent ce que Bâbord-Amures avait voulu me dire quant à l'entassement à bord. De fréquentes disputes éclataient, menaçant de dégénérer en bagarre générale quand elles opposaient un matelot à un fusilier.

Enfin, le canon de partance, sur les remparts du château, salua l'arrivée d'un vent favorable. Sur la *Ville de Paris*, le navire amiral du comte de Grasse, monta le pavillon qui donnait l'ordre d'appareiller.

La mise en branle de tous ces navires – cent trente bâtiments, dont trente-huit vaisseaux de ligne –

n'était pas sans poser quelques problèmes. Des coques se heurtaient, des vergues s'emmêlaient. Cris et craquements dominaient les grincements des cordages. Les ordres, transmis à coups de sifflet, se contrecarraient. Chacun cherchait à se dégager de cet enchevêtrement pour atteindre le goulet, sans égards pour sa position dans la ligne. On formerait celle-ci plus loin, au large !

L'*Auguste* le premier doubla la pointe de Berteaume, salué par les batteries de la citadelle, et gagna la mer libre. Au perroquet de beaupré flottait la bannière bleue de l'avant-garde. Sur la dunette, le comte de Bougainville, notre amiral d'escadre, se tenait raide, le visage tourné vers la proue. Sanglé dans son grand uniforme, il dominait les autres officiers d'une bonne tête. Bâbord-Amures avait déjà navigué sous ses ordres. Il m'en avait brossé un portrait avantageux.

– Tu verras, c'est un brave homme, qui fait distribuer plus de rations de rhum que de coups de fouet !

À mesure que les navires sortaient de la passe, ils se regroupaient selon la place qui leur était assignée. Il semblait que cela ne dût jamais finir. L'ordre de faire route à l'ouest monta enfin à la corne de la *Ville de Paris*. Avec fracas, les voiles déferlées se gonflèrent. L'*Auguste* bondit en s'ébrouant de toutes ses membrures.

Le gréement sifflait joyeusement. Les couleurs des pavois déployés claquaient dans la lumière du soleil. Aussi loin que portait le regard, on n'apercevait que voilures et gerbes d'écume arrachées à la vague par les étraves. Un nuage de goélands criards tournoyait au-dessus de cette flotte formidable. Le vent qui gonflait les voiles dilatait ma poitrine. Je ne sentais plus la douleur de mes paumes écorchées par la manœuvre des cordages. Mon cœur battait à se rompre : l'Amérique ! J'allais à mon tour connaître ces contrées mystérieuses décrites dans les lettres d'Yves, que je ne doutais pas un instant de retrouver bientôt !

Les oiseaux nous accompagnèrent bien après que les côtes furent trop éloignées pour qu'on distinguât encore les familles venues adresser un ultime salut aux matelots. Puis, à leur tour, ils nous abandonnèrent : nous avions gagné le large. M. de Bougainville se retira dans sa chambre.

Pour moi, l'aventure commençait.

J'avais tendu mon hamac dans un recoin du faux-pont. Comme la manœuvre exige la présence de la moitié de l'équipage sur le pont, chaque couchage sert à deux matelots. Je partageais le mien avec un mousse de treize ans, qui me considérait de haut parce qu'il n'en était pas à sa première campagne. Hormis cette impertinence, il se montrait le meilleur compagnon du monde. Je le voyais d'ailleurs fort peu, n'appartenant pas à la même bordée. Il me fit généreusement don de toutes ses puces et d'une bonne partie de ses punaises. Il se disait originaire de Nantes et se nommait Aubin.

Dès le premier jour de mer, j'entamai mon apprentissage. On emploie les novices aux tâches les plus diverses, tout en leur inculquant les rudiments de la manœuvre. Ils ont en commun avec les mousses de devoir supporter les mauvaises plaisanteries des matelots confirmés, voire leurs brutalités. Je ne tardai pas à mesurer la dureté de ma condition. Alors que, entre deux corvées, je regagnai mon hamac, le corps rompu par la fatigue, je surpris quelqu'un à fouiller mon maigre bagage. Une dizaine d'hommes regardaient l'indiscret en étaler le contenu sur le sol. Je ne possédais rien qui pût exciter la convoitise. Le pillard avait dû vite s'en apercevoir : s'il poursuivait son investigation, ce ne pouvait être que par provocation. Aussi, me souvenant à temps des conseils de Bâbord-Amures, je me contentai d'observer le gredin sans protester, souhaitant qu'il se lasse de ce jeu. Mais je ne pus me contenir davantage quand il s'empara de mon livre. Le levant bien haut, il jeta une méchante plaisanterie sur les protestants : cet ignare avait pris les *Lettres philosophiques* pour une bible. Craignant de le voir abîmer le précieux volume, je me ruai sur lui.

Il se retourna vivement : depuis le début il m'avait repéré, il attendait mon assaut. En s'esquivant, il me lança un croc-en-jambe. Rires et quolibets saluèrent ma chute brutale. J'avais eu le temps de distinguer son visage, affreusement balafré : il s'agissait de l'homme dont j'avais fait échouer l'embuscade sur les quais de Brest.

– Le croyez-vous, matelots ? Voilà-t-il pas qu'un novice ose porter la main sur un gabier !

Il lâcha le livre. Il n'en avait plus besoin : il tenait un prétexte pour m'assener une raclée, avec la complicité ricanante de ses compagnons.

– Vas-y, Sourire ! Montre-lui les usages.

Je me préparai à lui vendre chèrement le privilège de rosser Jean de Kervadec, quand je vis mon agresseur s'affaler, balayé par une formidable bourrade. Deux de ses compagnons connurent bientôt le même sort.

– Personne ne touche à ce gamin, ou il aura affaire à Papegai, rugit une voix tonitruante.

Il était terrible, Papegai, il paraissait inébranlable avec ses gros poings serrés sur ses hanches, son cou rentré dans les épaules, ses jambes écartées, aussi solides que le grand-mât. Il défiait ses adversaires, certain que nul n'oserait l'affronter. Les matelots s'écartèrent, les uns précipitamment, les autres de mauvaise grâce ; ils maugréaient un peu pour la forme, mais pas assez haut pour attiser la colère du gabier. Même Sourire battit en retraite sans chercher à sauver l'honneur. Je remerciai Papegai de son intervention, ce qui l'amusa.

– Papegai n'est pas un ingrat ! s'écria-t-il entre deux éclats de rire. Nous étions en compte, nous voilà quittes. Si tu as besoin de moi, appelle. D'ailleurs, on va faire mieux. Tu vas installer ton hamac près du mien, dans la première batterie.

Il promena son regard sur ceux qui s'attardaient encore. Personne ne s'avisa de protester. L'arrangement me satisfaisait, car le parfum du large qui m'avait tant fait rêver sur le port était à bord recouvert par une pestilence d'autant plus nauséabonde qu'on s'enfonçait dans les profondeurs du vaisseau.

Hommes et bêtes, en effet, s'entassaient dans un espace étroit. Les hommes se lavaient peu, les bêtes pataugeaient dans leurs fientes. Malgré les pompes, l'eau infiltrée mélangée à toutes sortes de matières en putréfaction stagnait dans la cale. La puanteur n'épargnait d'ailleurs pas le pont de batterie, mais on y était plus près des écoutilles et, par temps calme, on ouvrait les sabords pour renouveler l'air.

– Si je m'attendais à te trouver ici ! m'écriai-je, tout en roulant mon hamac. N'avais-tu pas ton congé en poche ?

Papegai haussa les épaules.

– Et alors ? quand on a de l'eau salée dans les veines...

– Tout de même, est-ce qu'un vaisseau n'est pas un enfer flottant ?

Il me dévisagea, l'air outré par mon propos.

– Es-tu fou ? Il n'y a pas vie plus amusante que celle d'un marin. Tu comprendras quand tu verras les Îles. Sans parler des combats ! Ah, ouiche ! Tu m'imagines, terré dans un trou à rats, gagnant ma croûte à calfater les coques, à filer des cordages ou je ne sais quoi encore ?

Il mettait autant de fougue – et sans doute de sincérité – dans ses éloges qu'il en avait mis quelques jours plus tôt dans ses imprécations. Pour clore le débat, il claironna, solennel :

– Et puis, pouvais-je abandonner les Américains ? Je me devais d'aider ceux qui luttent contre les tyrans !

Plus tard, j'entendis des mauvaises langues prétendre qu'il avait joué aux dés la prime d'embarquement d'un matelot contre son propre congé et qu'il avait perdu. À cette explication, je préférai celle de Papegai.

Les matelots vouaient aux Anglais une haine farouche. Bien peu, cependant, savaient quelle partie se jouait dans les colonies américaines. Papegai n'était pas dans ce cas. Selon lui, il ne s'agissait pas seulement d'affaiblir les Britanniques en les privant des ressources de leur colonie. L'enjeu, expliquait-il, était autrement important :

– La république ! Voilà ce que veulent les Américains. Là-bas, chaque homme doit recevoir selon son mérite et non selon sa naissance...

Sa voix résonnait dans l'entrepont. Les autres l'écoutaient, craintifs ; si le maître d'armes venait à surprendre ses propos, le meneur était bon pour huit jours de fers, au moins, et ceux qui l'écoutaient pourraient en tâter, eux aussi.

– Parce que nous ne sommes pas nobles, nous n'avons pas le droit d'emprunter le passavant bâbord, sinon pour le briquer ! Réservé aux officiers ! Mais je voudrais bien les voir ferler un cacatois par gros temps, ces beaux messieurs !

En qualité de gentilhomme, je ne pouvais approuver les conceptions outrancières de Papegai. Certes, en mon for intérieur, je lui accordais volontiers que certains privilèges étaient abusifs. Beaucoup, à commencer par mon père, qui le premier m'avait entretenu de ces principes, n'avaient d'ailleurs pas attendu le règne des philosophes pour renoncer à certains d'entre eux. Mais de là à bouleverser un ordre social fondé sur des siècles d'histoire...

Néanmoins, si je ne souscrivais pas aux idées proférées par Papegai, j'admirais, comme les autres, sa conviction. Il n'était nullement ignare. En fait, plus d'un matelot sur deux savait lire : si le travail à bord était rude, il ménageait de longues périodes d'inactivité que les plus malins mettaient à profit pour s'instruire. Cependant, Papegai se distinguait de ses compagnons en ce qu'il ne se contentait pas de déchiffrer les ouvrages pieux distribués par l'aumônier, ou ces autres, plus égrillards, vendus par les colporteurs avant l'embarquement. Quelques conversations m'apprirent qu'il avait lu Rousseau. Il me confia un ouvrage d'un auteur que je ne connaissais pas, un certain Mably, qui professait l'égalité des hommes et l'imposture de la naissance.

Je le lus avec difficulté, par bribes, car je ne cessais de trimer que pour essayer de dormir. Même quand je n'étais pas de quart, mon rang de novice m'exposait à remplacer tel ou tel, blessé ou simplement introuvable. Et dans les rares moments d'accalmie, la promiscuité et le vacarme n'étaient guère favorables au sommeil.

Si, surtout les premiers jours, j'accueillis avec soulagement l'aide de Papegai, je ne tardai pas à m'apercevoir qu'elle n'était pas gratuite ; il attendait de moi que je réponde au moindre de ses caprices et que j'accomplisse à sa place les basses corvées qui pleuvaient sur lui aussi bien que sur les autres. Au début, je ne rechignais pas à lui rendre quelques services. Mais ce jeu me lassa d'autant plus vite que ces tâches s'ajoutaient à mon propre labeur.

Un matin, je me cabrai. Je venais juste de m'étendre dans mon hamac, quand il me secoua.

– Va me chercher...

– Non !

Mon refus, exprimé d'une voix impérieuse, le fit sursauter.

– Que dis-tu, garçon ?

– Je ne suis pas ton domestique. Tu m'as tiré d'un mauvais pas, je t'en remercie. Mais c'était un juste retour et cela ne te donne aucun droit sur moi.

Il roulait des yeux furibonds. Comme chaque fois qu'une rixe promettait d'éclater, un cercle rassembla les matelots curieux d'assister au pugilat : les distractions à bord étaient plutôt rares. En même temps, ils surveillaient les environs, car les hommes surpris à se battre encouraient le fouet.

– Veux-tu que je t'abandonne aux bons soins de Sourire ? menaça Papegai.

– Même pour me corriger, tu as besoin qu'un autre fasse le travail à ta place ?

Il se balançait d'un pied sur l'autre, indécis. S'il l'avait voulu, il n'aurait fait qu'une bouchée de moi. La conscience de sa supériorité, précisément, l'arrêtait : il ne tirerait aucune gloire d'une victoire trop facile. Peut-être aussi, se souvenant des circonstances de notre première rencontre, éprouvait-il quelque scrupule. Cependant, il ne pouvait perdre la face devant ses compagnons goguenards, au premier rang desquels se tenait Sourire, son masque hideux tout entier plissé dans une expression narquoise.

L'attente se prolongeait. Les réflexions, les encouragements faisaient place à un silence prudent : les matelots ne comprenaient pas pourquoi Papegai ne me réglait pas mon compte. Ils se taisaient, de peur qu'il ne tournât sa colère contre eux. Enfin, il gronda en détachant ses mots, comme s'il tenait à m'accorder encore quelques instants de répit :

– Sais-tu que nul n'a défié impunément Papegai ?

– Je ne te provoque pas. Je te croyais mon ami et j'en étais fier. Mais toi qui répètes sans cesse qu'aucun homme, fût-il noble, n'est supérieur à un autre, tu admettras que pour mériter ton estime je dois justement refuser de te servir.

Il fronça le sourcil. Mon argument le laissait perplexe. Soudain, éclatant de son énorme rire, il m'ouvrit les bras et me serra contre sa poitrine, ce qui me donna l'occasion de constater qu'il ne s'était pas lavé depuis son embarquement, pour le moins.

– Décidément, tu me plais, mon garçon. Au moins, avec toi, on peut parler. Ce n'est pas comme avec tous ces crabes. Que comprennent-ils donc, à l'égalité ?

Ce disant, il profitait avec impudence de la crainte qu'il inspirait. Car pour accéder à l'égalité naturelle prônée par Papegai, encore fallait-il obtenir son consentement.

Dès lors, non seulement je continuai à bénéficier de la tranquillité que me valait sa protection, mais encore les marins, même des gabiers, me considérèrent avec plus de respect.

Une dizaine de jours avaient passé. Mes mains, durcies, ne se blessaient plus à manier les cordages. Mes muscles ne me faisaient plus souffrir à chaque mouvement. La puanteur ne m'incommodait plus. Je nourrissais une ambition : devenir gabier. De toutes les tâches d'un matelot, seul le travail dans la mâture ne m'était pas permis. Depuis son départ, la flotte bénéficiait d'une bonne mer et d'un vent soutenu. Néanmoins, il fallait sans cesse corriger la voilure pour maintenir les distances entre les vaisseaux. Je ne perdais pas une occasion de me faire expliquer la manœuvre, comme si, un jour, j'aurais à mon tour à la commander.

J'apprenais aussi à connaître les hommes, autrement que dans les livres. Notre vie était régie par un règlement strict. Il nous enjoignait de répondre aux coups de sifflet des quartiers-maîtres pendant la manœuvre et de respecter scrupuleusement les ordres des officiers. L'obéissance immédiate était une nécessité. En combat, le sort du vaisseau dépendait de sa capacité de se dégager rapidement d'une position périlleuse, sa victoire, de son aptitude à présenter ses batteries à l'ennemi sous le meilleur angle. Le moindre retard tournait vite au désastre. C'est pourquoi le commandement n'admettait aucune défaillance, même loin de l'ennemi.

À cette loi fondamentale s'en ajoutaient d'autres, non écrites, imposées par nos conditions de vie sur un bâtiment long de cent cinquante-six pieds[1], large de quarante-trois. Elles déterminaient une subtile hiérarchie qui vouait le calier au mépris et régissait l'emplacement des hamacs. Elles interdisaient de prononcer certains mots, comme « corde », sous peine d'appeler le malheur sur le vaisseau. Les matelots ne parlaient pas aux fusiliers, sachant qu'en cas de mutinerie ceux-ci n'hésiteraient pas à tirer sur eux. Or il était difficile de s'éviter dans un espace aussi exigu. C'est pourquoi les uns comme les autres feignions l'indifférence, pour ne pas laisser l'hostilité exploser.

1. 1 pied = environ 30 cm.

J'apprenais ces règles, ces mœurs, si éloignées de ce que m'avaient enseigné mon père et mon précepteur. J'aimais à entendre les récits des marins, à écouter leurs chants, à partager leurs danses.

Chaque novice avait « son » matelot, qui s'employait à dégrossir le paysan ou le traîne-ruisseau embarqué par les recruteurs. Papegai m'initia à l'art de l'épissure et à la gamme subtile des nœuds. Un matin, par temps calme, il m'accorda le privilège de l'accompagner dans la mâture afin de me montrer comment prendre un ris ; j'appris d'abord, ce jour-là, à lutter contre la peur du vide.

J'affectionnais par-dessus tout ses leçons d'escrime. La première fois, je me régalais à l'avance de lui montrer mes talents, car je me croyais habile au maniement des armes. Cependant, le poids du sabre me déconcerta, tout comme son tranchant.

– On ne s'entraîne pas avec des lames émoussées ?

– T'inquiète ! ricana Papegai. Je ferai attention.

– Je craignais juste de te blesser, répliquai-je, piqué au vif.

Et je me mis en garde, ainsi que me l'avait enseigné mon père, le bras droit à demi fléchi, le gauche relevé, le poignet à hauteur de l'épaule.

– Ben ? Qu'est-ce que tu fais, la main en l'air ? s'étonna Papegai. Tu veux qu'on te la coupe ?

Sans répondre, je me fendis, dirigeant la pointe de mon sabre sur sa poitrine. Il écarta facilement et, dans la foulée, m'assena une violente gifle sur le cou avec le plat de sa lame.

– Voilà, commenta-t-il, tu es mort.

Je connaissais une botte imparable qui, si elle ne tuait pas, paralysait l'épaule de l'adversaire. Je la portai. Ma pointe rencontra le vide. Au même moment, un coup à hauteur du genou me déséquilibra.

– Alors ? Ne m'avais-tu pas dit que tu savais manier une lame ?

– Si !

Je me retins avant d'ajouter : « comme un gentilhomme ! ».

Papegai poursuivait :

– Cesse de te battre en chichiteux. Vise aux jambes, au visage : on se défend mal avec un jarret coupé ou un œil crevé.

C'était exactement le contraire des bonnes manières que mon père m'avait inculquées. Sans doute était-il temps de me souvenir de la façon dont je me colletais sur la lande avec les paysans de mon âge. Abandonnant les principes du marquis, je retrouvai les réflexes forgés par le maniement du penn-baz. La rapidité de mes progrès impressionna Papegai. Les rieurs qui venaient assister aux leçons pour se moquer du novice laissèrent place à un public de connaisseurs. Quitte à paraître fat, je reconnais que leurs commentaires me flattaient. En revanche, je n'approchai jamais de l'aisance avec laquelle Papegai maniait la pique et la hache d'abordage.

Ces leçons étaient d'autant plus appréciées qu'elles constituaient d'agréables récréations dans une existence monotone. J'avais rêvé en admirant les vaisseaux ; six semaines de traversée me ramenèrent à une réalité bien routinière.

Dans la première décade d'avril, le vent forcit. Ce ne fut pas la tempête, mais la mer, très formée, secouait néanmoins rudement les coques. Aux remugles habituels se mêla l'odeur aigre des vomissures. Je fus surpris de constater que le mal de mer n'épargnait pas les vieux matelots, au cuir tané par le sel de tous les océans et le feu de tous les soleils. Quant à moi, je pensai mourir. Pour autant, le service n'en était pas allégé, au contraire : il fallait plus que jamais respecter les distances, éviter la dispersion de l'escadre et veiller à ne pas semer le convoi marchand. Sous le vent qui soufflait en bourrasques, cela obligeait à de fréquents et pénibles changements d'amures, qui me laissaient épuisé et nauséeux.

Le temps se rétablit juste avant le passage du tropique du Cancer. Pour la circonstance, le capitaine fit distribuer double ration de tafia. Je me félicitai de la protection de Papegai qui, si elle ne me mit pas à l'abri de nombreux baptêmes – entendez que je fus à plusieurs reprises aspergé d'eau de mer et quelque peu étrillé – m'évita de plus graves sévices. Plus d'un mousse se retrouva vêtu en femme et traité comme telle, la galanterie en moins.

Le surlendemain de cette cérémonie, la vigie signala un îlot sur l'horizon. Nous approchions des îles du Vent[1]. Une frégate se détacha de la flotte pour aller annoncer notre arrivée à leur gouverneur, dont j'appris à cette occasion qu'il se nommait Bouillé.

On n'est jamais si impatient que lorsqu'on touche au terme de l'attente. L'éclipse du 24 avril, qui produisit une si forte impression sur mes compagnons, ne parvint pas à m'arracher à la contemplation de cet horizon au-delà duquel s'étendait la côte américaine.

---

1. Partie orientale des Petites Antilles s'étendant de la Guadeloupe à la Trinité.

Chapitre 7

La Perle des Antilles

L'approche d'une terre est un moment particulier dans la vie d'un vaisseau. Des jours avant de l'apercevoir, on la devine. Elle se manifeste par des signes imperceptibles : un parfum dans le vent, un oiseau dans le ciel, un rameau sur la crête d'une vague. C'est à celui qui, le premier, lancera depuis la hune ce cri magique : « Terre ! » Enfin, ça y est ! La voilà ! Elle n'est encore qu'une ombre entre ciel et eau, à peine distincte. Déjà, elle suscite toutes les convoitises. Les marins qui ont connu cette île en vantent la beauté, quand bien même il s'agit d'un triste amas rocheux. Ils parlent des fruits, des sources, des femmes. Des femmes, surtout. La dernière nuit, il est difficile de dormir. Quelquefois, pourtant, l'approche nécessite de longues heures. La nervosité croît. Tout le monde se presse sur le pont. Ceux de la manœuvre, bien sûr. Mais aussi les autres, jusqu'aux caliers, qui saisissent la moindre occasion de s'y aventurer.

Je ne participai pas à cette excitation. Je venais d'apprendre qu'au lieu de rejoindre la côte américaine nous relâcherions d'abord dans les Îles. Bien sûr, nous venions prêter main-forte aux *Insurgents*. Mais avant tout, il s'agissait de ne plus laisser les Anglais contrôler les voies maritimes qui reliaient la France à ses riches colonies des Antilles. Cette priorité accordée au commerce se manifesta dès lors que nous pénétrâmes dans la mer des Caraïbes. Avant de songer à accoster, nous dûmes escorter les navires marchands, déjà coupables à mes yeux d'avoir ralenti notre course pendant toute la traversée, jusqu'à la Guadeloupe et Saint-Domingue. Dans les deux cas, nous les quittâmes en vue du port, après nous être assurés qu'aucun navire ennemi ne croisait dans les parages. Mais nous-mêmes n'y abordâmes pas.

À bord de l'*Auguste*, la grogne succédait à l'excitation. Ce mécontentement était davantage dirigé contre les Anglais que contre l'amiral de Grasse. Si, au moins, nous avions pu en découdre une bonne fois, nous

nous en serions débarrassés avant de faire escale. Mais, alertés sans doute par l'importance de l'armada qui venait les chasser de ces eaux où ils régnaient en maîtres depuis des mois, les Anglais se montraient fort discrets. Tout juste apercevions-nous parfois dans le lointain les voiles d'une frégate venue espionner nos mouvements ; elle s'enfuyait dès que l'une des nôtres s'avisait de la prendre en chasse.

À la fin du mois d'avril, nous crûmes l'occasion venue. Les Anglais s'étaient regroupés devant Port-Royal de la Martinique, assez loin pour éviter les batteries de la côte, mais suffisamment près pour en interdire l'accès aux navires marchands. Sans attendre, les pavillons donnant l'ordre d'attaquer montèrent à la corne de la *Ville de Paris*. Le visage de mes compagnons revêtit une expression terrible, où se mêlaient la haine et la peur : ils savaient, eux, ce que signifiait un combat en mer.

Mais les Anglais, trop peu nombreux pour soutenir l'attaque de notre flotte, se dérobèrent. L'amiral de Grasse donna l'ordre de la chasse. La faveur du vent, une carène plus rapide permirent à l'ennemi de nous distancer. Peut-être aussi un défaut de pugnacité de notre part. Il ne faut pas porter un jugement trop sévère sur cette mollesse. Nous étions épuisés par la traversée et les vivres commençaient à manquer, alors que la terre était là, à portée d'avirons, obsédante. Ne trouvant pas tout de suite le meilleur vent, l'avant-garde menée par l'*Auguste* s'écarta du reste de la flotte. Le temps qu'elle la rejoigne, l'Anglais s'était échappé.

Avec soulagement, nous reçûmes l'ordre de rebrousser chemin sur Port-Royal. Soudain, la manœuvre parut moins pénible, l'entrain revint. Tout en tirant sur les drisses, nous nous délections à l'avance de cette escale.

Notre espérance fut vite déçue. Nous mouillâmes dans le port, mais l'amiral de Grasse, furieux d'avoir manqué une occasion qui ne se représenterait pas de sitôt, interdit qu'on y débarquât. L'avant-garde, en particulier, faisait l'objet de son courroux. Non seulement M. de Bougainville n'avait pas intercepté l'ennemi en fuite, mais il avait retardé toute la flotte !

À peine chargés quelques vivres frais et renouvelée l'eau douce, nous reprîmes le large en direction de Sainte-Lucie. Le plaisir de manger autre chose que le lard rance, les biscuits durs comme de la pierre et les harengs séchés qui constituaient notre ordinaire depuis des semaines ne compensait pas, loin de là, la déception de ne pas avoir profité des plaisirs d'une escale prolongée. Durant tout le mois de mai et la moitié de juin, nous patrouillâmes dans ces eaux semées d'îles, acharnés à poursuivre un ennemi plus prompt à fuir qu'à combattre.

Cette prudence des Anglais rendait hommage à notre force. Mais, hormis la reprise de la petite île de Tobago, nous n'enregistrâmes aucun succès. Quant à moi, ce jeu de cache-cache entre les archipels me désespérait : nous étions encore bien loin de la côte américaine, et rien n'indiquait quand nous nous dirigerions vers elle.

Faute d'un combat véritable, nous nous entraînions plus que jamais, tant au service du canon qu'aux manœuvres. L'amiral, encore amer de n'avoir pas frappé un coup décisif devant Port-Royal, imposait ces exercices quotidiens à son avant-garde, autant pour nous aguerrir qu'en manière de punition. Comme les autres, je pestais contre ce régime harassant. Pourtant, je m'intéressais beaucoup au mouvement des voiles. Papegai complétait mes observations en répondant à mes questions. Cette curiosité peut sembler stupide de la part d'un simple homme d'équipage. Au moins occupait-elle une attente devenue intolérable.

Enfin, le 15 juin, nous revînmes à Port-Royal de la Martinique. Cette fois, les équipages reçurent l'autorisation de débarquer. Il s'agissait avant tout de compléter les vivres, mais les matelots eurent également droit à quelque détente. Les débarquements s'opéraient par petits groupes. À tout moment, nous étions susceptibles d'appareiller ; il n'était donc pas question de dégarnir le bord. Nous attendions notre tour avec d'autant plus d'impatience que ceux qui avaient eu la chance de bénéficier d'une permission racontaient leurs exploits, où se mêlaient tablées somptueuses et belles Créoles. Ces récits, que l'aumônier aurait désapprouvés même en tenant compte de l'exagération qu'ils contenaient, apparaissaient comme des défis, et chacun se jurait de faire mieux.

Mon tour ne venait pas. Encore une des servitudes de ma condition de novice. Je me consolai en songeant à Maria, bien plus belle sans doute que toutes les Martiniquaises. Sa promesse d'être présente à mon retour résonnait toujours en moi. Elle était mon trésor. Je me procurai du papier et de l'encre et commençai à rédiger une lettre à son intention. Tant pis si je n'avais pas la moindre idée de la façon dont elle lui parviendrait !

Au reste, je n'étais pas oisif. Ce serait une erreur de croire que le mouillage signifie le repos pour les marins. On en profite pour procéder aux réparations qu'on n'a pas eu le temps de faire pendant la traversée. On recoud les voiles endommagées, on change les vergues et les galhaubans malmenés par le vent. On racle le pont avec des morceaux de brique pour le débarrasser du sel déposé par les embruns. On contrôle le calfat de la lisse. Ce regain d'activité ne peut cependant pas faire oublier que la terre est là, riche de toutes les promesses, à quelques coups d'aviron. Quand donc mon tour viendrait-il ?

L'annonce de notre prochain départ me contraria au plus haut point. Ma déception fut cependant de courte durée, car j'appris par Papegai que nous partions mouiller à Saint-Domingue. À ce nom, mon cœur battit plus fort. Yves avait séjourné dans cette île, la plus grande des possessions françaises de ces eaux, celle qu'on appelait la Perle des Antilles ! Je me remémorai la lettre qu'il en avait expédiée : ...

Je confie ce pli à un marin qui s'embarque demain pour Nantes. J'aurais aimé prendre place sur son navire et venir vous saluer. L'air du pays aurait sans doute achevé de dissiper la langueur qui m'a saisi à la suite de cette maladie dont je vous ai entretenu. Hélas, mes affaires me retiennent encore en ces lieux. Si toutefois vous jugez bon de me donner de vos nouvelles, et vous savez combien il m'importe d'en recevoir, adressez votre lettre chez M. Damassin. Cet honnête courtier saura me joindre en quelque lieu où la fortune m'aura envoyé et me transmettre sans rien en distraire tout ce que vous aurez eu la bonté de confier à son zèle...

Bien du temps, sans doute, avait passé depuis qu'Yves avait écrit ces lignes. Néanmoins j'espérais que ce Damassin saurait me dire comment entrer en relation avec lui. Car, cette fois, rien ne m'empêcherait de mettre pied à terre, dussé-je gagner la côte à la nage !

À mesure que nous approchions, le profil de Saint-Domingue se précisait. Très élevée sur l'eau, elle offrait des abords abrupts. La flotte se regroupa, dans l'attente des pilotes chargés de guider les bâtiments le long de l'étroit chenal qui permettait d'approcher sa plus grosse agglomération, le Cap-Français. Le moindre écart, et c'était l'échouage sur un banc de sable ou, pis encore, l'éventrement sur un écueil.

Malgré leurs noms pittoresques, les Étrilles, la Petite Iguane ou Samana, les récifs constituaient des pièges redoutables. Les marins pointaient le doigt avec inquiétude sur des ombres parsemant les eaux transparentes : les épaves de navires malchanceux. Un mât, encore dressé, crevait les vagues.

Papegai me montra un affleurement, un peu plus grand que les autres.

– L'île de la Tortue, annonça-t-il.

Ce seul nom suffit à faire danser mon imagination, même si je savais l'époque de la flibuste révolue. C'était donc là qu'au temps lointain de la domination espagnole, et encore au siècle dernier, les pirates des Caraïbes venaient fêter les victoires remportées sur les pesants galions chargés d'or. Les vaisseaux du Roi avaient mis un terme à ces désordres. L'île de la Tortue n'était plus qu'une petite langue de terre nue, dépourvue d'intérêt. Je détournai le regard, préférant les couleurs de mon rêve à une trop pâle réalité.

– Et Cap-Français ? Le verrons-nous bientôt ?

– Attends un peu d'avoir contourné le morne Picolet ! me dit Papegai en tendant le doigt vers une colline qui s'avançait vers la mer.

Mais je le sentais aussi énervé que moi. Enfin je distinguai les premières habitations. Le commandant donna l'ordre de jeter l'ancre en eau profonde.

Avant toute chose, on débarqua les fantassins qui rejoignaient la garnison stationnée dans le port, chargés d'armes et de munitions. Puis les hommes de corvée s'en furent pourvoir aux provisions. Papegai s'arrangea pour être de la première chaloupe. Il n'essaya même pas de m'emmener : malgré l'amitié qu'il me témoignait, il n'oubliait pas, ni surtout ne me laissait oublier, mon rang de novice.

Je rongeais mon frein en attendant mon tour, torturé par la crainte de rester consigné à bord comme cela m'était arrivé à la Martinique. Un navire marchand appareilla pour le large. L'idée me vint qu'il transportait peut-être mon frère, que ce retard importun me faisait peut-être manquer le rendez-vous, que peut-être... Dans l'agitation où me plongeait l'attente, les hypothèses les plus folles me traversaient l'esprit. Mais, outre que le maître d'armes veillait, je jugeai la côte trop éloignée pour mes piètres talents de nageur. Finalement, ravalant ma fierté, je m'ouvris de mon tourment à Papegai. Il eut pitié de moi.

– T'inquiète, me rassura-t-il, on saura bien t'arranger ça.

Il tint parole, et peu importe comment il s'y prit. Le cœur battant, je m'embarquai dans la chaloupe et c'est avec une belle ardeur que je tirai sur l'aviron. Pendant la traversée, mes compagnons exposaient leurs projets en détail, sans se souvenir que le temps leur était compté et qu'ils devaient avoir regagné le bord au prochain quart.

À peine à quai, je m'en éloignai, peu soucieux de me laisser entraîner dans un estaminet.

– Eh bien, te voilà bien pressé de trouver un corsage fleuri ! cria un matelot dans mon dos.

Les autres s'esclaffèrent. Mais ils avaient leurs propres affaires à mener et ils ne prirent pas ombrage de ma hâte.

Depuis le large, la ville paraissait peu étendue. Il me fallut corriger cette impression. Des maisons de pierre, parfois couvertes d'ardoises, bordaient des avenues rectilignes, larges de plus de vingt pieds, dont beaucoup étaient pavées. Des fontaines agrémentaient les carrefours. Il y régnait une grande animation. Un nombre incroyable de chiens erraient parmi la foule des esclaves à demi nus et des colons en habits. Il n'était pas rare de rencontrer un cheval dételé qui divaguait, tout comme les chèvres et les moutons. Les porcs se vautraient dans l'eau stagnante du caniveau central. Dans cette cohue, les voitures des élégantes vêtues de mousseline se frayaient à grand-peine un passage. Je les voyais enfin, ces belles Créoles aux gestes alanguis dont on m'avait tracé à bord des portraits si flatteurs ! Si je partageais l'enthousiasme de mes compagnons pour leur charme, je me persuadai bientôt d'avoir eu affaire à un ramassis de menteurs : comment imaginer que ces dames au port si noble eussent jamais consenti à se commettre avec des matelots ?

Précieux intermédiaire entre les planteurs et les marchands de Nantes ou de Lorient, M. Damassin était fort connu. Le premier passant que j'abordai m'indiqua qu'il habitait, dans la rue Dauphine, près de la place d'Armes, une maison jaune, dotée d'un étage et couverte de bardeaux. Un encadrement blanc soulignait les fenêtres, masquées par des jalousies.

Un esclave en livrée m'ouvrit la porte. Sa perruque poudrée contrastait avec la noirceur de son visage. Je lui demandai de m'introduire auprès de son maître. Réticent à me laisser entrer, il me planta dans le vestibule. Peu de temps après, un mulâtre vint s'enquérir du motif de ma visite.

– Je désire m'entretenir avec monsieur Damassin, répliquai-je, agacé par le regard méprisant qu'il portait sur ma tenue de matelot.

– C'est moi, dit-il en fronçant le nez : la puanteur du vaisseau collait à mes vêtements.

Je dissimulai au mieux ma surprise. Bien que rien, dans la lettre de mon frère, ne permît de dresser le portrait du négociant, je ne l'imaginais pas aussi jeune. Je lui exposai la raison de ma visite, en taisant toutefois ma véritable identité.

– Je regrette, dit-il froidement. Je ne connais aucun Yves de Kervadec.

– C'est impossible, voyons ! Il faisait adresser son courrier chez vous.

Pour preuve de mes dires, je lui tendis la lettre. Il lui jeta un regard distrait.

– Je comprends, dit-il. Ce gentilhomme était sans doute en relation avec mon père. Celui-ci traitait avec... toutes sortes de gens.

– Puis-je parler à Monsieur votre père ? Il se souviendra peut-être...

– Mon père est mort depuis deux ans. J'ai repris ses affaires. Je peux vous assurer que le marquis n'a pas reparu depuis.

– Mais...

– Au revoir, Monsieur, coupa-t-il d'un ton sans appel. Hercule va vous raccompagner.

L'esclave n'usurpait pas son nom. Il valait mieux ne pas insister. Je partis donc, bouillant de colère. La sécheresse de son accueil me laissait soupçonner que Damassin avait détourné l'argent de mon père et qu'il mentait pour cacher son forfait. Il me restait cependant un moyen de savoir si mon frère était encore dans l'île : la capitainerie du port enregistrait tous les mouvements des navires avec leur destination et, surtout, inscrivait les noms des passagers. Je m'y rendis sans plus tarder.

Un officier somnolait dans un coin de la pièce, accablé de chaleur. Deux nègres reportaient sur des registres d'interminables colonnes de chiffres. Par leur application, ils m'évoquèrent immédiatement les employés de mon oncle, tant il est vrai que le négoce tient autant au soin avec lequel les commis enregistrent les cargaisons qu'au talent des capitaines à déjouer les tempêtes et les escadres ennemies.

À mon entrée, l'officier se contenta d'ouvrir un œil. Ayant jaugé le visiteur à son apparence, il estima pouvoir le refermer sans manquer à son devoir. L'un des commis se leva et se dirigea vers moi en rajustant son gilet. Il portait bien l'habit. Seuls ses pieds nus rappelaient sa servitude.

– Je désire m'enquérir d'Yves de Kervadec.

À ces mots, le visage du Noir se figea.

– Il n'y a personne de ce nom ici, affirma-t-il.

Son expression, autant que la rapidité d'une réponse qui eût normalement exigé la consultation des registres de débarquement, montrait qu'il mentait, lui aussi. Était-il complice de Damassin ? Je jetai un coup d'œil sur l'officier. Il ronflait sans retenue. Puisqu'il ne pourrait témoigner de mes paroles, je me risquai à avouer :

– Il s'agit de mon frère. J'ai traversé l'océan pour le retrouver.

– Désolé, Monsieur, il n'y a personne de ce nom sur l'île, répéta le commis, buté.

L'autre esclave nous observait à la dérobée, en faisant semblant de compléter ses écritures.

Une cloche sonna. Par le Christ ! Je connaissais assez mes compagnons pour savoir qu'ils ne risqueraient pas une punition à m'attendre. Et si je ne regagnais pas le bord avec eux, je terminerais l'escale dans la soute, les fers aux pieds, perdant ainsi toute chance de revenir à terre pour interroger le commis avec un peu plus de fermeté.

– Quand nous nous reverrons, je te conseille d'avoir retrouvé la mémoire, grinçai-je avant de tourner les talons et de détaler vers le port.

Chapitre 8

Embuscade à Petite-Anse

Je n'attendis pas trois jours avant de retourner à terre. Un lieutenant de l'*Auguste* était apparenté au propriétaire d'une plantation située quelques lieues au sud de Cap-Français, au lieudit Petite-Anse. Averti de son arrivée, l'habitant[1] l'avait invité, ainsi que son capitaine. Je dus à une nouvelle intervention de Papegai de figurer dans l'escorte.

Lui-même, s'il fit partie de l'équipage de la yole, ne nous accompagna pas jusqu'à la plantation : sous prétexte de garder l'embarcation, il s'octroyait une permission supplémentaire dans la ville. J'aurais aimé y rester, moi aussi, afin de reprendre avec le commis de la capitainerie une conversation trop vite

1. Gérant d'une plantation, qui vit sur les terres qu'il exploite.

interrompue. Pour autant, il ne me déplaisait pas de m'écarter de la côte : à cette heure de la matinée, le vent de terre rend l'air un peu moins étouffant.

Une voiture, menée par un cocher en livrée, attendait le capitaine et le lieutenant. Pour les matelots, le planteur avait prévu des mules. Je réprimai un sourire en voyant la grimace de mes compagnons à l'idée de grimper sur ces bêtes. J'essayai, quant à moi, de cacher le plaisir que me promettait cette chevauchée.

Au moment où la voiture se mit en route, Papegai courut à moi. Il me tendit son pistolet.

– Prends ça.

– Pour quoi faire ?

– Je ne sais pas. Une intuition. S'il ne te sert à rien, tu me le rendras, voilà tout.

Nous cheminions sur une route bien entretenue, assez large pour permettre à deux charrettes chargées de cannes à sucre de se croiser. De part et d'autre s'étendaient des champs prospères. Au-delà, les mornes[1] moutonnaient, couverts d'une végétation anarchique, parfois endiguée par l'alignement

1. Collines.

des caféières dont le dessin régulier épousait les courbes du terrain. Le plus surprenant pour moi était de constater qu'à côté d'un champ où des récoltes arrivaient à maturité, des femmes piquaient de jeunes pousses. Les plantations résonnaient du bruit des machettes, des houes, des plantoirs. Une multitude d'oiseaux aux plumes chatoyantes survolaient les dos courbés des esclaves.

Je n'imaginais pas que le monde pût offrir un spectacle aussi beau qu'un printemps sur ma lande, quand les genêts fleurissent. Et pourtant... J'étais enchanté par ces paysages nouveaux, aux couleurs contrastées, aux formes nettes, aux ombres marquées. Aussi le trajet me parut-il court.

Une allée ratissée, bordée de citronniers, menait à la grand-case. La demeure de l'habitant frappait par sa simplicité. Seules sa taille, une véranda et une couverture de lattes en bois dur la distinguaient du logement des esclaves. Le maître des lieux, M. Léger, s'avança pour accueillir nos officiers, tandis que nous, les hommes de l'escorte, étions guidés vers une remise à claire-voie, où nous attendait une table dressée.

Deux esclaves apportèrent une jatte emplie de clairin, une liqueur qu'on tire de la première fermentation du jus de la canne à sucre. Un cochon rôtissait sur une broche. Sa peau craquait, projetant sur les braises des jets de graisse qui s'enflammaient en répandant un fumet alléchant. Pour tromper mon appétit, je goûtai les fruits mis à notre disposition, dont la saveur m'était inconnue. J'appréciai particulièrement le goût de l'un d'eux, en forme de croissant, dont la peau jaune et épaisse couvre une chair blanche, un peu pâteuse, très odorante, et qu'on appelle la banane. Enfin, on nous apporta le rôti. Échauffés par le clairin, nous nous jetâmes sur la viande pour la dépecer avec avidité. Notre gloutonnerie amusait le contremaître, un homme long et sec, encore jeune, au visage ravagé par la petite vérole. Des enfants noirs nous entourèrent bientôt. Le contremaître fit mine de les chasser, ils feignirent de s'enfuir. Mais ils revinrent aussitôt. Nous leur tendîmes de la viande, des fruits. Ils s'en emparèrent avant de s'égailler comme une volée de sansonnets en direction des cases-nègres. Une partie de la journée se passa ainsi. Aux cris et aux rires trop bruyants succéda une torpeur lourde. Je m'étirai. Des ateliers provenait le battement des moulins qui écrasaient les cannes pour en extraire le jus. Je me levai.

– Ne vous éloignez pas trop, conseilla le contremaître. Avec les nègres, on ne sait jamais.

– Que voulez-vous dire ?

– Il y a beaucoup de bossales[1] sur la plantation. Ils se tiennent tranquilles, tant qu'ils ont peur. Mais il vaut mieux se méfier, ce sont tout de même des sauvages ! La nuit, malgré l'interdiction qui leur en est faite, ils dansent pour leurs idoles.

Il soupira.

– Autrefois, ce n'était pas pareil. Mais depuis que Makandal a voulu empoisonner tous les Blancs, un mauvais vent souffle sur cette île.

J'observais deux esclaves, demi-nus, les reins cassés sous le poids des cannes. Ils regardaient fixement devant eux, sans nous prêter la moindre attention. Je ne comprenais pas à quels événements le contremaître avait fait allusion. J'avais peine à croire que ces pauvres bougres, abrutis par le travail, pussent présenter le moindre danger. Pour rassurer mon interlocuteur, je montrai le pistolet passé dans ma ceinture et m'éloignai de la grand-case.

---

1. Esclaves venus d'Afrique, considérés comme plus farouches que ceux nés dans l'île.

Le vent du large balançait les longues cannes gorgées de ce jus sucré qui, avec l'indigo et le café, assurait la fortune de l'île et celle de négociants tels que mon oncle. Il en résultait un bruissement berceur, qui évoquait la palpitation de l'océan. Des arbres sourdaient des parfums épicés. Je m'abandonnai à ces douces sensations.

Quand l'inquiétude s'immisça-t-elle en moi ? Je me surpris à jeter des regards par-dessus mon épaule, à guetter un son insolite. Bientôt, je me persuadai que quelqu'un me filait. L'avertissement du contremaître résonnait dans ma mémoire. Je poursuivis, tous sens en alerte, jusqu'à la croisée des chemins. En m'asseyant sur une borne, je sortis le pistolet de ma ceinture. Qui m'épiait sous le couvert des cannes à sucre ? Un homme, un animal ? En tout cas, mon suiveur se montrait trop discret pour nourrir des intentions honnêtes. Aussi, quand j'entendis derrière moi le fracas des cannes brusquement écartées, je me retournai avec vivacité, canon levé. J'aperçus une ombre, l'éclat d'une lame. Je tirai au jugé. Mon agresseur tomba à genoux. Je lui frappai la tête avec le lourd pistolet que je n'avais pas lâché. Fut-il étourdi par ce coup ou par la balle qui, si elle ne l'avait pas gravement atteint, avait effleuré sa tempe ? Toujours est-il qu'il se laissa désarmer sans résistance.

C'est alors que je le reconnus. Pour tout vêtement, il portait des pantalons de cotonnade, comme les nègres des champs. Mais il s'agissait sans aucun doute possible de l'esclave élégant qui m'avait renseigné de si mauvaise grâce à la capitainerie.

Il s'assit avec nonchalance, en se frottant la tête. Bien que privé de son coutelas, il me paraissait encore redoutable. Pourtant, déjà résigné au châtiment, il n'esquissa pas le moindre geste hostile.

– Pourquoi voulais-tu me tuer ? Pour me voler ?

Je n'y croyais pas moi-même : cet homme n'était pas un maraudeur, il ne se trouvait pas par hasard à Petite-Anse, il m'y avait suivi. Guettait-il mon retour depuis mon départ de la capitainerie ?

Il s'enfermait dans un mutisme têtu. Dans ses yeux, je ne lisais ni regret ni crainte, juste la tristesse d'avoir échoué. Cette passivité me surprenait. Car, il faut l'avouer, s'il m'eût attaqué, il pouvait l'emporter : il était de taille à m'assommer d'un coup de poing.

– Que sais-tu sur mon frère ? demandai-je, du ton le plus impérieux dont j'étais capable.

Il sursauta, comme si un serpent l'avait mordu.

– Est-ce lui qui t'a amené sur l'île ?

– Je suis né ici, déclara-t-il avec une sorte de fierté.

Il me défiait du regard. Il n'avait pas peur. Seule la résignation expliquait une telle attitude.

– Pourquoi hais-tu autant Yves de Kervadec ?

– Il a tué ma sœur, pour s'amuser ; et mon frère, qui voulait la protéger. Quand je lui ai demandé leurs dépouilles, pour qu'elles ne soient pas jetées dans la fosse aux nègres, au morne du Diable, voici ce qu'il m'a fait.

Il me montra son dos, zébré de hideuses cicatrices. Je ressentis une terrible nausée. Mon doigt se crispa sur la détente. Si mon pistolet avait été encore chargé, j'aurais fait sauter la tête de ce malheureux.

– Tu mens ! Jamais un Kervadec ne se comporterait d'une manière aussi ignoble !

Je lus la stupeur sur son visage. Je pensai soudain à mon père, à la douleur qui ternissait son regard quand il était question de mon frère. Notre famille comptait-elle, comme tant d'autres, sa brebis galeuse ? Je ne voulais pourtant pas croire que le héros de mon enfance se fût jamais conduit contre l'honneur.

– C'est faux, insistai-je, pour affermir ma conviction. S'il avait tué sans raison, la justice du roi l'aurait condamné.

De nouveau, la stupeur décomposa les traits de l'esclave. Puis de ses lèvres jaillit un petit bruit. Je ne compris pas tout de suite qu'il riait car, dans le même instant, des larmes embuaient ses yeux.

– Si tu dis vrai, je comprends que tu veuilles te venger, encore que poignarder son ennemi dans le dos soit un procédé de brigand. Mais moi, je ne t'ai rien fait.

– Je ne peux supprimer un absent. Alors je tue celui qui est de son sang, comme il a tué ceux du mien.

À ce moment, une cloche sonna : le capitaine appelait ses gens.

– Il est reparti en France ?

– Non. Il a embarqué sur le *Léopard*, pour Newport.

– En Amérique ?

Le nègre hocha la tête. Il ne mesurait pas le plaisir qu'il me procurait. Grâce à lui, je commençais à remonter la piste de mon frère ! Même si je n'avais jamais douté de réussir, ce premier résultat m'apparaissait de très bon augure.

– Bon, tu peux t'en aller.

Ses yeux s'écarquillèrent, se posèrent sur mon arme, revinrent à mon visage.

– Déguerpis ! insistai-je.

Il détala, coupant à travers le champ de cannes.

Je passai le pistolet à ma ceinture, mais gardai le poignard à la main et me dirigeai vers la demeure du planteur.

Sur le chemin du retour, à la nuit tombée, j'entendis un battement sourd. Quelque part sur la plantation, les nègres battaient tambour.

Et ce bruit, sans raison, me glaça le sang.

Chapitre 9

Combats sur la Chesapeake

Je n'eus guère l'occasion de poursuivre mon enquête car l'*Auguste* reprit bientôt la mer. De nouveau, nous fûmes astreints à un entraînement épuisant. Les canonniers ne cessaient de lâcher des bordées qui nous assourdissaient. Les artilleurs anglais avaient acquis la réputation d'enchaîner deux salves en moins de trois minutes. Il s'agissait de les égaler, voire de les surpasser. Autant qu'une question d'honneur, c'était une question de survie. Haler dedans le canon ; en nettoyer l'âme avec l'écouvillon ; bourrer la gargousse ; charger à boulet ; tasser la bourre ; repositionner la pièce ; la caler ; régler la hauteur du tir en fonction de la gîte ; crever l'enveloppe de la gargousse avec le manche du boutefeu ; répandre de la poudre sur la lumière ; l'embraser... et cela en coordination parfaite, afin que toute la batterie tire en même temps. Nous avions beau nous acharner, nous ne descendions pas au-dessous des fatidiques trois minutes. Une redoutable émulation poussait nos officiers : chacun, mettant sa fierté à parvenir à ce résultat, exigeait des hommes plus qu'ils ne pouvaient donner. Mon travail, épuisant, consistait à apporter la poudre. Quand le sifflet du premier maître annonçait la fin de l'exercice, je me jetais dans mon hamac, exténué.

Au retour d'une de ces croisières à laquelle l'amiral de Grasse participa en personne, nous aperçûmes une frégate, la *Concorde*, mouillée dans le port du Cap-Français. Une yole s'en détacha avant même que la *Ville de Paris* eût jeté l'ancre. Bientôt le bruit courut d'un bord à l'autre que la *Concorde* apportait à l'amiral un message du comte de Rochambeau, le commandant des troupes françaises en Amérique.

Le contenu exact de cette dépêche, je ne le connus bien entendu jamais. Mais, à en juger d'après les événements qui suivirent, il s'agissait d'un appel pressant à intervenir. Car, dès le lendemain, les préparatifs commencèrent.

Trois mille fantassins embarquèrent. Pour les réunir, on dégarnit les casernes de Saint-Domingue qu'on avait remplies quelques semaines plus tôt. Laissant tout juste ce qu'il fallait de navires pour garder les Îles, l'amiral n'hésita pas à engager la plus grande partie de sa flotte : vingt-neuf vaisseaux de ligne, sans compter les frégates et les transports de troupes, hissèrent les voiles.

Je sentais mon cœur bondir d'allégresse : cette fois, pas d'erreur, nous cinglions vers l'Amérique ! Papegai n'était pas moins enthousiaste que moi. Pour d'autres raisons, toutefois :

– Bientôt, nous allons montrer à ces Anglais de quoi les marins français sont capables ! Et après... Après...

Il portait sur le visage cette expression exaltée, un peu effrayante, que je lui avais vue souvent quand il parlait des *Insurgents*. Nourrissait-il le dessein de les rejoindre ?

Alors que, pendant des semaines, l'amiral avait cherché en vain à affronter la flotte anglaise, il opta cette fois pour une route difficile entre Cuba et les îles Bahamas, dans l'espoir de l'éviter. Personne n'empruntait jamais cet itinéraire semé de récifs et de bancs de sable. Trois jours durant, nous luttâmes contre les courants par vent debout. Ce fut un miracle si aucun navire ne s'échoua.

La ruse de l'amiral réussit : un mois à peine après avoir quitté le Cap-Français, sans avoir rencontré de voiles ennemies, la flotte pénétrait dans la baie de la Chesapeake. Par ce nom, les cartographes désignent un gigantesque bras de mer, qui s'enfonce fort avant dans le continent américain, assez large pour que la flotte puisse manœuvrer à l'aise. Il fallait seulement se méfier des hauts fonds.

L'été touchait à son terme. Il faisait encore chaud. La flotte mouilla face à l'embouchure des rivières de James et d'York. Le débarquement des troupes commença aussitôt. Les fringants uniformes de nos soldats contrastaient avec les tenues misérables des miliciens américains venus les accueillir.

Nos officiers étaient très excités, au point de se laisser aller à parler devant les matelots. D'après ce que les uns et les autres avaient pu saisir de leurs conversations, nous sûmes que le gros des troupes anglaises, sous le commandement du général Cornwallis, s'était retranché près de Yorktown, à quelques milles de l'entrée de la baie. Coincés entre deux fleuves, le dos à la mer, les Anglais subissaient le siège du général américain Washington. Ils espéraient que la flotte de l'amiral Graves viendrait du nord pour les évacuer de leur inconfortable position. Les Américains attendaient au contraire les renforts apportés par les Français pour mener un assaut décisif. Nous en acheminions une partie. Un autre convoi maritime français, chargé de troupes et surtout d'artillerie, descendait le long de la côte sous le commandement de l'amiral Barras. Notre mission consistait d'une part à empêcher les vaisseaux de Graves d'intercepter les navires de Barras, d'autre part à leur interdire d'approcher Yorktown.

L'attente se prolongea plusieurs jours. À bord, l'irritation montait. Les marins n'aiment rien moins que l'immobilité surtout quand elle précède la bataille. Ce mouillage excédait nos nerfs.

Elle fut enfin donnée, cette alerte que nous attendions sans savoir si nous l'espérions ou la redoutions. Sur la mer, des voiles se profilaient : Barras, ou Graves ?

Pour le savoir, une frégate se porta à leur rencontre. On entendit dans le lointain le bruit du canon. Pas de doute : Graves avait été le plus rapide ; les Anglais arrivaient avant Barras.

Branle-bas de combat !

Au signal, nous nous précipitâmes sur le pont, notre hamac sous le bras. Roulé, tassé dans le bastingage, il amortirait la mitraille des fusiliers ennemis. Chacun courut à son poste. Les canonniers s'entourèrent la tête de chiffons pour se protéger des éclats de bois qui voleraient bientôt, arrachés par le choc des boulets ennemis. Dans les profondeurs du vaisseau, le chirurgien préparait charpie et éponges. Les gabiers s'activaient dans la voilure. Si la flotte ne gagnait pas le large au plus vite, nos vaisseaux, gênés dans leurs manœuvres par les hauts fonds, constitueraient une proie facile pour les Anglais. On laissa filer les maîtres-câbles, pour ne pas perdre de temps à haler les ancres.

La mine de mes compagnons m'impressionnait. Derrière leur expression farouche, j'en lisais une autre : la peur. Surtout chez les anciens. Eux savaient toute l'horreur de ce qui nous attendait. J'aperçus Papegai. Il m'adressa un salut.

– Hardi, garçon. Aujourd'hui est un grand jour ! Aujourd'hui, c'est le 5 septembre. Il y a tout juste quarante ans, je venais au monde.

L'*Auguste*, le premier, se dégagea. Les pavillons dansaient dans ses gréements pour inviter l'avant-garde à se resserrer autour de lui. Le *Languedoc*, le *Citoyen*, le *Glorieux*, le *Souverain*, le *Diadème*, la *Médée*, qui formaient l'escadre bleue, se placèrent dans son sillage.

Le vent soufflait du large, nous obligeant à naviguer de près. La marée montante favorisait notre passage entre les bancs de sable mais, en contrepartie, créait un courant contraire. Porté à la fois par le vent et par le flux, l'ennemi approchait en revanche à grande vitesse.

Nous ne possédions qu'un avantage, celui du nombre. Encore était-il mince, car la flotte ennemie se révéla compter plus de trente navires, dont une vingtaine de vaisseaux de ligne. Il fallut se rendre à l'évidence : à la flotte de Graves s'était jointe celle de Hood, que nous pensions encore dans la mer des Antilles.

Le soleil touchait au zénith. Sur l'*Auguste*, nous nous préparions au premier choc.

Or, soudain, l'Anglais vira de bord. Nous n'osions pas croire à ce répit. Puis, rapidement, le sens de la manœuvre nous apparut : au lieu de se jeter en meute contre les vaisseaux français qui encombraient l'entrée de la baie, Graves avait choisi d'ouvrir les hostilités de la manière la plus classique. Il prenait donc position pour ranger ses formidables unités les unes derrière les autres en une parfaite ligne de file. Ce mouvement inespéré donna à nos derniers navires le temps de nous rejoindre.

Quand les escadres furent enfin prêtes, elles se précipitèrent l'une contre l'autre, toutes voiles gonflées. Un silence particulier tomba sur les équipages. Tous savaient ce qui allait se passer : les vaisseaux de la ligne anglaise allaient défiler devant les nôtres, crachant la mort de tous leurs canons. Les nerfs se crispaient, dans l'attente de l'effroyable tumulte de la canonnade.

L'*Auguste* arriva à portée de boulet de l'ennemi. Les deux vaisseaux étaient si proches que nous distinguions les yeux des matelots anglais. Encore quelques secondes...

De part et d'autre, les sabords vomirent des flammes orange ; aussitôt les coques disparurent dans des nuages de fumée, tandis que le vacarme des explosions couvrait le cri des matelots blessés. D'horribles frissons secouèrent la muraille malmenée par l'impact des boulets. Une deuxième, puis une troisième bordée ébranlèrent l'*Auguste*, qui riposta, déséquilibré par le recul de ses propres pièces. Depuis les hunes, les tireurs arrosaient le pont adverse de mitraille. Les gabiers disséminés dans les hautes voiles jetaient des grenades incendiaires dans l'espoir de bouter le feu aux voiles de l'ennemi.

Après quoi, ils se démenaient pour éteindre les incendies qui se déclaraient dans notre propre mâture. Puis les deux vaisseaux, emportés par leur élan, s'éloignèrent l'un de l'autre. Médusé, je contemplais les corps étendus parmi les innombrables débris, les voiles déchirées. Nous n'en étions qu'au premier accrochage, et déjà le pont était rouge de sang !

– Qu'est-ce que tu attends, Rustan ? hurla un quartier-maître. Aux gargousses !

Les servants des batteries eurent à peine le temps de recharger leurs pièces : un deuxième adversaire arrivait à hauteur des sabords. De nouveau, les boulets martyrisèrent le chêne des bordés, le plomb et les esquilles labourèrent les chairs. Les tireurs déchargeaient leurs fusils sans se préoccuper des camarades qui tombaient à leur côté. La mer guettait, avide, les blessés des haubans qui avaient le malheur de lâcher prise. On ferait plus tard le compte des amis disparus.

Je courais dans ce capharnaüm, le corps cassé par le poids des sacs de poudre. Les yeux et les poumons brûlés par la fumée, j'enjambais les blessés, sous une pluie de fer et de bois. Avais-je peur ? Il ne m'en restait même plus la force. Le bruit, la fatigue, l'horreur m'abrutissaient. Un officier m'aborda.

– Toi, là. Au seau !

Il s'agissait de porter de l'eau puisée dans la mer jusqu'aux canons pour les refroidir. Si le pont offrait un épouvantable spectacle, que dire des batteries ? L'air y était irrespirable. Accomplissant les gestes cent fois répétés, les artilleurs servaient leur pièce comme des automates, la peau brûlée par les vapeurs enflammées qui les enveloppaient. La canonnade les rendaient sourds aux hurlements des blessés qui se tordaient à leurs pieds.

Passé le premier engagement, les escadres rompirent leur belle ordonnance. Les vaisseaux cherchèrent à isoler les navires ennemis les plus gravement atteints afin de les achever. Mais, dans l'enchevêtrement des mâtures, comment distinguer l'ami de l'adversaire ? Quelquefois, deux navires se croisaient de si près que leurs vergues se heurtaient, avant de se briser dans un bruit de tonnerre.

Des volutes s'élevaient de la voilure embrasée du *Diadème*. Nos artilleurs concentrèrent leur tir sur l'*Ajax*, avec assez de bonheur pour ouvrir une brèche dans sa coque. Rompant le combat, il chercha à s'enfuir. Le *Princessa* s'interposa pour nous empêcher de le poursuivre.

Nous nous efforcions, dans la mesure où l'urgence du combat le permettait, de mettre les blessés à l'abri. Dans sa cabine, sous la ligne de flottaison, le chirurgien s'activait. Quant aux morts, qui gênaient les mouvements des combattants, nous les jetions par-dessus bord. Tandis que je m'appliquais à cette tâche funèbre, j'entendis un craquement sec. Une bourrade me projeta en avant. Dans un fracas épouvantable, la corne d'artimon s'abattit sur le pont, juste à l'endroit où je me tenais un instant auparavant. Je me retournai vers l'homme qui m'avait bousculé, me sauvant la vie au risque de la sienne. La poudre noircissait son visage, ce qui rendait plus terrible encore sa grimace : mon bienfaiteur n'était autre que Sourire !

Je n'étais pas revenu de ma stupeur, qu'il avait disparu. Je ne perdis pas de temps à m'attendrir. De toutes parts, les fusiliers réclamaient des munitions, pour riposter à l'attaque imminente de la *Princessa*. Le vaisseau anglais se précipitait sur l'*Auguste* au moment où celui-ci se trouvait dans une position défavorable. Le feu ennemi ayant arraché la bouline de misaine, il devenait difficile de maîtriser les mouvements du navire. Si nous laissions la *Princessa* prendre notre poupe par son travers, ses boulets, balayant nos propres batteries en enfilade, causeraient des dégâts considérables.

– Là-haut, garçon ! lança l'amiral de Bougainville, si agité qu'il oublia pour la circonstance qu'un officier de son rang ne s'adresse jamais directement à un matelot.

Le gabier interpellé se précipita pour remettre la bouline en place. Il atteignait la hune, quand une balle lui déchira la poitrine. Il tomba sans un cri. À peine s'était-il écrasé sur le pont que Papegai s'élançait à son tour. Le cœur battant, je suivis l'ascension de mon ami. Je ne doutais pas qu'il réussirait : aucun autre matelot de l'*Auguste* n'avait sa force et son agilité. L'amiral non plus ne le quittait pas des yeux, comme si l'issue de la bataille dépendait uniquement de lui. Hélas ! À l'endroit précis où son prédécesseur avait été frappé, il s'immobilisa. Il eut encore le temps de se retourner, de cracher une injure en tendant le poing vers le tireur embusqué dans la mâture de l'ennemi. Puis il lâcha prise. Dans sa chute, une jambe se prit dans une enfléchure et il resta accroché, la tête en bas, les bras ballants.

Avant de comprendre quel démon me poussait, j'avais à mon tour agrippé un filin.

– Ma bourse à qui remettra cette bouline en place, cria M. de Bougainville au moment où je passai devant lui.

– Amiral, je ne fais pas cela pour de l'argent ! répliquai-je, rageur ; il ne m'entendit probablement pas.

Je n'avais ni l'habileté ni l'expérience de Papegai. Mais la colère me consumait, dirigée autant contre le tireur embusqué que contre le ciel, qui tolérait cette boucherie. Elle me permit de braver le vide et la mitraille, me donna la souplesse et la force nécessaires et m'inspira une tactique. Par deux fois, l'Anglais avait frappé au moment où le matelot prenait pied sur la hune. Je pariai ma vie sur l'hypothèse qu'il ne modifierait pas sa pratique. Arrivé à l'endroit fatidique, je sautai sur le hauban opposé.

Aujourd'hui encore, je me demande par quel miracle je m'y agrippai au lieu de tomber dans la mer. Je me hissai sur la hune, veillant à rester sous le couvert du mât. Je repris haleine avant de m'élancer. J'attrapai la bouline, la fixai. Puis je m'emparai d'une drisse pour me laisser glisser jusqu'en bas. Une douleur atroce me déchira la cuisse. Sur mon pantalon, une fleur de sang s'épanouit. L'Anglais m'avait eu, en fin de compte. Mais trop tard : L'*Auguste* virait de bord. Ayant retrouvé son aisance, il tournait ses canons vers la *Princessa*.

Je manquai lâcher prise. Dans un éclair, les visages triomphants de Le Dantec et de son épouse m'apparurent : si je mourais maintenant, ils couleraient des jours tranquilles à Kervadec, et cela, je ne pouvais l'admettre. Je puisai dans cette révolte la force de m'accrocher.

Quand je touchai le pont, la jambe me manqua. La souffrance contracta tous mes muscles. Je m'écroulai, inconscient.

Mon évanouissement ne dura pas. Je m'éveillai quand deux bras vigoureux me saisirent sous les aisselles. Je hurlai, terrifié à l'idée que, me prenant pour un cadavre, on allait me jeter à l'eau.

On me descendit dans la cale.

Une lampe pendue au plafond jetait une faible lueur sur les deux tables où l'on couchait les blessés. Je préférai ne pas regarder le contenu des seaux déposés dessous. Un tablier rougi de sang enveloppait le chirurgien. Il me tendit une chique de cuir à mordre tandis qu'il élargissait la blessure pour extraire le projectile. Après avoir prévenu une hémorragie en bourrant la plaie de charpie et réduit la fracture de ma cuisse, il la maintint avec une éclisse. Il ne pouvait faire davantage. On m'emporta pantelant dans la soute à cordages, avec les autres blessés.

Le tumulte du combat nous parvenait, assourdi, ou dans toute sa brutalité quand une bordée frappait plein bois notre coque. Chacun redoutait l'ouverture d'une voie d'eau, qui nous eût perdus. Mais nul ne parlait ; je n'entendais autour de moi que les plaintes des blessés au bord de l'inconscience. Je songeai à Papegai, pendu à son hauban. Un sanglot me suffoqua.

Chapitre 10

L'hôpital de Baltimore

La canonnade dura jusqu'au soir. Quand elle se tut, un grand silence étonné tomba sur la flotte. Puis le navire résonna d'innombrables coups de marteaux : les charpentiers s'efforçaient de réparer au plus vite les dégâts provoqués par l'artillerie ennemie, tandis que les gabiers ravaudaient les voiles déchirées. Il se passa encore de longues heures avant que les camarades vinssent nous voir.

Il faisait sombre dans la cale. Pendant tout le combat, les flammes avaient jailli des quatre-vingts canons et des centaines de fusils de l'*Auguste*. Mais, à présent que le combat avait pris fin, la vieille terreur du feu reprenait ses droits. Nos visiteurs ne disposaient pour s'éclairer que d'une lanterne sourde, dont la petite flamme perçait à peine le verre épais.

Ils nous distinguaient difficilement et nous ne les reconnaissions guère. Cependant Bâbord-Amures, grâce à son habitude de l'obscurité, me repéra aussitôt.

– Tu as eu de la chance, petit, me dit-il.

De la chance ! Je souffrais le martyre ! Pourtant... Je repensai au pont, couvert de cadavres, au seau du chirurgien... Moi, j'étais vivant, et entier !

– Avons-nous gagné ?

– Peut-être que oui, peut-être que non. Nous n'avons perdu aucun bâtiment, je crois. Mais les Anglais non plus. Le combat a cessé à cause de la nuit. Il reprendra demain.

– Papegai est mort.

– Paix à son âme, répondit placidement Bâbord-Amures, qui ne l'aimait guère.

En partant, il me glissa une pomme dans la main. Elle était toute ratatinée, mais très sucrée. Je l'appréciai d'autant plus que je savais quel châtiment le calier encourait si on le surprenait à voler un fruit, ce mets étant réservé à la table des officiers. Cela ne l'empêchait pas de m'avoir, depuis le début de la traversée, gratifié de quelques friandises chaque fois qu'il l'avait pu.

J'étais vivant, oui, et entier. Mais pour combien de temps ? Contrairement à ce que Bâbord-Amures avait annoncé, les Anglais ne cherchèrent pas à reprendre le combat dès le lendemain. L'attente devenait insoutenable. Je tremblais de fièvre. Je divaguais. J'étais obsédé par l'idée que ma jambe allait se gangrener, que le chirurgien la couperait. Un visage se pencha sur moi. Je lançai les mains en avant, m'en saisis.

– Maria ! m'écriai-je, plein de ferveur. Vous êtes venue !

– Hé ! lâche-moi !

Ce n'était qu'Aubin, le mousse.

– Tu n'as pas été blessé ? demandai-je, soudain rappelé à la réalité.

– Pas si bête ! Qu'est-ce que ça pue, ici !

– Aubin, peux-tu me rendre un service ? Dis-moi si cette odeur vient de ma jambe.

Il m'assura que non. Je ne le crus qu'à moitié.

Chaque jour qui passait, la mort moissonnait parmi les blessés. J'étais persuadé que mon tour viendrait bientôt si on ne me ramenait pas à terre. Or, par Bâbord-Amures et Aubin, j'appris que les deux flottes se surveillaient, sans engager d'autres hostilités. Les Français, puisque le temps jouait en faveur des *Insurgents*, se contentaient d'interdire l'accès de la Chesapeake aux navires anglais. Graves hésitait à forcer le blocus. En attendant, à mon grand dam, nous nous éloignions toujours un peu plus de la côte.

Au bout de cinq interminables journées, nous entendîmes du fond de notre abîme un grand cri d'allégresse. Bâbord-Amures vint aussitôt confirmer ce que cette joie nous laissait pressentir : Graves abandonnait. Les vaisseaux anglais faisaient demi-tour et cinglaient vers le nord.

Après que l'amiral eut acquis la certitude que cette volte-face n'était pas une ruse, nous regagnâmes le mouillage.

Quand on me porta sur le pont, je m'aperçus que la flotte qui encombrait la Chesapeake avait grossi. L'escadre de l'amiral Barras avait en effet profité de l'immobilisation des Anglais pour se faufiler le long de la côte. Voilà pourquoi Graves avait déguerpi : puisqu'il n'avait pu empêcher les renforts de passer, à quoi bon risquer ses vaisseaux ?

Comme tous les blessés, on me descendit à terre. L'amiral de Bougainville surveillait le débarquement. À ma grande surprise, il me reconnut. Il se pencha sur moi et, discrètement, poussa une bourse dans ma main.

– Amiral, je...

– Je sais, je sais, me coupa-t-il avant de s'écarter. Mais ne l'avais-je pas promis ?

J'aperçus Aubin, qui me salua d'un signe de la main. Mais pas Bâbord-Amures. Cela me peina, car je doutai de jamais le revoir.

Une ferme miraculeusement épargnée par le pilonnage de l'artillerie qui avait ravagé les alentours de Yorktown servait d'hôpital de campagne. De braves femmes ne ménageaient pas leur peine pour nous secourir. Elles portaient un costume gris. Une coiffe rigide dissimulait à demi leur visage. Elles souriaient rarement, mais se dérangeaient à n'importe quelle heure du jour et de la nuit pour tenir la main des mourants. Je regrettais vivement de ne pas connaître leur langue pour leur exprimer ma gratitude. Avec mon père je parlais le français, avec nos gens le breton ; l'abbé m'avait inculqué quelques rudiments de latin et de grec. Hélas, cela ne me servait à rien sur ces rivages. Ces femmes appartenaient à la secte des quakers. Sur la foi de mes chères *Lettres philosophiques*, je pensais qu'on n'en trouvait qu'à Philadelphie, une ville située bien au nord de Yorktown. Mais peut-être en venaient-elles, puisque l'armée y avait séjourné récemment.

Si leurs soins et leurs prières nous apportaient un grand réconfort, ils se révélaient peu efficaces contre la mort. Nous manquions de tout, surtout de pansements et d'onguents. Pour éviter l'infection des plaies, nous les arrosions avec notre urine. Le plus souvent ce vieux remède de marin ne suffisait pas. Mes compagnons d'infortune partaient les uns après les autres pour être ensevelis dans la terre d'Amérique. En guise de suaire, on utilisait leur drap. Le linge devint vite trop précieux pour être ainsi perdu : on coucha les cadavres à même le bois du cercueil.

La paillasse des morts ne restait pas longtemps inoccupée : le siège du camp retranché anglais se poursuivait et chaque position s'emportait au prix de nombreux blessés, français ou américains. L'artillerie grondait dès l'aube et ne se taisait qu'à la nuit tombée.

Bientôt notre hôpital de campagne ne suffit plus. Les braves quakers étaient débordées par l'afflux des blessés. Elles ne dormaient plus. La gangrène, la fièvre, la peur… J'appris en ce lieu que la véritable odeur de la guerre n'est pas celle de la poudre. Nous sentions déjà le cadavre avant d'avoir perdu la vie.

Fin septembre, l'évacuation des blessés commença, du moins pour ceux que le chirurgien estimait transportables. Aujourd'hui encore les traits de cet homme qui passait de lit en lit, scellant notre destin d'un mot, sont gravés dans ma mémoire. La plupart le regardaient approcher avec angoisse, car un hochement négatif de sa tête poupine équivalait au plus terrible verdict : incurable.

Ma plaie se refermait proprement. J'en grattai chaque matin l'humeur avec mon couteau, afin d'éviter la propagation de l'infection. Le chirurgien l'examina, hocha la tête, prononça : « Baltimore ». Quel soulagement ! C'était là qu'on regroupait les mieux portants. Ce mot sonnait comme une promesse de guérison.

Un cotre me mena, en compagnie d'une trentaine d'autres, tout au fond de la Chesapeake. À moitié allongé à l'arrière, je me laissais bercer par cette navigation paisible. L'équipage américain ne prenait aucune précaution. Pourtant nous cabotions à portée de fusil de la rive, et la région, prétendait-on, demeurait infestée de troupes anglaises plus ou moins régulières. Les matelots ne s'en souciaient guère ; ils éprouvaient ce sentiment d'invulnérabilité qui est la vraie preuve de la victoire. Je n'étais pas loin de partager cette impression, depuis que je ne redoutais plus l'amputation. Il m'arrivait même de me lever, en m'agrippant à un cordage. J'aurais ri au nez de quiconque m'aurait dit, avant cette épreuve, que me tenir debout sur le pont d'un navire m'apporterait une telle exaltation. Appuyé au plat-bord, j'esquissai quelques pas, bien décidé à retrouver au plus vite l'usage de ma jambe.

C'est dans cette disposition d'esprit que j'arrivai à destination. Baltimore se détachait sur un fond de collines boisées, au centre d'une rade accueillante. Elle m'apparut comme une petite agglomération charmante, avec ses maisons de briques, ses volets blancs, ses rues spacieuses et animées, peut-être un peu trop rectilignes. L'hôpital, bien que lui aussi surpeuplé, était accueillant, avec son plafond haut, ses murs fraîchement chaulés, ses larges fenêtres.

Mon voisin de lit s'appelait Jonathan Adams. Il venait de Pennsylvanie. Dans cette rencontre, le P. Milon aurait sans doute vu l'action de la Providence. D'autres auraient parlé de chance ou de hasard.

Adams avait reçu sa blessure au cours de l'assaut contre une redoute mené par le marquis de La Fayette. Il connaissait deux douzaines de mots français, je m'initiai à son jargon : en limitant nos ambitions à une conversation simple, nous parvînmes à nous comprendre. Je lui expliquai tant bien que mal ce que j'étais venu chercher en Amérique.

– Yves de Kervadec ? (Il prononçait « Aïve dou Kerveudec ») *Oh, I knew him...* je connus *him*. Il vendait les fusils, pour Mister Bioumâché.

– Pour M. de Beaumarchais ? Pas de doute ! C'est lui, m'écriai-je.

Une lettre d'Yves citait ce Beaumarchais, dont je m'étais demandé s'il entretenait un lien de parenté avec l'auteur du *Barbier de Séville*, responsable d'une édition des œuvres de Voltaire qui fit en son temps la joie de mon père.

Malheureusement, Adams ne savait pas où mon frère se trouvait à présent.

– Le *business* des *guns* est *dangerous*, *especially* quand on a deux paroles. Quand il quitte la Virginie, plusieurs *people* voulait le...

Avec sa main posée sur le gosier, il mima une pendaison. Et pour s'assurer d'avoir été compris, il précisa :

– Lui, pas honnête...

Trop impatient pour m'attarder à cette pure calomnie, je le pressai de questions.

– *He's gone* vers le nord, *I think*. La Nouvelle-France [1].

Cette destination me surprit : qu'allait donc faire un pourvoyeur des *Insurgents* dans un pays depuis longtemps tombé aux mains des Anglais ? Adams m'assura qu'on y trouvait encore de nombreux Français, surtout dans la région des Grands Lacs.

–*However*, ajouta-t-il, peut-être Kervadec il aime mieux faire son *business* avec les Anglais.

En d'autres lieux, il m'aurait rendu raison de ce persiflage. Mais avec ma jambe qui ne me portait pas et son bras en écharpe, nous aurions formé un bien méchant couple de duellistes. D'ailleurs, je préférais penser que les Américains ignorent ce que signifie l'honneur pour un gentilhomme breton, et qu'ils ont une fâcheuse tendance à rechercher l'intérêt commercial derrière tous les comportements.

Ma blessure cicatrisait. L'os se ressoudait. Je clopinais, appuyé sur une béquille offerte par un char-

1. Le Canada.

pentier de la ville. J'en profitai pour aider aux menus travaux de l'hôpital. En me rendant utile, je servais également mon propre intérêt : on ne me renverrait pas vers la flotte tant qu'on aurait besoin de moi ici. J'avais l'intention de filer mon câble, selon l'expression employée par les matelots peu disposés à regagner le bord après une escale. Or, pour mettre ce projet à exécution, je devais retrouver le plein usage de ma jambe.

Chapitre 11

Deux déserteurs

Régulièrement, un bateau apportait un nouveau contingent de blessés. Pour dégager de la place, on renvoyait au combat ceux qui avaient été rafistolés. Jonathan Adams me fit ses adieux. Il rejoignait les volontaires des bataillons de Pennsylvanie et insista pour m'emmener avec lui. Je ne pouvais le tromper sur la gravité de mon état. Il savait que j'avais recouvré mes forces et que je n'utilisais plus ma béquille que pour donner le change.

– Je ne suis pas venu en Amérique pour gagner votre guerre, comme La Fayette ! rappelai-je. Je veux retrouver mon frère.

– D'accord, dit-il. Chacun sa route. Mais *hurry up* : la Nouvelle-France est loin et, dans le nord, l'hiver vient vite.

Il s'éloigna, joyeux, salué par ses compatriotes. Je le regardai partir le cœur serré : sans doute ne le reverrais-je jamais. Comme Bâbord-Amures, comme Aubin, comme Sourire même, ou comme Papegai, il m'avait accompagné un bout de la route que je m'étais tracée. À présent, nos pas nous entraînaient sur des chemins différents. La solitude me pesait. Dans ma poche, je tripotai ma lettre à Maria, réécrite, complétée à maintes reprises, mais jamais envoyée : comment l'aurais-je fait parvenir à sa destinataire ?

Je suivis le judicieux conseil de Jonathan. Je ne craignais pas seulement l'approche de l'hiver. D'après les échos que nous avions du siège, Yorktown tomberait bientôt aux mains des *Insurgents*. Sans doute la flotte française quitterait-elle alors la Chesapeake pour reprendre la chasse aux Anglais dans la mer des Antilles. Je préférais être loin avant qu'on se mette à la recherche des matelots éparpillés à terre pour les embarquer.

Trois jours après le départ de Jonathan, je m'éclipsai.

La saison, bien qu'avancée, était encore belle, et les rigueurs de l'hiver contre lesquelles Jonathan m'avait mis en garde paraissaient lointaines. Je redoutais en revanche les questions indiscrètes. Aussi m'écartai-je au plus vite des rues trop fréquentées de Baltimore.

Je m'enfuis ainsi pendant deux jours entiers, en direction du nord. Bien que ma blessure fût à présent guérie, j'éprouvais encore une douleur sourde à la cuisse. Pourtant, je prolongeais les étapes jusqu'à la nuit, me cachant chaque fois que menaçait une rencontre inopportune. J'évitais en particulier tout ce qui portait un uniforme. Je préférais un excès de précautions, quitte à perdre du temps, au risque d'être reconnu. Or, cette prudence me fit courir un véritable péril. Entendant le galop d'un cheval, je quittai la route et entrai dans le fourré pour me dissimuler. Là, je tombai nez à nez avec une jaquette rouge : un soldat anglais !

Au bout de son fusil brillait une baïonnette. Par bonheur, l'exiguïté de notre cachette et la végétation touffue gênaient ses mouvements. Je tirai mon pistolet de ma ceinture. Le cavalier passa en trombe sans nous remarquer.

L'Anglais était aussi jeune que moi. Il portait un uniforme sale, déchiré à plusieurs endroits. Ses traits pâles, émaciés, sa présence loin des lignes britanniques, ne laissaient planer aucun doute : lui aussi fuyait la guerre. Mais elle nous rattrapait.

Combien de temps sommes-nous restés ainsi face à face, immobiles, moi le doigt crispé sur la détente de mon pistolet, lui le fusil levé ? Pas plus de quelques secondes, sans doute. Elles me semblèrent une éternité. S'il avait esquissé le moindre geste, j'aurais tiré. Mais il ne bougeait pas. Il me dévisageait, les yeux écarquillés par la peur. Alors, insensiblement, je baissai la main. Quand je passai le canon de mon arme dans ma ceinture, les traits de l'Anglais se décontractèrent. Il lâcha son fusil. Je lui tendis la main. Il hésita avant de la serrer, surtout, je pense, parce que ce geste ne lui était pas coutumier.

Du doigt, j'indiquai la direction de Baltimore.

– Là-bas, Français !

Il m'indiqua la direction opposée, celle-là même vers laquelle je me dirigeai.

– *There, British !*

Notre rencontre nous avait évité de donner chacun dans les lignes ennemies. Je me frappai la poitrine, indiquai vaguement le nord :

– Je vais en Nouvelle-France.

Il fronça les sourcils.

– Nou-velle France ? répéta-t-il en détachant les syllabes. *Oh ! Yes ! Canada !*

Je hochai la tête. Nous nous souriions, heureux de cette complicité inattendue. À ma surprise, il déclara, à mi-voix :

– *Canada ? Why not ?*

Puis, affermissant le ton :

– *We've to walk along the Susquehanna river.*

Je saisis le dernier mot. À l'hôpital, j'avais trouvé une carte de la région. Si, hélas, je n'avais pu la dérober sans risquer de trahir mes intentions, je m'étais efforcé de la graver dans ma mémoire. La Susquehanna se jetait tout au fond de la baie de la Chesapeake, coulant du nord. Jusqu'où remontait-elle ? Voilà ce que j'ignorais, car le bord de la carte interrompait son cours.

J'avais également compris le premier mot de sa phrase : *we*, nous. Cela signifiait qu'il songeait à venir avec moi.

Va pour la Susquehanna ! Si l'Anglais était, comme il le paraissait, mieux informé que moi sur la géographie du pays, il me servirait de guide, au moins dans un premier temps.

– *All right ?* poursuivit-il. *So, let's go.*

Tout en marchant, j'observais mon compagnon du coin de l'œil. Quel motif le poussait à accompagner un ennemi ? N'avais-je pas présumé un peu vite qu'il s'agissait d'un déserteur ? Et, même si c'était le cas, ne regrettait-il pas ? Ne complotait-il pas de me livrer à ses amis, pour se racheter ?

Le soir venu, nous trouvâmes refuge dans un bosquet. Je m'appuyai à un arbre, me calai entre ses racines. Avec discrétion, je posai mon pistolet en travers de mes cuisses.

Je me forçais à l'immobilité la plus totale, respirais avec régularité, de façon à donner l'image de l'homme endormi. Mais je veillais : si le godon [1] nourrissait quelque mauvaise intention, je n'allais pas tarder à le savoir.

Le bougre était innocent. Il ne broncha pas. Il dormait.

Du moins le croyais-je.

Le lendemain, à son teint hâve, son visage défait, je compris qu'il avait lui aussi passé une nuit blanche à me guetter.

La preuve était faite. Nous formions un bien étrange équipage, mais il ne me manifestait pas plus d'hostilité que je n'en éprouvais à son égard.

Je partageai avec lui une partie de mes provisions, car il en était démuni. La rapidité avec laquelle il

1. Appellation péjorative des Anglais (par altération du juron *goddam*, que ceux-ci employaient).

engloutit son biscuit montrait que son dénuement ne datait pas de la veille.

Nous reprîmes notre route.

Il ne parlait pas le français, je n'entendais de l'anglais que les rudiments appris au contact de Jonathan. Une des plus graves malédictions qui fût jamais lancée sur les hommes date de la tour de Babel : y aurait-il tant de guerres et de massacres si les nations parlaient toutes la même langue ?

Néanmoins, à force de gestes et d'approximations, j'appris quelques éléments sur mon compagnon de route. Il s'appelait John Hargrave, avait dix-sept ans, était apprenti menuisier avant qu'on ne l'enrôlât de force dans l'armée. John, c'est Jean dans le jargon des Anglais. Cette coïncidence nous amusa. Elle n'était pas la seule. John avait deux trésors : une bible et un médaillon contenant une boucle de cheveux.

– Mary, dit-il en guise d'explication un jour que je le surpris à contempler le bijou.

Et, bien sûr, cela m'évoqua Maria Le Dantec. Nous passâmes le reste de la soirée silencieux, à remuer de mélancoliques pensées.

Chapitre 12

En remontant la Susquehanna

Notre entreprise était une folie. Je n'imaginais pas l'immensité de l'Amérique. Les hommes auront-ils jamais fini d'explorer un continent aussi vaste ? Nous marchions pendant des heures, des jours, dans une région déserte, où tout prenait des dimensions gigantesques : les arbres, les rivières, les herbes même. Le soir, harassé, la cuisse douloureuse, je devais lutter pour ne pas laisser le découragement m'envahir. Le Canada me paraissait aussi mythique que la Jérusalem céleste qu'évoquait autrefois le P. Milon, citant saint Augustin.

Quand nous apercevions enfin un village, nous l'évitions, par prudence. Que leurs habitants fussent partisans des Américains ou fidèles aux Anglais, l'un de nous deux risquait sa vie. Une nuit, je m'aventurai à proximité d'une habitation, pour voler des vêtements qui séchaient sur un fil. Ils n'étaient pas à la taille de mon compagnon, mais ils valaient mieux que son uniforme, trop voyant. Il compléta son costume par des haillons empruntés à un épouvantail.

Sales, les vêtements déchirés, nous avions à présent l'allure de deux chemineaux. Je boitais de plus en plus bas. Les rivières, les forêts et bientôt les montagnes ralentissaient notre avance. Notre faim, également : les maigres provisions amassées à l'hôpital de Baltimore en prévision de ce voyage avaient vite disparu. Il nous fallut chasser. Nous usâmes du fusil de John tant que nos cornes continrent de la poudre. C'est-à-dire quelques jours. Ensuite, nous dûmes recourir à une autre méthode. Mon père s'était toujours montré indulgent envers les paysans qu'il surprenait à braconner sur ses terres. Quand il repérait un piège, il se contentait de le détruire, après m'en avoir décrit le fonctionnement, car la lecture de l'Encyclopédie l'avait convaincu de l'intérêt de tous les mécanismes, même les plus humbles. Combien je lui savais gré aujourd'hui de ces leçons qui nous évitèrent, à John et moi, de mourir de faim !

Un matin, alors que nous avions passé la nuit blottis l'un contre l'autre à l'abri d'un rocher pour lutter contre le froid, je m'éveillai avec la désagréable impression d'être épié. Je bondis sur mes pieds, craignant l'irruption d'un fauve. Deux gamins nous observaient, sérieux. Je leur adressai un salut aimable, auquel ils répondirent sans sourire. John, éveillé à son tour, échangea quelques paroles avec l'aîné des enfants, qui devait avoir une dizaine d'années. Il m'expliqua tant bien que mal qu'ils étaient venus ramasser du bois mort, que leur village était tout proche, et qu'ils nous invitaient à les suivre.

Nous hésitâmes. Cependant, nous avions marché depuis tant de jours, le front était si loin derrière, nous étions si démunis, que nous nous laissâmes tenter.

En fait de village, trois ou quatre bâtisses en rondins se partageaient une clairière traversée par une petite rivière. Le plus jeune des enfants avait pris les devants pour annoncer notre venue. Tous les habitants du lieu, une trentaine de personnes, étaient sortis pour nous accueillir. Les femmes portaient toutes la même robe grise, sévère. Les cheveux et la barbe des hommes, moins nombreux, tombaient sur une sorte de redingote noire, boutonnée haut, que je jugeai surprenante en cet endroit où l'on vivait du travail de la terre. Mais peut-être l'avaient-ils enfilée en notre honneur. Une multitude d'enfants gambadaient, habillés comme leurs parents. Le doyen de cette communauté, qui se présenta sous le nom d'Abraham, nous accueillit par un discours un peu emphatique. Ces gens paraissaient des plus pacifiques. Ils parlaient l'anglais, mais leur accent, très différent de celui de John, trahissait une origine étrangère.

Ils nous invitèrent à leur table. Celle-ci était simple, mais abondante. Tout le hameau prenait ses repas en commun. Avant de s'asseoir, le chef ouvrit une bible, dont il lut une dizaine de versets.

Ils mangèrent en silence. Ils veillaient à ce que nous ne manquions de rien, mais ne répondaient pas à nos tentatives d'engager la conversation. Puis le patriarche donna ses instructions ; à ce que je compris, il distribuait le travail de la journée. Ils n'avaient manifesté aucune curiosité à notre encontre. Seule une petite fille, au moment de quitter la pièce, demanda à John :

– *Where do you come from ?*

Cela lui valut d'être réprimandée par une femme qui me parut bien jeune pour être sa mère. Mais John en profita pour expliquer qui nous étions, d'où nous venions, où nous allions. C'est du moins ce que je compris, autant par ses gestes que par ses paroles. En revanche, le discours du patriarche m'échappa en grande partie. John me le résuma :

– Ces gens se sont retirés du monde pour vivre avec la Bible pour seule loi. Mr Abraham est content de nous accueillir, car nous sommes des hommes de paix. Il nous propose de rester avec eux.

– Dis-lui que nous le remercions, mais je dois retrouver mon frère.

– C'est déjà fait. Je te connais assez maintenant pour savoir que tu ne t'arrêteras pas.

Je me rendis compte, à son sourire triste, combien je me montrais égoïste de l'entraîner dans cette aventure, sans jamais m'être inquiété de ce qu'il souhaitait.

– Peut-être préfères-tu demeurer parmi ces gens...

Il m'interrompit :

– Aucune de leur femme n'est aussi belle que ma Mary !

Abraham ne nous tint pas rigueur de notre refus. Il se contenta de nous remettre dans le droit chemin : sans le vouloir, nous avions quitté le cours principal de la Susquehanna. Je voulus lui acheter un cheval. Il n'y consentit pas, car le village avait besoin de tous les siens. Cependant, il nous céda une vieille carne, désormais incapable de tirer la charrue, encore moins d'arracher une souche. C'était néanmoins une monture, et nous appréciâmes le geste. Il refusa le moindre paiement, car il redoutait l'argent comme le diable.

Le patriarche nous bénit. J'ignore encore à ce jour à quelle secte il appartenait, mais je lui rends volontiers sa bénédiction. Un essaim d'enfants nous accompagna jusqu'à l'orée, puis nous nous enfonçâmes dans la forêt, suivant la direction qu'il nous avait indiquée.

Notre pauvre jument n'avançait pas vite, au pas plus souvent qu'au trot. Pour ne pas la fatiguer, nous nous relayions sur son dos. Mais elle ne manifestait jamais la moindre humeur. Au contraire, j'aurais juré que l'aventure lui plaisait.

Un matin, nous ne la retrouvâmes pas. Avait-elle été effrayée dans la nuit par quelque chat sauvage ? Avait-elle décidé d'achever seule la course de sa vie ? Son départ nous attrista. Pas seulement parce qu'il nous condamnait à poursuivre à pied, mais parce que nous nous étions attachés à elle. Au reste, son initiative nous libérait de la peine d'avoir à l'abandonner, ce à quoi nous aurions été prochainement contraints, car le terrain devenait de moins en moins praticable.

Le vent se chargeait de froidure. Le matin, le givre blanchissait les feuilles et les branchages dont nous nous couvrions la nuit. Je connaissais désormais assez d'anglais pour comprendre que John n'était pas loin de renoncer. Cela me contrariait. J'avais peur, je crois, de me retrouver seul.

Nous avions perdu le compte des jours. La montagne devenait plus difficile. Les eaux de la rivière Susquehanna suivaient désormais un cours rapide. D'ailleurs, s'agissait-il encore de la Susquehanna ou de l'un de ses innombrables affluents ? La pluie tombait souvent, pénétrante. Nos vêtements n'avaient plus le temps de sécher.

Nous ne pouvions continuer ainsi. Pourquoi avoir refusé l'hospitalité d'Abraham, au moins pour passer l'hiver ? Les regrets ne servaient à rien : nous étions trop avancés dans la montagne pour revenir en arrière. Nous devions la franchir. De l'autre côté, selon John, s'étendait la région des Grands Lacs. Seulement, ce terrain accidenté semblait ne jamais devoir connaître de fin. Nos étapes devenaient de plus en plus courtes. Un jour, bien avant midi, nous

nous heurtâmes à un obstacle infranchissable. Le cours d'eau que nous remontions jaillissait d'un défilé rocheux. Plus de berges. Il fallait s'écarter de l'itinéraire, pénétrer dans la forêt, touffue à cet endroit. Nous avions toutes les chances de nous égarer.

John se laissa lourdement tomber au sol.

– *It's over*, dit-il, c'est fini.

Comme il avait changé ! Les os saillaient sous sa peau. De profonds cernes violets soulignaient son regard délavé.

– Nous allons redescendre, annonçai-je, sans grande conviction. Nous trouverons une autre rivière dont nous pourrons remonter le cours.

Mais je ne bougeai pas plus que lui.

Longtemps après, je consentis un effort qui me parut surhumain pour poser quelques pièges. Nous nous calâmes l'un contre l'autre. Le froid devenait insupportable. Bien avant l'aube, il nous réveilla, et nous passâmes le reste de la nuit à grelotter en attendant le jour.

Au matin, les collets étaient vides.

– Partons ! dis-je.

John secoua la tête, les dents serrées. Je m'assis à côté de lui. Une pluie fine commença de tomber. Je posai mon bras en travers de ses épaules, pour le protéger un peu.

– *We must go on*, répétai-je, sans davantage me lever que lui.

Bien plus tard, John sortit de son silence. Il ne s'adressait pas vraiment à moi. D'ailleurs, je ne saisissais que des bribes du discours qu'il marmonnait, les yeux dans le vague. Je finis par comprendre qu'il parlait à sa Mary. Dans le creux de la main il serrait son médaillon.

Partir ! Nous n'éviterions la mort qu'à ce prix. Pourtant, à l'idée des souffrances qui nous attendaient encore, je me sentais saisi d'un profond découragement. Et quand la nuit tomba sans que nous ayons fait un pas, j'en fus plus surpris que désolé.

– Je vais relever mes pièges.

Cette annonce ne secoua pas la torpeur de John. Aucun gibier ne s'était pris à mes lacs. J'eus néanmoins assez de bonheur pour tomber sur un porc-épic. La gaucherie de cet animal le rend vulnérable. Je l'assommai. Sans attendre, je me mis en devoir d'allumer un feu. Cela me demanda de longs efforts : humide, le bois prenait mal et dégageait une fumée épaisse. Mais mon acharnement connut sa récompense : la viande du porc-épic était grasse et assez savoureuse. John n'y toucha guère.

– Nous partirons demain matin, décidai-je.

– *No.*

J'insistai. Il m'injuria.

Fort heureusement, il n'avait plus de munitions pour son fusil. Sinon, il n'aurait pas hésité, je crois, à m'abattre. À ce moment, il me haïssait : n'était-ce pas moi qui avais suggéré cette route interminable ? L'instant d'après, il sanglotait, comme un enfant.

Au matin, après une nouvelle nuit sans sommeil, je le secouai.

– En route !

Je me mis en chemin, tout en craignant de ne pas entendre son pas dans mon dos. De fait, il hésita longuement. Je me forçai à ne pas me retourner. Je ne fus rassuré que lorsqu'un chapelet de jurons bien sentis m'avisa de sa reddition.

Hélas, notre halte n'avait pas suffi à reconstituer nos forces. Au bout d'une demi-journée, épuisés, nous dûmes de nouveau nous reposer.

C'est alors que nous aperçûmes les sauvages.

Je n'en avais jamais vu et ne les connaissais qu'à travers les récits entendus à l'hôpital de Baltimore, de la bouche de fieffés menteurs. Cependant, devant l'expression menaçante de ceux qui avaient su nous cerner sans éveiller nos soupçons, j'étais à présent tout disposé à croire les histoires les plus horribles.

Ils se jetèrent sur nous. Mon pistolet, le fusil de John se retrouvèrent entre leurs mains avant que nous ayons pu esquisser le moindre geste pour les empêcher de nous dépouiller. L'un des sauvages lança ensuite un cri auquel un autre, de la profondeur de la forêt, répondit. Puis les Indiens nous poussèrent devant eux. Incapables de réagir, nous obéîmes docilement.

Dans une minuscule clairière, une dizaine d'hommes campaient. La plupart, vêtus d'oripeaux arrachés aux uniformes les plus divers, étaient des Indiens. Mais je remarquai un homme que ses yeux clairs désignaient comme métis, et un Blanc.

Le sang-mêlé se porta à notre rencontre, tourna autour de nous, nous observa sous tous les angles et lâcha une remarque dans la langue des sauvages, à laquelle ses compagnons, y compris le Blanc, répondirent par un rire sonore. Ce dernier, hirsute, le teint rubicond, l'œil noir, ne m'inspirait aucune confiance. Néanmoins, je me dirigeai vers lui. Dans l'espoir stupide de lui en imposer, je me présentai en usant d'un titre auquel je n'avais pourtant pas droit :

– Jean, marquis Hoel de Kervadec.

L'homme me considéra d'un œil rond avant de partir d'un rire homérique. Il se leva, esquissa une révérence volontairement ridicule et se nomma à son tour :

– Ti'Louis Belet, dit Furette, coureur de bois, trappeur et trafiquant, pour vous servir, Monseigneur.

Les Indiens, goguenards, épiaient mes réactions.

– Pouvez-vous m'expliquer, poursuivit-il sur le même ton, la présence d'un gentilhomme français si loin de la côte, en compagnie d'un Anglais ?

Le diable d'homme paraissait fort bien renseigné sur nous. Depuis combien de temps les sauvages nous observaient-ils ? Je fis de mon mieux pour cacher ma surprise, sans réussir à donner le change. Ti'Louis Belet précisa, en riant :

– Nous avons senti la fumée de votre feu, l'autre nuit. Et Clovis – du menton il désigna le métis – vous a entendu parler l'anglais.

– Eh bien, mon histoire est assez compliquée..., commençai-je.

– Ah oui ? Pourtant, je crois la connaître. Il était une fois deux déserteurs qui fuyaient les combats.

L'un est anglais ; l'autre, français. Quand ils se rencontrent, ils devraient se battre. Mais ce sont des lâches : alors ils font route ensemble. Seulement, ils ne connaissent pas le pays. Ils s'égarent. Ils vont mourir. Probablement sous le tomahawk des Iroquois, car ces montagnes en fourmillent et ces deux imbéciles ne prennent aucune précaution pour passer inaperçus. À moins qu'ils ne succombent à l'épuisement. Fort heureusement, ils tombent sur Clovis. C'est un Indien, mais il est baptisé. Il sait qu'il faut aider ses frères dans la détresse.

Je glissai un œil vers le métis. Il ne bronchait pas, insensible à l'ironie lourde de Belet.

– Que comptez-vous faire de nous ? demandai-je.

Belet se frotta les mains, comme s'il se les lavait. Clovis répondit à sa place, de la façon la plus sympathique qu'on pût imaginer : il nous apporta une tranche de lard rance et une galette de blé d'Inde[1].

Le repas était frugal, mais l'accueil réconfortant. En fait, peu importait à Belet que John et moi ayons déserté. La guerre l'intéressait dans la seule mesure où elle lui permettait de vendre des armes aux

1. Le maïs.

Indiens ou aux fermiers, selon l'occasion. Les succès des *Insurgents* l'indifféraient autant que leurs défaites. Quant aux autres belligérants... Sa haine des Jaquettes rouges n'avait d'égal que le mépris où il tenait les Français, coupables de n'avoir pas su conserver la Nouvelle-France. Selon lui, le petit marquis, ainsi qu'il appelait La Fayette, aurait mieux fait de chasser les godons des rives du Saint-Laurent que d'aider les rebelles. Ceux-ci, après tout, n'étaient qu'un ramassis de parpaillots las de payer l'impôt au roi de cette Angleterre dont leurs ancêtres étaient issus. Bref, le brave Belet, déçu par le genre humain, ne se considérait lié à aucun camp.

Je lui résumai mon histoire, lui expliquai les raisons de ma venue en Amérique et la quête dans laquelle je m'étais lancé.

Belet, aussitôt, changea d'attitude. Les guerres, qui opposaient des foules anonymes au seul profit de monarques lointains, ne lui inspiraient que dédain. Mais un conflit privé, pour rétablir la justice, voilà qui lui plaisait ! Du coup, mon expédition à travers l'immensité de l'Amérique lui parut plus héroïque qu'insensée.

– Et lui ? demanda-t-il en désignant John. Un Anglais ne peut que créer des ennuis...

– Il m'aide. J'ai besoin de lui comme interprète.

Ce mensonge dédouanait John. En fait Belet, acquis à ma cause, se montrait disposé à croire n'importe quelle fable.

– Tope là, mon garçon. Nous te mettrons sur le chemin. Mais tout de même, ajouta-t-il après m'avoir considéré quelques instants, il conviendrait que tu te remplumes un peu, sinon ce sera un cadavre que ton frère accueillera.

Chapitre 13

Petit-Beau

L'hiver était là. Dans la bise qui pinçait la peau du visage. Dans la grisaille du ciel qui pesait sur nous. Dans la froidure glaciale de la nuit. Dans les flocons qui voletaient au lever du jour. Ti'Louis Belet avait prévu de passer la mauvaise saison au sud du lac Ontario, en pays sénéca.

– Là-haut, nous trouverons bien quelqu'un pour te conduire à Montréal. Mais ça n'étonnerait que ton frère s'y trouve. Je n'en ai jamais entendu parler.

Malgré le vent qui soufflait sans discontinuer, je ne souffrais pas trop du froid. Les vêtements de peau offerts par les Indiens me protégeaient avec la plus grande efficacité. La présence de nos semblables nous réconfortait, John et moi. Nous ne doutions plus à présent d'atteindre notre but. Et si nous nous sentions encore faibles, les mules du trafiquant nous étaient d'un précieux secours. Je chevauchai une jeune bête, assez nerveuse. Je devais rester vigilant, car elle profitait du moindre relâchement de mon attention pour s'écarter du convoi ; sans doute m'aurait-elle volontiers jeté bas. Néanmoins, après l'épuisante odyssée qui m'avait mené jusqu'à la haute vallée de la Susquehanna, cette bête rétive me paraissait le comble du confort.

Enfin, au bout de deux semaines, nous aperçûmes ce que je crus être l'océan, tant les lacs sont vastes dans le Nouveau Monde. Des vagues venaient battre les graviers de la rive. Entre les bouquets d'aulnes et de bouleaux, cabanes et entrepôts à fourrure accueillaient les voyageurs[1] venus commercer avec les trappeurs. Des poissons séchaient, pendus à de longues perches. Pour la première fois, je vis des canoës, ces embarcations d'écorce dont les Indiens usent pour parcourir les rivières et pénétrer ainsi au cœur des forêts. J'admirai leur légèreté, qui permet

---

1. Employés des compagnies assurant le négoce des fourrures, les voyageurs transportaient les peaux depuis les comptoirs installés dans le Grand Nord, qu'approvisionnaient les trappeurs, jusqu'aux villes de la côte orientale.

à un seul homme de les porter. Ils me rappelaient la promesse de Belet de me faire conduire jusqu'à Montréal.

– Tu as bien réfléchi ? me demanda Ti'Louis. Tu ne veux pas rester avec nous cet hiver, comme John ?

Je secouai la tête. Il insista :

– Qu'est-ce que tu feras, une fois rendu là-bas ?

D'un geste évasif, j'éludai la question. Je ne le savais pas moi-même, mais à quoi bon l'avouer ? Et puis, pourquoi la chance m'abandonnerait-elle si près du but ?

– Comme tu voudras, dit-il, philosophe.

Ti'Louis comptait des amis partout. Il persuada sans peine des indigènes de me guider vers Montréal.

Au moment du départ, il me dispensa ses encouragements.

– Mais je ne m'inquiète pas pour toi, ajouta-t-il avec un clin d'œil espiègle en direction de la mule. Si cette carne ne t'a pas jeté bas, tu te défendras toujours.

Ses compagnons rirent à cette plaisanterie et je devinai qu'on ne m'avait pas attribué ma monture sans malice. Cette intuition reçut confirmation quand il ajouta, en insistant sur le dernier mot :

– Bonne chance, donc, *chevalier*.

J'allai prendre congé de Clovis. Même à cette occasion je n'entendis pas le son de sa voix. Pourtant John l'avait surpris parlant aux arbres de la forêt.

– C'est la Providence qui t'a mis sur mon chemin, lui dis-je. Sans toi, je serais mort à l'heure qu'il est.

Il hocha la tête une fois : il était d'accord avec moi. Puis d'un geste imprévu, il me tendit son coutelas. Je l'en remerciai. Il eût été de mauvais goût d'évoquer mon pistolet, qui pendait à sa ceinture depuis notre première rencontre.

Il ne me restait plus qu'à saluer John. Puisque Ti'Louis et sa bande l'acceptaient, il préférait cette provisoire sécurité à mon errance. Déserteur, il avait peur de retourner en Grande-Bretagne. Il deviendrait donc américain. Mary, au pays, apprendrait sa disparition. Sans jamais savoir ce qu'il était devenu, elle le pleurerait un temps. Un autre la courtiserait ; elle l'oublierait. Cette certitude le minait. Pourtant, il se résignait.

Ce fut la gorge serrée que je quittai mon compagnon. Lui-même, en dépit du flegme que les Anglais estiment de bon ton d'observer en toute circonstance, s'autorisa une démonstration d'émotion.

Il m'étreignit et versa deux ou trois larmes. Quelques gouttes de sang gallois coulant dans ses veines lui permettaient cette excentricité.

Deux Indiens me menèrent à Montréal dans leur canoë. Il était grand temps : près des berges, l'eau gelait. Bientôt, on ne pourrait plus naviguer sur le fleuve.

Tout en longueur, la ville semblait un vaisseau échoué sur la rive du fleuve, la citadelle formant le gaillard d'avant.

Mes guides, pressés de remonter le fleuve pendant qu'il en était encore temps, ne posèrent même pas le pied sur la berge. Je tournai le dos au Saint-Laurent.

Bien que les maisons de pierre, aux pignons hauts, fussent nombreuses, et plus nombreuses encore les constructions en bois, Montréal offrait un aspect tout différent de Brest, tassé et resserré dans ses murs, grâce à des avenues larges ouvrant sur des places étendues. Je possédais plusieurs pièces d'or cousues dans ma ceinture. Fermement décidé à utiliser pour mes recherches la récompense que M. de Bougainville avait eu la bonté de me donner, j'avais réussi à ne pas entamer ce petit trésor. Je trouvai donc sans peine à me loger dans une auberge de la rue Saint-Jacques. Le tenancier, un homme au teint rougeaud, à l'œil vif et au sourire affable, devinant à mon accent « un Français de France », se déclara nostalgique du temps où les maudites Jaquettes rouges n'osaient pas approcher la ville et accepta sans discuter la monnaie du roi Louis.

En fait, les troupes anglaises ne stationnaient plus à Montréal. La guerre avait d'ailleurs épargné la cité, dont les habitants, plus commerçants que belliqueux, se souciaient assez peu d'entretenir les remparts. Des jours durant, je parcourus la ville, interrogeant les passants. Il ne faisait aucun doute pour moi que, si Yves avait logé à Montréal, il avait fréquenté les beaux quartiers. Aussi y menais-je en priorité mon enquête. Combien de fois arpentai-je la rue Notre-Dame, depuis la citadelle jusqu'au couvent des Récollets ?

Or, cette cité débonnaire revêtit rapidement un visage hostile. Je dus me rendre à deux évidences, aussi cruelles l'une que l'autre : ma chance de retrouver Yves par hasard était nulle et ma bourse s'aplatissait vite. Devinant ma gêne grâce à une intuition éclairée par une longue expérience, l'aubergiste empressé se mua en portier sourcilleux. Chaque soir, il exigeait de moi le paiement de la nuit. Je cherchai un emploi. En vain. La ville, tel un gros ours, se préparait à hiberner. Le Saint-Laurent rendu impraticable par la glace, le commerce languissait. En quelques jours, l'activité fébrile que j'avais connue aux alentours de la Porte du Marché avait disparu. Et quand bien même on aurait eu besoin de main-d'œuvre, on n'attendait pas après moi : de nombreux saisonniers des seigneuries[1] venaient passer l'hiver dans la ville.

Pour un étranger, il n'y aurait pas de travail ici avant le printemps. Ah ! Comme je regrettais à cet instant de ne pas avoir accepté la proposition de Belet ! Je décidai de quitter la cité pour un faubourg où je trouverais peut-être un logis moins cher.

Au siècle dernier, les marins espéraient découvrir le moyen de rejoindre l'Asie en contournant les Amériques par le nord. Le Saint-Laurent, large fleuve profond menant au chapelet des Grands Lacs, leur parut constituer l'amorce de ce passage. Ils comprirent leur erreur en se heurtant aux rapides qui barrent la

1. Domaines agricoles, le long du Saint-Laurent.

route des gros navires en amont de Montréal. Par dérision, ils appelèrent Lachine le village bâti à cet endroit. C'est ainsi, du moins, que ses habitants en expliquaient le nom. Il regroupait des voyageurs, des trappeurs, des coureurs d'aventure. Pour beaucoup, il avait marqué la fin du voyage. Mon frère se trouvait-il parmi ces ombres que je devinais derrière les fenêtres ?

Je pénétrais dans tous les estaminets mais, n'ayant plus le sou, je ne pouvais m'y attarder. J'allais voir le pasteur. Il avait le teint rouge, la paupière gonflée. Il ne gardait pas souvenance d'un Kervadec.

Aux confins du village, je trouvai une cabane abandonnée. La porte céda sous ma poussée. Ici, on ne les fermait jamais à clé : un homme poursuivi par l'hiver devait toujours pouvoir s'abriter. Une table bancale et un châlit vide meublaient la masure. Des cendres froides encombraient l'âtre. Je me réfugiai dans cet abri inespéré. Tant bien que mal, je réparai le toit qui fuyait. Je colmatai les fentes des murs avec de la terre. Je garnis le châlit avec des branches d'épinette. Tout cela constituait une bien piètre demeure. La cheminée, mal bâtie, mal ramonée, refoulait. Le bois que je rapportais, trop vert, dégageait une fumée âcre qui empuantissait mon antre. Au moins étais-je un peu protégé du froid.

Pour survivre, je vendis le coutelas que Clovis m'avait offert. Trop banal, il ne valait pas cher chez les Blancs. Il constituait pourtant mon ultime ressource, la dernière étape avant l'hôpital du Bon-Secours qui abritait les indigents, ce à quoi mon honneur de gentilhomme refusait de se résoudre.

Je m'étais présenté sous le nom de Jean Milon. Les rares voisins qui m'adressaient la parole lui préférèrent le sobriquet de Jeannot Carcajou. Il paraît que je me terrais comme cette sorte de blaireau et que, lorsque je sortais de mon trou, je ne me montrais pas plus aimable que lui. J'ajoute que le carcajou passe pour un animal volontiers voleur et je dois avouer qu'en cela aussi je ne déméritais pas de mon surnom : la faim me poussa quelquefois à puiser dans les réserves d'autrui. Je ne recourus cependant à ce déplorable procédé que contraint par la plus extrême nécessité et je tenais le compte exact de mes larcins, dans le propos de rembourser ceux que je lésais aussitôt que j'aurais retrouvé mon frère et mes biens.

La neige tomba plusieurs jours d'affilée, épaisse dès la première nuit. J'avais faim. Il ne me restait rien à vendre, sinon le livre de Voltaire. Je ne pouvais y consentir. D'ailleurs, qui, à Lachine, me l'aurait acheté ?

Le vent remontait le Saint-Laurent ; il se glissait sous la porte, s'immisçait par la cheminée. Je n'avais plus de courage. Maria, ma revanche... Y renoncer, c'était me renier. Pourtant, je n'y croyais plus guère. Le froid avait pénétré en moi. Pas seulement dans mon corps. Dans mon âme, aussi.

La porte de la cabane s'ouvrit avec fracas.

Une masse énorme s'y encadra, que je pris pour un ours.

Je me dressai, les doigts serrés sur une bûche. Je l'avais saisie sans m'en rendre compte. L'ours jeta un regard sur la cabane, s'ébroua pour secouer la neige de son pelage et se dépouilla de celui-ci.

Même sans sa pelisse, il était encore assez large pour boucher toute la porte.

– Qui est ici ? tonna-t-il.

Une épaisse toison débordait de son bonnet de fourrure. Une barbe buissonnante mangeait ses joues. D'épais sourcils dissimulaient à demi ses yeux. Combien je regrettais d'avoir vendu mon arme !

Même s'il s'agissait d'un être humain et non du fauve que j'avais d'abord redouté, il n'en était pas moins terrifiant.

– Fermez la porte ! dis-je, d'une voix aussi autoritaire que possible.

Le géant se tourna vers moi. Dans l'obscurité, il ne m'avait pas repéré avant de m'entendre.

– Qui es-tu ? gronda-t-il en repoussant le battant.

– On me nomme Carcajou.

Il fronça le nez.

– Et que fais-tu chez moi ?

Chez lui ! Cette ruine avait donc un propriétaire ? Je lui expliquai dans quelles circonstances je m'étais installé dans sa cabane. Tout en m'écoutant, il sortit de son sac un morceau de bougie, qu'il alluma. Il promena la flamme à un doigt de mon visage. Mon apparence le convainquit sans doute qu'il n'avait rien à redouter de moi, car il me tourna le dos pour coller son lumignon sur la table. Puis il se mit à quatre pattes et gratta le sol de terre battue avec son couteau. Ses doigts rencontrèrent ce qu'il cherchait : il tira sur un anneau de fer et une trappe dont je n'avais pas soupçonné l'existence apparut. Il extirpa de la cachette un paquet enveloppé d'une toile goudronnée qu'il déplia avec soin. Surgirent devant mes yeux avides des morceaux de viande séchée et des biscuits de mer.

– C'est une précaution que m'ont enseignée les Indiens. Quand ils doivent fuir devant l'ennemi, ils enterrent leur blé d'Inde. Comme ça, s'ils reviennent, ils ont de quoi vivre.

Avec son coutelas, il tailla une tranche de viande qu'il mastiqua en m'observant.

Ainsi, pendant des jours, j'avais dormi le ventre creux au-dessus d'une cache de nourriture ! Le géant m'offrit un morceau de viande et un biscuit. J'aurais aimé les lui refuser, par fierté. Ma main se tendit malgré moi. Ensuite, il n'était plus temps de me draper dans ma dignité.

Quand j'eus mangé et bu à sa gourde un alcool fade, il se présenta :

– Petit-Beau, qu'on m'appelle.

Il était immense et fort laid. Il observait la masure, hochait la tête.

– C'est toi qui l'a retapée ? Tu as bien travaillé, dit-il.

Il tira une pipe de sa besace et la bourra. Je n'en avais jamais vue de semblable. Elle revêtait la forme d'une hachette, sur le talon de laquelle reposait le fourneau. Il l'alluma avec une braise. Aussitôt, une odeur nauséabonde se répandit dans la cahute. Elle avait au moins le mérite de couvrir un peu le fumet du coureur des bois.

– Parce que tu as réparé le toit, je ne te casserai pas la tête avec ce calumet. Mais tu vas déguerpir, à présent.

Je songeais au vent, au froid, à la neige. S'il me jetait à la rue maintenant, survivrais-je seulement jusqu'au matin ?

– Je crois que vous allez devoir me briser le crâne. Je ne partirai pas.

Il leva un sourcil, surpris de rencontrer une résistance à laquelle il n'était à l'évidence pas habitué. Afin d'exprimer sa perplexité, il se gratta la tête, pour le plus grand inconfort de la vermine qui l'habitait.

– Tu n'es pas un trappeur, conclut-il au terme d'un bref examen.

– Je cherche un homme.

– Un homme ? Oh ?

Il tira quelques bouffées en méditant.

– Rude gibier, un homme. Pourquoi le cherches-tu ?

– Pour le ramener en France. J'ai besoin de lui. Il se nomme Yves de Kervadec.

Petit-Beau s'enveloppa la tête de fumée. Il réfléchissait.

– Tu peux rester là cette nuit, maugréa-t-il enfin.

Il posa sa pipe sur la table, moucha la chandelle et se jeta sur le châlit. Quelques instants plus tard, la pièce résonnait de son ronflement. Je m'adossai au montant de la cheminée. Ainsi, j'avais chaud. Pour la première fois depuis des jours, j'avais le ventre plein. Je m'endormis à mon tour.

Le lendemain, Petit-Beau me donna de nouveau du lard et du biscuit. Il me regardait manger avec une attention soutenue. Quand j'eus tout englouti, il déclara :

– Je repars bientôt. Cette sale guerre n'en finit pas. Ces maudits Américains ne voulaient pas me lâcher. J'ai bien cru que je passerais encore un hiver à jouer les éclaireurs pour leur compte ! Je vais chez les Algonquins. J'avais un compagnon, mais il est mort. Veux-tu le remplacer ?

– Je suis venu chercher un homme, rappelai-je. Personne ne semble le connaître ici. Alors j'irai plus loin. Mais je doute de le trouver chez les sauvages.

– Ni là ni ailleurs. Moi, je l'ai connu, le Kervadec. Paix à son âme.

Je me sentis pâlir et la nourriture que j'avais absorbée me remonta à la gorge. Malgré l'obscurité de la masure, Petit-Beau remarqua mon trouble.

– La poitrine, je crois. Pourquoi le cherchais-tu ?

– C'est mon frère, avouai-je.

– C'était, corrigea Petit-Beau. Viendras-tu avec moi ?

Je me levai sans répondre. Je sortis. L'air était vif. Il séchait les larmes que je sentais couler sur mes joues. Le Saint-Laurent n'était plus qu'un mince ruban d'eau noire coincé entre deux mâchoires de glace. Bientôt, il serait entièrement pris. Je pensais au ruisseau de mon enfance. À l'océan immense, que j'avais traversé. Je pensais à ce frère que je n'avais jamais connu. Au domaine de Kervadec, à Maria ; je perdais l'un et l'autre. Oh ! Bien sûr, j'étais désormais l'aîné de la famille, donc habilité pour intenter un procès en succession. Mais comment prouver qu'Yves était mort ?

Petit-Beau vint me chercher. Il m'emporta sous son bras. Je veux dire qu'il me porta vraiment. M'installa près du feu.

– Demain, dit-il, nous partirons. Tu verras, Carcajou, la forêt... Tu peux pas imaginer. La forêt, elle te console de tous les chagrins. Elle te fait la tête propre.

Refuser, c'était mourir : je n'aurais pu passer l'hiver à Lachine. Revenir en Bretagne ? Je ne pouvais m'aventurer dans un port on l'on accueillait les Français sans risquer d'être reconnu et pendu pour désertion. Les Anglais feraient moins de manières, pour peu que j'aie de quoi payer la traversée. Ce n'était pas le cas. Si je voulais retrouver Maria un jour, je devais d'abord tourner le dos à la mer. Dans le désarroi où je me trouvais, j'aurais suivi le Diable. Pourquoi pas Petit-Beau ? J'acceptai sa proposition.

Par la fenêtre, j'apercevais la neige. N'en déplaise à M. de Voltaire, il y en avait là bien plus que quelques arpents[1]. La neige n'avait pas de fin.

– Demain...

Demain, dit-on, est un autre jour.

1. Ainsi Voltaire qualifie-t-il le Canada dans *Candide*, pour condamner la guerre que se livrent Français et Anglais pour sa possession, alors que cette colonie ne présente, selon lui, aucun intérêt, ni économique ni stratégique.

Deuxième partie

Les tambours des Onéïdas

Chapitre 1

Un feu sur la neige

Petit-Beau m'avait donné une paire de raquettes indiennes. Las ! Il ne suffit pas de chausser ces ustensiles pour savoir les utiliser. Mon guide boitait un peu. Néanmoins, je peinais pour suivre son allure. J'ahanais, je tombais, je grinçais des dents de rage et de douleur. Petit-Beau riait, m'apostrophait, me houspillait, prétendait qu'il perdait tout son temps à m'attendre. Ah ! Comme j'aurais aimé le voir sur le marchepied d'une vergue, à ferler par grand vent une voile raidie par la pluie ! Mais pour l'heure, quelle attitude adopter, sinon serrer les mâchoires, me relever et courir en dépit de la souffrance que l'effort réveillait dans ma cuisse ?

Petit-Beau me jaugeait. Si je ne répondais pas à ses espérances, hésiterait-il à m'abandonner ? J'enviais son aisance. Il portait son fusil d'une main, appuyé sur la saignée du coude. Il surveillait le ciel. Après une rude offensive en décembre, le froid marquait une pause. Mais la relative clémence de la température pouvait apporter de la pluie. Petit-Beau espérait-il marcher plus vite que les nuages ? Malgré sa claudication, et bien qu'il tirât un traîneau chargé derrière lui, il avançait à grandes enjambées.

L'épreuve dura tout un jour. Cependant, j'appris à marcher sur la neige et si en fin de parcours je chutais plus souvent que je ne l'eusse voulu, je le devais davantage à la fatigue qu'à la maladresse.

– Ça va bien, petit, dit enfin mon compagnon. Nous allons camper ici cette nuit, à côté de ce tronc couché : il nous coupera le vent.

Il faisait encore clair ; le ressentiment que j'avais accumulé tandis que je m'échinais à le suivre se dissipait : Petit-Beau ne se montrait pas si mauvais bougre, puisqu'il écourtait l'étape pour me ménager. Il ne tarda pas à me détromper.

– Qu'attends-tu ? demanda-t-il d'un ton rogue.

Je le dévisageai sans comprendre son irritation.

– Ramasse du bois, au lieu de paresser ! Crois-tu que nous allons passer la nuit sans feu ? Au matin, tu serais aussi raide que cette bûche, parole ! Du moins, si les loups ne t'ont pas dévoré.

Petit-Beau était un rustre, moi un gentilhomme. Mais, de nous deux, il était celui qui savait survivre au cœur de l'hiver : j'obéis.

– Écoute bien, Carcajou. Je vais t'apprendre à faire un feu. Sois attentif ! Il se peut qu'un jour tu t'égares, que tu n'aies plus de provisions, que les loups te traquent. Tout ça n'est pas grave. Avec un peu de chance, on s'en sort. Mais sans feu, tu es perdu. Le froid est traître. Il t'emporte sans t'avertir. Tu t'engourdis, tu t'endors et tu ne te réveilles pas. Alors, regarde !

– J'ai remonté la Susquehanna depuis son embouchure jusqu'à sa source. Je sais comment on s'y prend.

Petit-Beau se gratta la barbe. Un pou se coinça dans son ongle. Il prit le temps de l'écraser, tout en réfléchissant : la rivière Susquehanna, il ne savait ni où, ni sur quelle longueur elle coulait. Mais puisque je me vantais de l'avoir remontée, peut-être n'étais-je pas le freluquet qu'il affectait de voir en moi.

– Possible, maugréa-t-il enfin. Seulement, ta rivière, elle coulait dans la neige ?

Je dus admettre que non.

– Alors, il faut apprendre. Si tu poses le bois n'importe comment, la neige fond sous le feu et elle l'éteint.

Avec des rameaux d'épinettes garnis d'aiguilles vertes, Petit-Beau prépara un lit pour le foyer. Il choisit quatre ou cinq grosses bûches et les aligna dessus. Sur cette base, il dressa une pyramide de bois. Il examinait chaque morceau, disposant les plus secs au centre. D'un pochon de cuir pendu à son cou, il sortit quelques lanières d'écorce de bouleau. Il battit le briquet. L'étincelle enflamma les copeaux. Avec dextérité, le trappeur disposa des brindilles au-dessus de la flamme naissante. Le feu grandit, se fortifia, nourri par des branches plus grosses. Sur le pourtour du foyer, Petit-Beau rangea le bois qu'il jugeait encore trop humide.

– Avec ça, nous serons tranquilles pour la nuit. Le tout, c'est de ne pas le laisser s'éteindre. Tu comprends ?

Je crus discerner une menace dans sa voix.

Petit-Beau m'embaucha ensuite à colmater l'interstice entre le tronc couché et le sol avec de la neige tassée. Il faut lui rendre cette justice : il connaissait son affaire. Enroulé dans ma « couverte », entre le foyer et ce paravent improvisé qui réfléchissait la chaleur, j'eus beaucoup moins froid cette nuit-là qu'en automne, sur les rives de la Susquehanna.

Au terme de cette première étape, j'avais donc appris à chausser des raquettes et à dresser un bivouac. Pour devenir un coureur de bois comme Petit-Beau, il me restait juste à savoir relever la trace des animaux à fourrure, les piéger, distinguer parmi les Indiens les amis des ennemis, tirer d'un champ de glace le repas du soir, toutes choses fort utiles sous ces climats dont j'ignorais les premiers rudiments. Le trappeur se montra un maître exigeant mais un compagnon agréable. Je finissais par oublier la laideur de son épouvantable hure. Lui-même en plaisantait :

– Les Indiens me laissent tranquille. Ils me prennent pour une fausse face : c'est ainsi qu'ils appellent leurs fantômes.

Il riait de ce bon tour que la nature jouait aux sauvages. Comme il était différent de l'homme ombrageux, redouté par ses voisins, que j'avais rencontré à Lachine ! Dans la forêt, qui constituait son milieu d'élection, il devenait fort sociable. Une fois passée l'épreuve des premiers jours, il avait cessé de me rabrouer, pour me traiter en égal. Le soin qu'il mettait à m'apprendre les pièges de la forêt me rappelait celui avec lequel Papegai m'enseignait l'escrime, à bord de l'*Auguste*, et même m'évoquait les leçons de mon précepteur, quand il m'initiait aux subtilités du latin. Est-il un geste plus fraternel que de partager son savoir ?

Nous suivions la rivière des Outaouais. Prise par les glaces, elle formait une chaussée plane, confortable. Petit-Beau refusa de s'arrêter dans la bourgade d'Ottawa : trop d'Anglais ! Nous laissâmes la rivière à notre droite, pour remonter le cours gelé de la Madawaska. Quelques jours plus tard, tournant le dos à cette route commode, nous pénétrâmes dans une région accidentée, couverte d'épinettes aux branches neigeuses et de bouleaux dénudés, où il devint pénible de haler le traîneau.

Un soir, tandis que nous nourrissions le feu, je demandai à Petit-Beau :

– Pourquoi voyageons-nous en cette saison ? Les autres trappeurs, à ce qu'on m'a dit à Lachine, sont partis depuis longtemps ou attendent le printemps.

– J'ai été retardé dans le sud, maugréa-t-il.

Il ajouta quelques malédictions à l'attention des militaires. Je n'ai jamais su par quel accident les Américains l'avaient recruté contre son gré pour leur servir d'éclaireur. La mauvaise humeur qu'il manifestait sitôt qu'on évoquait la guerre dissuadait d'insister sur ce sujet.

– Je le conçois, mais pourquoi ne pas avoir attendu la fin de l'hiver, comme les autres chasseurs de fourrure ?

– De qui parles-tu ? s'étrangla-t-il. Des voyageurs ? Ces fainéants se contentent d'échanger les peaux que leur apportent les Indiens contre de la camelote. S'ils manipulaient un piège à renard, ils se prendraient les doigts dedans.

Je devinai de la mauvaise foi dans ce jugement, mais je préférai ne pas le contredire. Une bûche se fendit en projetant une gerbe d'étincelles. Petit-Beau tapa sur sa barbe pour éteindre les flammèches venues y terminer leur trajectoire.

– Je ne pouvais pas attendre, bougonna-t-il. J'ai un rendez-vous. Maintenant, couchons-nous. Nous arrivons demain.

– Où ?

– Chez les Algonquins.

Cette perspective ne suffit pas à lui rendre sa bonne humeur. Je m'en voulais de mon indiscrétion, même si je ne discernais pas la raison de sa soudaine colère. Sans malice, j'avais mis le doigt sur un point sensible.

Le lendemain, il s'éveilla dans de méchantes dispositions. Nous prîmes en silence notre repas matinal : tranches de lard et biscuit, une fois de plus. Quand il fut sur le chemin, il marcha plus vite qu'à l'accoutumée. Je l'entendis à plusieurs reprises ronchonner des insultes. À qui s'adressaient-elles ? Pas à moi en tout cas : Petit-Beau était plutôt homme à vider ses querelles à coups de poings qu'à remâcher ainsi ses griefs.

– Nous y voilà, annonça-t-il en fin d'après-midi, m'adressant la parole pour la première fois depuis le matin.

Je ne vis tout d'abord rien d'autre que la neige et la forêt. Puis je distinguai au-dessus des arbres un filet de fumée, si ténu que j'aurais douté de l'avoir aperçu sans l'annonce de mon compagnon.

Au centre d'une clairière bordant un lac gelé se dressaient cinq huttes de terre. Allais-je enfin en savoir davantage sur le rendez-vous que Petit-Beau entendait honorer ? À notre approche, une quinzaine de sauvages sortirent de leurs abris. Il y avait peu de femmes parmi eux, et aucun enfant : nous n'avions pas affaire à un village, mais à un campement de chasseurs.

– Autrefois, m'expliqua Petit-Beau, le gibier pullulait dans ces forêts. Du castor, de la sauvagine... Tandis qu'aujourd'hui... Les compagnies[1] ont écumé la région. Maintenant, il faudrait aller très loin à l'ouest des Grands Lacs, jusqu'à la rivière des Esclaves, pour retrouver pareille abondance. Aussi, les Indiens se dispersent en petites bandes, l'hiver, pour augmenter leurs chances.

Les sauvages nous réservèrent un bon accueil : les Algonquins ne croient pas aux fausses faces. De plus, ils se montrèrent sensibles aux cadeaux que Petit-Beau leur apportait : des balles de fusil, des fers de hache et des pièges aux mâchoires d'acier. Et aussi deux cruchons d'eau-de-vie, qu'ils saluèrent par des cris de joie avant d'engager entre eux d'interminables palabres. Comme ils étaient soudain devenus sérieux, presque graves, je craignis quelque contrariété. Petit-Beau me rassura :

– Les Indiens ne peuvent concevoir de boire autrement qu'en s'enivrant à en tomber par terre. Ils appellent ça recevoir la visite des esprits. Or, je ne

1. L'exploitation des colonies était dirigée par des compagnies commerciales par actions qui, bénéficiant du monopole du commerce avec l'Europe, recherchaient un maximum de rentabilité immédiate.

leur apporte pas assez d'alcool pour tout le monde. Alors, ils discutent pour savoir quels malchanceux garderont les armes pendant que les autres se saouleront.

Quel étrange spectacle offraient ces hommes engoncés dans leur couverture, devisant avec une telle dignité sur un sujet aussi futile !

– Ne t'en fais pas, ajouta mon compagnon en clignant de l'œil. J'en ai gardé pour nous.

« Pour moi » aurait été plus approprié. Car il vida le cruchon pour ainsi dire à lui tout seul. À l'évidence, en matière de beuverie, il avait adopté la coutume des Indiens. Tard dans la nuit, je le traînai, ivre mort, près du feu, pour l'empêcher de geler là où il était tombé.

Chapitre 2

À la poursuite du Grand-Père

Les Indiens se montrèrent fort accueillants. J'appréciais d'autant plus leur hospitalité que leur cuisine se révéla autrement savoureuse que celle du trappeur, pour ne rien dire de la mienne.

– Les Algonquins sont réputés pour cela, reconnut Petit-Beau.

Mais ce n'était pas le confort qu'il recherchait parmi eux. La rusticité de notre logis le démontrait amplement. Pour tout couvert, nous ne disposions que d'une cabane de branchages à peine plus étanche que les coupe-vent improvisés des bivouacs. Petit-Beau s'accommodait d'un abri précaire, puisqu'il ne comptait pas s'attarder dans le campement : quatre jours plus tard, nous chaussâmes à nouveau les raquettes.

Le trappeur se réjouissait de s'enfoncer dans les bois ; le pli soucieux qui barrait son front depuis son arrivée chez les Algonquins s'effaça à l'heure du départ. Pourquoi tenait-il à ce point à courir la forêt en plein hiver ? La chasse, m'avait-il indiqué, est meilleure lorsque le froid engourdit les animaux et les pousse à l'imprudence pour trouver leur pitance, précisément à l'époque où leur fourrure est la plus épaisse. Mais je connaissais désormais assez mon compagnon pour savoir qu'il n'agissait pas par appât du gain.

Je commençais à soupçonner l'existence, dans ce pays, d'une race d'hommes blancs qui n'aiment rien tant que vivre comme les sauvages, loin de leurs semblables, en pleine forêt. Cependant, je trouvais l'explication un peu courte. Ce fut Tigamanik qui me dévoila le secret de Petit-Beau.

Nous n'étions pas, en effet, partis seuls. Deux Indiens nous accompagnaient. Le premier, excellent pisteur, parlait peu et pouvait rester des heures entières à l'affût, immobile dans le froid, au point que le gel raidissait la couverture jetée sur ses épaules. Son nom, Atikowaba, signifiait « cerf blanc » ; il lui venait d'un rêve qu'il avait fait alors qu'il était encore un enfant.

Le second Algonquin, plus jeune, plus gai qu'Atikowaba, présentait pour nous l'avantage d'être un remarquable cuisinier. Mes efforts pour apprendre la langue de son peuple le plongeait dans la plus grande hilarité. Il déployait des trésors de patience pour me l'enseigner. Le plus souvent, cependant, nous usions d'un jargon où son dialecte se mêlait au français qu'il tenait des trappeurs et des missionnaires. Alors qu'Atikowaba s'acharnait à la chasse, Tigamanik y attachait beaucoup moins d'importance. Il n'aimait pas se réveiller au point du jour, l'heure la plus froide, pour relever les pièges avant que les charognards n'eussent abîmé les peaux. Quand nous arrivions trop tard, Atikowaba entrait dans une rage folle. Tigamanik, au contraire, s'en amusait, comme si les renards et les corneilles nous avaient joué un bon tour. Surpris par cette attitude, je lui demandai, un matin qu'il riait plus fort qu'à l'accoutumée :

– Pourquoi es-tu venu ?

– Je veux être là quand Petit-Beau retrouvera le Grand-Père.

– Le grand-père ?

– As-tu remarqué qu'il boite ?

Il imita la claudication de Petit-Beau en l'exagérant, non sans s'être auparavant assuré que celui-ci regardait dans une autre direction.

– Il le doit à un ours, qui lui a emporté un morceau de la fesse, comme ça.

Crochant les doigts pour figurer les longues griffes d'un grizzly, il brassa l'air devant lui, en un demi-cercle ample, puissant.

– Petit-Beau a juré d'avoir sa peau. Dès qu'il a pu marcher, il s'est lancé sur sa trace. Mais l'animal est rusé. Chaque fois que Petit-Beau le croyait à sa merci, il disparaissait. Lorsque les oies s'envolèrent vers le sud, Petit-Beau avait perdu sa saison et l'ours vivait toujours. L'année suivante, il recommença, avec le même résultat. Moi, je crois qu'un esprit malin habite dans le corps de cette bête. La preuve : normalement, un ours ne franchit pas les limites de son territoire. Or, le Grand-Père va partout où il en a envie, et les autres grizzlys ne l'en empêchent pas. Et puis, ajouta-t-il en baissant la voix, autour du museau son poil est tout gris, comme la barbe d'un vieillard, et une griffe de sa patte droite est blanche. Tu vois bien que c'est un esprit !

Je renonçai à démêler la pertinence d'un tel argument.

– Mais, est-ce que les ours ne dorment pas tout l'hiver ?

– Justement, répliqua Tigamanik. Puisque Petit-Beau ne peut pas attraper le sien quand il est réveillé, il s'est mis en tête de le surprendre dans sa tanière.

Je scrutai les alentours, recouverts par la neige. Quelle chance le trappeur avait-il de découvrir par hasard le gîte d'un animal en hibernation ? Tigamanik ne se posait pas la question.

– Si l'ours est habité par un esprit, alors Petit-Beau devra l'affronter. Et moi, je veux être là pour voir Petit-Beau se battre contre l'esprit.

Nous restions rarement plus de trois jours au même endroit. Le soir, nous posions nos pièges. À l'aube, nous ramassions le gibier, raidi par le gel. Puis nous partions en quête de l'ours. Il nous arriva de déloger une femelle et ses deux petits, à peine gros comme des lapins. Mais la bête recherchée par Petit-Beau demeurait introuvable.

Le froid empirait. La neige devenait aussi dure que la glace. Je perdis vite le compte des jours et des nuits. Un matin, en se levant, Petit-Beau cracha devant lui. La salive crépita en touchant le sol, gelée avant même de l'atteindre. Alors Petit-Beau se résigna à rebrousser chemin.

Nous nous mîmes en route aussitôt. Enroulés dans leur couverture, Atikowaba et Tigamanik courbaient les épaules, se pressant sur une piste qu'eux seuls distinguaient.

– Que se passe-t-il ? Nous abandonnons la poursuite ?

– Le froid va venir, répondit Tigamanik. Il faut retourner au camp.

Le froid *allait* venir ? Je n'imaginais pas que la température pût encore baisser. Dès le lendemain, je compris ce qu'il avait voulu dire. Le vent s'était levé. La barbe de Petit-Beau s'ornait d'une gangue de glace. Les larmes coulaient le long de mes joues, gelaient, provoquaient de cruelles gerçures. Le soir, nous creusions un trou dans la neige avec nos raquettes et nous nous entassions pour dormir quelques heures, tapis les uns contre les autres. Nous reprenions la route à l'aurore. Quand nous rencontrions un lac, Petit-Beau nous imposait de le contourner. La glace aurait supporté notre poids, mais il préférait ne pas trop s'éloigner des arbres, qui coupaient le vent.

Ce fut avec un réel soulagement que je retrouvai le camp des Algonquins. Pendant notre absence, ils n'étaient pas restés inactifs et avaient consolidé notre cabane. Nous brûlions des arbres entiers devant l'entrée pour y faire pénétrer un peu de chaleur. Commença une interminable attente. Je sus bien vite par cœur toutes les histoires de Petit-Beau, auquel je ressassais à longueur de journée la bataille de la Chesapeake et les yeux de Maria. J'aimais surtout entendre le trappeur parler de mon frère. Comme je l'avais pressenti, tout ce qu'on m'avait raconté ailleurs n'était que mensonge et calomnie. Petit-Beau me brossait le portrait d'un homme brave, généreux et noble, en tous points semblable au héros que je me figurais, enfant. Je relus vingt fois les *Lettres philosophiques*. À défaut d'autres distractions, je m'améliorai dans la pratique de la langue algonquine.

L'eau, l'air, le temps étaient figés. Et avec eux la vie des hommes.

Chapitre 3

L'ours à la griffe blanche

La neige s'accrochait, tenace. La bise piquait la peau. Somme toute, rien n'avait réellement changé, sinon que le ciel paraissait moins bleu, que le soleil blanc brillait d'un éclat moins dur. Pourtant les Algonquins préparaient leurs pièges pour une nouvelle saison de chasse. Quelques jours de patience, et la belle saison s'annonça par de timides prémices.

Ce n'était déjà plus l'hiver, ce n'était pas encore le printemps. Entre le blanc de la saison froide et le vert du renouveau s'immisça une période grise d'averses, de neige fondante, de bourrasques. Sous ces climats, les premières pluies ne signifient pas un recul définitif du froid. Quelquefois le vent de noroît le ramène. Aussi les Indiens surveillent-ils le ciel, guettant les oies sauvages : les oiseaux, eux, ne se trompent pas.

– Bientôt, dit Petit-Beau, les Algonquins se regrouperont sur les rives du lac Ontario.

– Irons-nous avec eux ?

Il secoua la tête, comme un fauve têtu. Son sourire découvrit des dents carnassières.

– Pas question. Nous, on s'occupe de l'ours. Bientôt, *il* va sortir de son trou. Je dois le trouver avant.

– Est-ce que tu n'es pas censé aller vendre les peaux que tu as ramassées cet hiver ?

Je le taquinais, mais au fond je n'étais pas mécontent de courir de nouveau les bois, après toute cette inaction. Je ne fus pas surpris de voir Atikowaba et Tigamanik nous accompagner. Le premier, sombre et taciturne, mais fidèle à son amitié pour le trappeur. Le second, plus intéressé que jamais. Je le comprenais fort bien : comme lui, j'étais curieux de voir Petit-Beau affronter son ennemi.

Les raquettes s'enfonçaient à présent dans la neige amollie, dont la pluie accélérait la fonte. On devinait les lacs aux anneaux turquoise qui transparaissaient sous leur surface gelée. Dans le cours des rivières, la glace craquait.

Nous explorions chaque amas de rochers, chaque butte érodée, chaque souche arrachée à la recherche d'une tanière. Et puis, un matin...

Un torrent avait creusé un ravin dans les alluvions avant de porter plus loin son cours capricieux. Sous un rocher plat posé sur le talus, on apercevait une trouée sombre.

– Il est là, murmura Petit-Beau.

Sans douter un instant de son jugement, nos guides indiens s'écartèrent.

– Éloigne-toi, me dit Petit-Beau.

– Tu ne vas pas l'attaquer seul !

– Il est à moi. Personne n'a le droit de le tuer à ma place. Abrite-toi. Derrière ces bouleaux, là-bas.

J'obéis. À peine arrivé dans le bouquet d'arbres qu'il me désignait, je chargeai mon fusil avec un soin particulier. Je posai une pincée de poudre bien sèche dans le bassinet et appuyai le canon sur la fourche d'une branche basse. Je calai l'arme, de façon à tenir l'entrée de la tanière en point de mire.

Petit-Beau s'approchait lentement de l'orifice. Lentement, mais avec assurance. Il avait abaissé son arme. Je me demandais comment il comptait s'y prendre pour débusquer l'animal, quand celui-ci surgit. Jamais je n'avais vu de bête aussi impressionnante. Elle avait jailli de la tanière, énorme, impétueuse, irrésistible. Petit-Beau tira. Sous l'effet de la détonation, des paquets de neige glissèrent des branches. Déjà l'ours était sur le chasseur. Il le bouscula. Petit-Beau boula à plusieurs pas. Une masse de colère noire passa en trombe à côté de moi. Une odeur sauvage. Un fracas de taillis brisé, un rugissement rauque... L'animal avait disparu dans la profondeur de la forêt.

Je tremblais de tous mes membres. Mes doigts crispés blanchissaient sur la crosse du fusil. Tout s'était passé si vite que je n'avais même pas songé à faire feu.

Comme réveillé d'un cauchemar, je me précipitai vers Petit-Beau. Le trappeur se relevait en pestant. L'ours l'avait surpris. Il avait tiré au jugé... Ce qui le vexait le plus, c'était que le fauve n'avait pas daigné l'attaquer, se contentant de l'écarter d'une poussée de sa titanesque épaule.

– Tu l'as vu, hein ! Tu a vu ce diable !

De l'ours, je ne gardais que l'image d'une fureur bondissante. Comment imaginer qu'une bête aussi pataude d'aspect pût se montrer si leste, si rapide ?

– À vrai dire, je n'ai pas vu grand-chose...

– Son mufle gris... Pas de doute, c'était lui. Mais il ne m'échappera pas. Je suivrai sa trace. Je t'aurai, tu m'entends ! Je t'aurai maudite bête !

Petit-Beau avait oublié ma présence. Il hurlait en tendant le poing dans la direction des bois, dans la profondeur desquels l'ours avait disparu.

Il n'était pas nécessaire de posséder la science d'Atikowaba en matière de trappe pour suivre le fauve. Il laissait une trace nettement visible. Petit-Beau ne décolérait pas, nous imposait d'interminables étapes. Je n'étais pas loin de partager l'avis de Tigamanik : cet animal était un véritable démon. Il nous fit décrire un large cercle, pour nous ramener à notre point de départ, dans la clairière où nous avions passé l'hiver. Je ne la reconnus pas : avant d'emprunter le cours, désormais libre, de la rivière, les Algonquins avaient fait disparaître toute trace de leur séjour.

Petit-Beau changea de tactique.

– Il nous promène, dit-il. Mais nous allons le prendre à son propre jeu, en le précédant.

Atikowaba et Tigamanik entreprirent de creuser la terre. Me souvenant des paroles de Petit-Beau, à Lachine, je crus qu'ils cherchaient des provisions. Mais la dimension de la fosse m'en dissuada.

– À l'automne, m'expliqua Petit-Beau, les Indiens ont enterré leurs canoës dans la tourbe. Ça empêche le gel de fendre l'écorce. Ils nous en ont laissé deux.

Le plan de Petit-Beau ne se révéla pas aussi efficace qu'il l'avait cru. À chacune de nos étapes, il nous fallait retrouver la trace de l'animal. Seul avantage, l'usage du canoë nous épargnait les longues marches dans le sous-bois. Je partageais l'embarcation de Tigamanik. Il mit à m'apprendre le maniement de la pagaie la même patience enjouée qu'il avait déployée pour m'enseigner les bases de son langage.

À deux reprises, nous aperçûmes le Grand-Père. La première fois, ce ne fut qu'une apparition fugitive dans les fourrés. La veille, nous l'avions cherché en vain. Depuis combien de temps nous guettait-il ? Selon Atikowaba, il avait passé la nuit à nous épier.

La seconde fois, il nous donna largement le temps de le voir. Nous nous trouvions alors aux prises avec un mauvais rapide. L'eau bouillonnait entre des rochers hostiles. L'écume nous cachait des pierres affleurant à peine, écueils mortels pour nos embarcations. À tout instant, un de ces écueils menaçait de déchirer la fragile écorce. Le fauve se profila au sommet d'une falaise de granit noir. Il nous observait, placide. Il attendait de nous voir chavirer. L'idée me vint qu'il nous avait attirés vers ce piège. Ne connaissait-il pas le torrent mieux que nous ? Le canoë piqua du nez dans un gros remous et j'oubliai ce sombre pressentiment pour ne plus penser qu'à maintenir l'esquif dans le courant.

Mon heure n'avait pas sonné. Emporté par son élan, le canoë acheva sa course par une majestueuse glissade sur l'eau paisible d'une crique bordée de sable gris. Petit-Beau décida d'y camper. La nuit ne tomberait pas avant plusieurs heures. Il entendait profiter de ce répit pour traquer le Grand-Père, si proche.

Il revint bredouille, une fois de plus. Dans ses yeux la folie dansait. Les jours suivants, ce fut pire. Il ne supportait même plus notre compagnie. Il quittait le campement au milieu de la nuit pour battre seul la forêt, tandis que nous chassions du petit gibier ou que nous pêchions en l'attendant. Tigamanik avait repéré un chenal où les truites aimaient à s'embusquer dans le fil du courant. Pour lui, rien de plus facile que de les attraper, à mains nues. Il enrobait ensuite le poisson avec de la glaise et posait ce four improvisé sur le feu. Quelques coups de tomahawk permettaient de briser la gangue durcie par la cuisson, dont la moitié inférieure formait une sorte d'assiette.

Nous séjournâmes près d'une semaine au bord de la crique. Ce répit, insolite de la part d'un animal qui avait pris un malin plaisir à nous entraîner par monts et par vaux, ne faisait qu'accroître notre malaise.

Un soir, tandis que Petit-Beau rentrait d'une humeur massacrante, Atikowaba déclara :

– Nous partons demain.

Petit-Beau fronça le sourcil. Imperturbable, l'Algonquin poursuivit :

– Voilà des jours et des lunes que nous suivons le Grand-Père sans résultat. Bientôt c'est l'été. Nous rentrons chez nous.

Petit-Beau haussa les épaules. Cette nouvelle me plongea, moi, dans la consternation. J'imaginais mal rester seul avec le trappeur en proie à son obsession. Il était clair qu'Atikowaba ne reviendrait pas sur sa décision. En aparté, Tigamanik me confia que son compagnon avait vu dans un rêve un cerf dont le pelage blanc était couvert de sang. Depuis, la peur le tenaillait. Que redoutait-il le plus ? L'esprit qui habitait l'ours, ou la folie de Petit-Beau ?

De toute façon, il était trop tard : jamais Atikowaba ne devait revoir les siens.

Le lendemain, en effet, j'éprouvai un choc en allant puiser de l'eau. Les canoës avaient disparu ! Je courus à la rive : ils gisaient au fond de la rivière, la coque crevée, remplis de pierres. Je regardai vivement autour de moi : personne. Je me précipitai vers mes compagnons, ivre de rage. Je soupçonnais Petit-Beau de s'être rendu coupable de ce mauvais coup afin de retenir les Algonquins. Sa réaction me détrompa.

– Les Iroquois, gronda-t-il, quand je l'eus avisé de ma découverte.

– Ne sommes-nous pas loin de leur territoire ?

– Afin de prouver leur courage, les jeunes Iroquois lancent des expéditions chez leurs voisins. Pour conquérir une place dans leur société, ils doivent ramener des prisonniers, ou du moins des scalps. Ces dernières années, ils ne remontaient plus guère vers le nord, parce qu'ils guerroyaient contre les Américains. Mais on dirait qu'ils retrouvent les vieilles habitudes.

Atikowaba inspectait la rive avec minutie, tandis que Tigamanik, immobile, scrutait le sous-bois. Quelque soin qu'ils missent à cacher leur peur, elle suintait par tous leurs pores. Il y avait plus impressionnant encore : Petit-Beau lui-même avait pâli sous sa barbe.

– Ils sont partis, non ?

Ma naïveté ne rassura personne, pas même moi.

– Ils nous observent, corrigea Petit-Beau. Ils nous tomberont dessus au moment qu'ils auront choisi. Maintenant qu'ils nous ont empêchés de fuir par la rivière, ils ont tout leur temps.

– Tu m'avais dit que les Indiens avaient peur de toi.

– Pas ceux-là, on dirait, maugréa-t-il.

– Il faut partir, dit Atikowaba.

Tout en parlant, il rassemblait son paquetage. Il piétina le feu pour éteindre les dernières braises. Petit-Beau vérifia l'amorce de son fusil.

– Pourquoi tant de hâte à fuir, puisque vous êtes aussi certains qu'ils nous attaqueront ?

– Atikowaba ne l'avouera pas, mais quand on a affaire aux Iroquois, ou bien on est en force et on crâne pour les dissuader d'attaquer, ou bien il vaut mieux ne pas paraître trop courageux. Si nous passons pour des couards, ils nous jugeront indignes de leur valeur guerrière et se contenteront de nous tuer d'un coup de massue.

– Sinon ?

– Sinon, ils chercheront à savoir jusqu'où va notre courage en nous torturant. Un conseil : ne tombe pas vivant entre leurs mains.

Tigamanik ouvrait la marche, Atikowaba la fermait. Malgré une allure rapide, il prenait soin de redresser avec un bâton les herbes que nous avions dérangées. Je m'efforçais de progresser comme Tigamanik me l'avait appris : sans appuyer le talon, en restant bien dans sa trace. Autour de nous, nous n'entendions que les bruits habituels de la forêt : le pépiement des oiseaux, le bruissement des feuillages, le long appel d'un orignal en quête d'une femelle, le claquement sec des bois de deux wapitis engagés dans un duel. Pour autant, mes compagnons demeuraient persuadés que l'œil des ennemis ne les quittait pas.

– Les Iroquois viennent en renard, combattent en lion, partent en oiseau, expliqua Atikowaba, sentencieux.

Cette fuite dura deux jours pleins, sans que nos poursuivants se laissent entrevoir. Puis, le second soir, la forêt résonna de cris d'animaux, à l'évidence imités. Cette maladresse était voulue : les jours précédents, nous n'avions rien soupçonné, alors même que nous guettions le moindre indice de leur présence.

Les cris fusaient de partout. Difficile de deviner le nombre de nos ennemis. D'après l'expérience de Petit-Beau, un parti de guerre iroquois dépassait rarement la dizaine d'individus. Ils se déplaçaient, pour nous laisser croire qu'ils étaient plus nombreux. Quand ils lanceraient l'assaut, la surprise jouerait en leur faveur : ils savaient tout de nous, quand nous en étions encore réduits aux hypothèses.

– Il reste peut-être un moyen de nous échapper, décida Petit-Beau : profiter de la nuit pour nous enfuir, chacun de son côté. Si l'un d'entre nous les entraîne assez longtemps dans son sillage, les autres auront une petite chance de passer à travers les mailles du filet.

Il se tourna vers moi. À sa mine embarrassée, je compris qu'il ne s'encombrerait pas de ma présence. Il me dispensa néanmoins ce conseil :

– Rappelle-toi ce que je t'ai dit, Carcajou : s'ils te rattrapent, bats-toi jusqu'à la mort.

Je crânai, pour cacher la panique que je sentais monter en moi à l'idée de me retrouver seul dans la forêt. Que les Iroquois m'attrapent ou pas, j'étais perdu !

– Ils te retrouveront de toute façon, grommelai-je à l'intention de Petit-Beau.

– Sans doute, admit-il. Mais il n'y a rien d'autre à faire.

Il soupira. Il croyait à sa chance, mais ne nourrissait pas d'illusions sur la mienne.

– Je dois t'avouer quelque chose, dit-il en baissant la voix. À propos de ton frère.

Mon cœur s'emballa. À la gêne du trappeur, je devinai la vérité.

– Il n'est pas mort ! m'écriai-je.

– Ça, je n'en sais rien, bougonna-t-il. En fait, je ne l'ai jamais connu. Toutes les histoires que je t'ai racontées, c'étaient des mensonges.

Une fois dans ma vie j'avais éprouvé une haine semblable à celle qui enflamma soudain mon cœur : lorsque mon oncle m'avait dérobé le domaine de Kervadec pour le donner à Le Dantec. Aujourd'hui, j'étais même encore plus furieux : car je méprisais mon oncle, tandis que Petit-Beau m'était devenu sympathique.

Il me vit blêmir, comprit ma colère.

– Il fallait bien que je trouve le moyen de te persuader de m'accompagner. Qu'aurais-tu fait à Lachine ?

Un tel aplomb me révoltait.

– Je souhaite que les sauvages te prennent vivant !

Il haussa les épaules.

– J'aurais pu ne rien te dire, maugréa-t-il.

Sa logique me désarma. D'ailleurs, si je trouvais sa ruse odieuse, j'en voulais encore plus à la Providence de me jouer ce vilain tour. L'aveu de Petit-Beau signifiait que la revanche dont j'avais rêvé aurait pu s'exercer ; et cela m'était révélé au moment même où ma vie menaçait de finir sous les massues des sauvages.

Chapitre 4

Le chant de mort de Tigamanik

Ce soir-là, nous allumâmes un feu, ce que nous n'avions pas fait la nuit précédente. Nous le nourrîmes avec parcimonie, afin qu'il ne jette pas une lumière trop vive. Selon le plan de Petit-Beau, il s'agissait de donner aux Iroquois assez de lumière pour qu'ils aient l'illusion de nous surveiller, mais trop peu pour qu'ils nous distinguent nettement. Nous nous couchâmes sans désigner de sentinelle.

– Tu es sûr qu'ils ne nous attaqueront pas de nuit ? demandai-je au trappeur.

Il leva les bras dans un geste fataliste.

– En principe, ils n'aiment pas cela, par peur des esprits. Mais s'ils se sentent en force, sait-on jamais ?

Une fois allongés, nous ramenâmes de l'humus contre notre corps, de façon à former une bosse sous nos couvertures. Nous espérions qu'ainsi notre fuite ne se verrait pas tout de suite.

Petit-Beau s'éclipsa le premier. Puis Atikowaba. La forêt était devenue à nouveau silencieuse. Tigamanik et moi tendions l'oreille, redoutant un cri, l'écho d'une lutte. Nous n'entendîmes que le vent dans les feuillages et le hululement des chouettes qui chassaient.

– À toi. Je partirai ensuite, me souffla Tigamanik.

Je ne pouvais m'y résoudre. Il me semblait que le dernier à s'esquiver entraînerait tous les ennemis à sa suite.

– Je préfère rester, dis-je. Toi, tu as une chance. Moi, je ne connais pas ce pays. De toute façon, je me perdrai.

Tigamanik émit un petit bruit de gorge, qu'il utilisait indifféremment pour exprimer sa joie, son approbation et sa contrariété.

– Nous partirons ensemble, décida-t-il.

Je l'avoue sans honte : sa proposition me soulagea. Nous attendîmes une bonne demi-heure avant de déguerpir à notre tour.

Les nuages masquaient la lune. Il faisait très sombre sous le couvert. Nous n'avancions pas vite : la crainte de trahir notre présence par un bruit insolite l'emportait sur notre hâte. Malgré nos précautions, nous ne pouvions éviter de briser des brindilles sous nos pieds. Dans l'obscurité, ces craquements résonnaient cruellement.

Les Iroquois attaquent en renard... Rarement image se vérifia aussi bien que cette nuit-là. Nous ne les entendîmes pas plus approcher que nous ne les vîmes. Lorsqu'ils nous tombèrent dessus en hurlant, il était trop tard pour réagir. J'eus à peine le temps de lever mon fusil. Un violent coup sur le crâne me priva de connaissance.

Quand je retrouvai mes esprits, une lanière me serrait les mains derrière le dos. Un goût de terre et de mousse m'emplissait la bouche. Je dus faire un effort pour soulever ma paupière droite, collée par le sang qui avait coulé de mon cuir chevelu. J'aperçus Tigamanik, le dos appuyé contre un arbre, entravé lui aussi. Un sauvage, voyant que je m'éveillais, me lança un ordre dans une langue abrupte. Joignant le geste à la parole, il me poussa du talon. Je me mis à genoux tant bien que mal, puis je parvins à me lever. La tête me tournait. L'Iroquois tendit le doigt vers Tigamanik, impérieux. Malgré sa petite taille, il paraissait très fort. Il était hideux, le crâne rasé, le visage couvert de scarifications, le lobe des oreilles distendu et découpé. Sur sa poitrine, il arborait le pectoral de perles dont Atikowaba s'enorgueillissait naguère.

Je regardai autour de moi. Petit-Beau avait vu juste : nos agresseurs n'étaient pas plus d'une dizaine. Je reconnus le fusil d'Atikowaba dans les mains d'un autre guerrier, dont la ceinture s'ornait d'un macabre trophée : la chevelure de l'Algonquin. Rien, en revanche, ne laissait supposer qu'ils avaient intercepté Petit-Beau.

La mort d'Atikowaba m'attristait. Quant à l'éventuelle fuite du trappeur, je ne savais pas si je devais m'en réjouir ou la regretter ; je lui en voulais trop de m'avoir trompé.

Les Iroquois avaient dissimulé leurs embarcations non loin de la crique où ils avaient détruit les nôtres. Cela représenta trois jours de marche pour les rejoindre, pendant lesquels nul ne songea à nous nourrir. Je dus, à l'exemple de Tigamanik, mâcher de l'herbe pour tromper ma faim et trouver au creux des feuilles l'eau qui étancherait ma soif.

Ils nous jetèrent au fond de leur canoë. Je ne garde qu'un souvenir confus du reste du voyage. La fatigue et la faim m'avaient affaibli. La fièvre, aussi : la blessure de mon crâne s'était infectée. J'en souffrais cependant moins que de mes poignets, entravés par les liens trop serrés. Moins que de mes genoux, écorchés en raison des nombreuses chutes que m'avait values ma faiblesse. Moins que de la rage qui me consumait, quand je songeais à Petit-Beau, que je tenais pour responsable de mon malheur actuel.

Je ne saurais dire combien de temps dura le voyage. Je sais seulement qu'on me nourrit trois fois. J'étais assez affamé pour trouver délectable cette poudre de viande séchée mêlée à de la graisse qui compose l'ordinaire des guerriers en expédition et que les Algonquins nomment pemmican. Dans la journée, au fond du canoë, je dormais. La nuit, en revanche, je guettais une occasion de m'enfuir. Elle ne se présenta jamais.

Les sauvages se montraient fort gais, riant à tout propos. Ils ramenaient deux prisonniers, rapportaient le scalp d'un ennemi et trois fusils : quel succès ! Je ne peux pas dire qu'ils nous maltraitèrent : ils se contentaient de nous ignorer.

Enfin, un matin, nous abordâmes. L'Iroquois qui portait le pectoral d'Atikowaba s'éloigna du rivage, tandis que les autres nous entouraient. On nous délia les mains – oh ! l'horrible sensation quand le sang circula de nouveau dans mes doigts ! On me laissa même aller boire à la rivière. J'en profitai pour nettoyer ma plaie.

Tigamanik n'essaya pas de me parler. Depuis notre capture, il se murait dans un mutisme hautain. Il semblait que, maintenant qu'il n'espérait plus échapper à nos ennemis, toute peur l'avait quitté et que seul son honneur lui importait. J'enviai son impavidité. J'en étais bien loin. Je ne pouvais empêcher l'avertissement de Petit-Beau et les récits atroces entendus à Baltimore de remonter constamment à ma mémoire.

À peine avais-je achevé ma toilette que deux sauvages me saisirent par les bras, tandis qu'un troisième me barbouilla le visage avec une peinture noire. Ils n'eurent pas à tenir Tigamanik. Mon compagnon d'infortune se laissa maquiller sans résistance. Après quoi, il insulta nos agresseurs, en des termes qui me firent frémir : il mettait en doute leur capacité d'imaginer un supplice digne de lui. Il parlait encore quand l'homme au pectoral revint, à la tête d'une troupe fort excitée de femmes et de jeunes gens.

Sans le moindre regard pour les guerriers, les femmes se précipitèrent sur nous. Je crus qu'elles allaient nous massacrer sur place. Elles se contentèrent de nous tourmenter de mille façons, nous frappant avec des verges, nous piquant avec des aiguilles, entaillant notre peau avec des lames de silex. L'une d'elles ayant remarqué des poils sur mes jambes – particularité insolite pour les Indiens, qui en sont dépourvus –, elles entreprirent en gloussant de les arracher. Excédé par cette nuée, je m'efforçais de parer les coups. Une attitude aussi lâche à leurs yeux les détourna de moi. Elles préférèrent tourner leur furie sur Tigamanik, qui opposait à leurs tortures un ricanement méprisant.

Ce jeu cruel se prolongea deux heures, pour le moins. Puis une matrone donna l'ordre du départ. Les guerriers nous dépouillèrent de nos vêtements réduits en lambeaux. Ils posèrent une couronne de fleurs sur nos têtes et nous donnèrent une calebasse de terre cuite montée sur un manche richement décoré. À chaque secousse, le hochet tintait. À la grande satisfaction de nos gardiens, Tigamanik secouait le sien avec fureur.

En ce curieux équipage, nous gagnâmes le village des Iroquois. Il se composait de trois longues cabanes et de quelques huttes de branchages. On nous alloua l'une de ces dernières. Des femmes nous apportèrent un abominable brouet. Comme les guerriers que j'apercevais à travers les branchages se contentaient de la même pitance, j'en déduisis que le fumet de pourriture qui s'en dégageait ne comptait pas aux nombre des tourments que les Iroquois réservaient à leurs prisonniers, mais qu'il s'agissait de leur ordinaire.

J'étais épuisé, pantois, et le moindre pouce de ma peau me cuisait. Néanmoins, j'étais encore vivant ! Tigamanik dissipa d'une phrase le soulagement que m'apportait cette constatation.

– Ce soir, ils nous tortureront, annonça-t-il.

Les supplices dispensés par les femmes n'étaient qu'une entrée en matière, une agacerie pour éprouver la vaillance des prisonniers. Plus ceux-ci s'étaient révélés aptes à supporter la douleur, plus la fête serait réussie. Étonnamment, Tigamanik paraissait décidé à respecter la règle du jeu.

Le soir, les sauvages allumèrent de grands feux et vinrent nous chercher. Ils titubaient, déjà ivres. Étant celui qui avait manifesté le moins de courage, j'aurais dû être la première victime, celle qu'on expédie avant de se consacrer au véritable spectacle. Cependant ma peau blanche me valut le privilège d'être gardé pour la fin. On m'attacha donc à un piquet fiché en terre. Mon compagnon m'avait prévenu : si je fermais les yeux pour ne pas assister à son exécution, les Iroquois me couperaient les paupières.

On lia Tigamanik à un poteau au moyen d'une corde qui lui laissaient les mains libres. Tout autour se dressait un cercle de fagots, dont l'usage ne me paraissait que trop évident.

Tigamanik entonna son chant de mort.

Chapitre 5

Tarouhia-Kanéré

Qui entend les tambours entend sa peur, entend sa mort.

Ils résonnaient, lancinants, impitoyables. Leur sourd battement scandait les rugissements des sauvages qui se ruaient sur leur proie. Par moments, les cris de Tigamanik couvraient les uns et les autres. Comment les retenir sous les tortures que ces démons s'ingéniaient à inventer ? Alors, avec un incroyable panache, Tigamanik hurlait sa haine, se moquait de ses tortionnaires et les insultait. Tout en admirant la bravoure de mon compagnon d'infortune, je souhaitais qu'il se tût, car à chaque provocation répondait un tourment nouveau. Lui, au contraire, mettait toute son énergie à défier ses bourreaux. Dans cet horrible rituel, chacun jouait son rôle avec conviction. En infligeant d'effroyables souffrances au vaincu, les Iroquois lui permettaient de sauver la face en même temps qu'ils augmentaient leur prestige d'avoir capturé un ennemi aussi valeureux.

Cela, je ne le compris que plus tard. Sur le moment, j'assistai à un sacrifice dont la cruauté m'épouvantait. Qu'il me soit permis de ne pas évoquer davantage sa poitrine brûlée par le collier de haches rougies au feu, ni ses doigts calcinés dans les fourneaux de pipes allumées.

Ces barbares ne prêtaient plus aucune attention à moi, si bien que je nourris un instant l'espoir de m'évader. Mais les liens de peau résistèrent à tous mes efforts, malgré l'énergie que je puisais dans ma frayeur.

Aux premières heures de l'aube, les sauvages mirent un terme aux tourments du malheureux en allumant le bûcher. Mon ami disparut derrière un mur de flammes et de fumée. Il continua quelques instants à insulter ses bourreaux, puis le ronflement du brasier et le battement précipité des tambours couvrirent sa voix.

Alors les Iroquois m'entourèrent. Pour me préparer au pire, je cherchai à me remémorer les préceptes des sages stoïciens que m'avait enseignés le P. Milon...

Sans succès : mes idées se brouillaient ; l'épouvante me nouait les entrailles et tout mon corps tremblait. Cependant, il était trop tard pour procéder à mon exécution. On me ramena à la cabane. Je ne pus toucher à la nourriture qu'on m'apporta. Je laisse imaginer avec quelle angoisse j'attendis le déclin du jour.

Ils avaient tué Atikowaba, puis Tigamanik. Et maintenant mon tour venait. La peur ne m'empêchait pas de songer à Maria, que je ne reverrais pas, à son père, à mon oncle qui profiteraient tranquillement de leur forfait. Cette injustice me révoltait. Quand, le soir, les Indiens vinrent me chercher, pour ne pas laisser la panique m'envahir, je me concentrai sur ces seules pensées. Sur Maria, surtout. Avait-elle deviné le tendre sentiment qu'elle m'inspirait ? Oui, sans doute. Les encouragements qu'elle m'avait adressés ne signifiaient-ils pas qu'elle le partageait ? Je levai les yeux vers les premières étoiles. Sur l'*Auguste*, j'avais appris à m'orienter d'après le ciel nocturne. Puisqu'il me fallait mourir, je voulais que ce fût le visage tourné vers mon pays, vers Maria. En marchant au supplice, je gardais donc les yeux levés vers ce ciel que mon père croyait vide et que mon précepteur invoquait avec ferveur.

Si hasardeuse est la destinée des hommes que cette posture me sauva !

On m'agrippa. Je m'aperçus avec stupeur que celle qui me tirait par la manche et m'entraînait malgré les protestations de mes gardiens était une vieille femme. Elle me mena devant un groupe de mégères caquetantes et se mit à palabrer avec véhémence. Bientôt les hommes s'en mêlèrent. Le débat tourna rapidement à la dispute. Les matrones, d'abord divisées, s'allièrent pour tenir tête aux guerriers. Ceux-ci s'agitaient, brandissaient leurs armes, sans parvenir à impressionner leurs interlocutrices. L'une d'elles interpella un vieillard, qui parut fort embarrassé. Enfin, après quelques moments d'indécision, il leva la main pour réclamer le calme ; il l'obtint aussitôt. Les commères en profitèrent pour m'éloigner. On me lava, on me nourrit, on me soigna même, et on me donna pour la nuit une couverture d'une saleté repoussante, que je n'osai refuser. Je ne comprenais rien à ce revirement. Sinon que j'avais échappé à un sort affreux. Je priai pour que ce miracle se prolongeât.

Au matin, la femme et d'autres Indiens réunirent leurs affaires dans un ballot. Elle me tendit le sien, impérieuse. Je tardai à le saisir. Était-il concevable qu'un Breton dont la noblesse remontait à un compagnon de Nominoë devînt le valet d'une sauvage des Amériques ? Cette attitude lui déplut : elle me le fit savoir sur un ton assez éloquent et poussa le paquet contre ma poitrine. Alertés par les piaillements de la vieille, des guerriers interrompirent leur besogne pour regarder dans notre direction. Je songeai au collier de haches rougies, aux fourneaux incandescents des pipes et me rappelai à propos les leçons d'humilité de mon précepteur. Je passai donc la bretelle du sac sur mon épaule.

Nous quittâmes le hameau. Chemin faisant, je croisai le guerrier au pectoral. Il m'adressa un signe cordial, un de ceux par lesquels on souhaite une bonne route à un ami de longue date.

Le voyage qui me conduisit au village de ma protectrice dura deux jours. Je fus aussi bien traité que les autres, c'est-à-dire que j'eus à marcher du lever du soleil à son coucher sur un mauvais sentier de la forêt, à peine tracé et bordé de ronces. Les hommes me surveillaient étroitement, même la nuit. Au cours du trajet, j'appris le nom de celle à qui je devais la vie : Karouta. Comme les guerriers qui m'avaient capturé, elle appartenait à la nation des Onéïdas[1].

Le village se blottissait derrière une palissade de rondins que la moindre salve d'artillerie aurait jetée bas. L'enceinte franchie, on pénétrait sur une aire de terre battue, autour de laquelle s'alignaient de longues bâtisses voûtées, couvertes d'écorce d'orme. On me conduisit dans l'une d'elles. Je toussai, pris à la gorge par son atmosphère irrespirable. Les ouvertures ménagées dans le toit ne suffisaient pas à évacuer la fumée de trois foyers, sur lesquels mijotait une marmite. Deux vieilles femmes les entretenaient. Sur des broches, des poissons séchaient. La demeure paraissait d'autant plus vaste que la pénombre en estompait les contours. Je devinai de part et d'autre deux longues estrades. Des perches, sur lesquelles pendaient des peaux et des accessoires que je n'identifiai pas, découpaient l'espace de façon à former une vingtaine de loges.

Karouta me mena droit à une marmite. Une mixture nauséabonde y clapotait. La vieille Indienne

1. Fondée vers 1570 par Hayawatah, la ligue des Iroquois comprenait à l'origine cinq tribus, ou nations : les Onondagas, les Sénécas, les Onéïdas, les Mohawks et les Cayugas ; les Tuscaroras se joignirent à eux en 1721.

confirma mes craintes en y plongeant une louche de bois. Il me revint que, chaque fois que nous rencontrions une charogne sur notre chemin, Tigamanik affirmait : « De la cuisine pour Iroquois ! » J'attribuais ce mépris à l'animosité qu'un Algonquin se devait d'éprouver envers l'ennemi héréditaire. Comment aurais-je soupçonné qu'il énonçait une simple vérité ? Dans la bouillie de blé d'Inde flottaient des viandes dont je préférais ne pas reconnaître l'origine, et sur lesquelles plumes, poils et écailles adhéraient encore.

Je me forçai à avaler cette nourriture immonde. Au moins avais-je la certitude qu'on ne cherchait pas à m'empoisonner : à tout moment, un sauvage venait puiser dans la marmite. Ou bien une femme y jetait ce qu'elle avait ramassé avant de venir : baies, racines, poisson, grenouille, oiseau ou autre gibier grossièrement écorché. De temps en temps, une des gardiennes du foyer rajoutait de l'eau ou de la farine. Là résidait le secret de ce que les Indiens, ainsi que je l'appris plus tard, appellent la sagamité : renouvelée en permanence, elle était inépuisable. À toute heure du jour ou de la nuit, n'importe quel membre de la tribu pouvait assouvir sa faim, à défaut de flatter son palais. N'en déplaise au P. Milon, après avoir goûté à cet infâme brouet, je ne laisserai personne dire que la gourmandise est un péché. Je la tiens désormais, au contraire, pour une vertu cardinale.

Quand j'eus vidé l'écuelle, mon hôtesse me conduisit dans la loge qui lui était réservée. Elle passa un onguent sur mes plaies et me donna des vêtements, les miens ne lui convenant visiblement pas. Depuis l'instant où nous avions pénétré dans la bâtisse, elle n'avait cessé de me parler sur un ton aimable.

Le soir, les hommes rentrèrent dans la grande cabane. Dans la journée, ils n'y avaient fait que de brèves incursions, pour se nourrir : seules les femmes et les jeunes enfants semblaient autorisés à y demeurer. Les sauvages ne s'étonnèrent pas de ma présence. Une telle indifférence devint rapidement irritante. Étais-je donc tombé si bas qu'on affectait de ne pas me voir ?

J'étais bien décidé à profiter de la nuit pour m'enfuir. Mais la fatigue l'emporta. Je m'endormis comme une masse. Au matin, les hommes quittèrent la cabane. Karouta me poussa vers la porte.

Accoutré d'un vêtement de sauvage qui me laissait à moitié nu, j'errai dans le village. Quelques hommes, assis par terre, discutaient entre eux. Les chevaux circulaient en liberté sur l'aire, de même que les chiens. Des enfants se poursuivaient en criant. Deux Iroquois se dirigèrent vers le portail de l'enceinte. Un troisième les appela ; ils lui répondirent en arborant leur fusil. Personne ne regardait de mon côté. Avec prudence, je les suivis à distance.

Un sauvage, accroupi le long de la palissade, m'observait. Ses yeux attentifs brillaient au milieu des tatouages qui le défiguraient.

Je franchis le portail. Il ne broncha pas. Cependant, en jetant un coup d'œil par-dessus mon épaule, je l'aperçus : il m'épiait. Un ruisseau serpentait à quelques aunes[1] du village. Je m'assis au bord. En vingt enjambées, je pouvais atteindre l'orée de la forêt. Mais ensuite ? Comment échapper aux sauvages dans des bois dont ils connaissaient le moindre fourré ? Peut-être les deux hommes, que j'avais pris pour des chasseurs, me guettaient-ils, embusqués dans les buissons ? Les Onéïdas m'avaient démontré leur penchant pour les jeux barbares. À contrecœur, je me résolus donc à attendre une occasion propice.

---

1. 1 aune = 1,20 m.

Et si je me trompais ? Si je laissais échapper mon unique chance d'évasion ? Cette incertitude me rongeait. Oui, décidément, les sauvages étaient passés maîtres dans l'art de tourmenter leur prisonnier.

Vers le milieu du jour, je constatai une grande agitation dans le village. Des hommes entassaient des fagots. Je frémis : ces préparatifs m'évoquaient le supplice de Tigamanik. Quelques-uns, se tournant vers moi, m'adressèrent un signe de la main. Le doute ne m'était plus permis : c'était bien à mon intention que l'on dressait un bûcher. Eh bien, non, je ne me laisserais pas assassiner comme un Algonquin ! Autant courir ma chance dans la forêt. Au moment où je m'apprêtais à détaler, les deux chasseurs débouchèrent de l'orée. L'un d'eux portait un chevreuil sur les épaules. Ils m'interpellèrent. Je n'entendais rien à leur jargon. Je compris seulement qu'ils m'invitaient à les suivre à l'intérieur de l'enceinte. Je jetai un regard à la forêt. Jamais je ne courrais aussi vite que leurs balles. La mort dans l'âme, je les accompagnai. En me voyant, Karouta m'entraîna dans la grande cabane. Je crois bien que toutes les matrones du village défilèrent devant moi. Elles m'examinaient sous toutes les coutures en riant. Karouta riait plus fort que toutes les autres.

Le soir, elle m'amena elle-même près du gigantesque feu allumé sur l'aire. Tous les Onéïdas formaient un cercle autour. Les chefs, leurs longues pipes posées sur l'avant-bras, s'assirent en premier. Le plus vieux semblait avoir la préséance. Il fourra le tuyau de sa pipe dans sa bouche édentée et planta son regard dans le mien. Je n'y lus ni hostilité ni complaisance : juste le regard d'un homme qui s'oblige à juger en parfaite équité.

Les tambours commencèrent à battre. Karouta se dressa, se trémoussa, se tira les cheveux, se griffa le visage en poussant des cris déchirants. Bientôt d'autres sauvages, tant hommes que femmes, l'imitèrent. L'assistance tout entière offrit le spectacle du plus profond désespoir. Je n'entendais rien à cette funèbre cérémonie ; obsédante, me revenait à l'esprit l'image de Tigamanik, attaché au poteau de torture. Pour moi, il ne faisait aucun doute que ma mise à mort conclurait l'incompréhensible rituel auquel j'assistais. Pourtant, j'avais les mains libres et aucun poteau ne se dressait devant les flammes.

L'homme au visage tatoué qui m'avait épié l'après-midi se glissa près de moi. Sans me regarder, sur le ton le plus naturel du monde, il souffla à mon oreille, en français :

– Elle dit : « Oh ! mon fils ! Tu étais grand et fort, un redoutable guerrier. Et voilà que tu es mort. Ta dépouille gît sans sépulture, dans le pays des Blancs. Personne pour te pleurer, ni tes frères, ni tes compagnons d'armes. Aurons-nous assez de larmes pour déplorer un sort aussi funeste ? Nous avions tant besoin de ton bras pour nous défendre. Qui nous protégera désormais ? Qui rapportera le gibier dont tu nous pourvoyais en abondance ? Toujours, nous nous rappellerons tes exploits : l'élan n'était pas assez puissant, ni le chevreuil assez rapide pour échapper à ta flèche. Et ton tomahawk abattait les ennemis en grand nombre. Et aujourd'hui mon fils est mort ! »

J'accordai, je l'avoue, peu d'attention au sens de ses paroles, tout abasourdi d'entendre un sauvage s'exprimer dans ma langue avec autant d'aisance.

Sans marquer de transition, les Indiens passèrent de l'affliction à l'allégresse. Avec la même impassibilité, mon interprète traduisit :

– Mais pourquoi pleurer encore ? Notre frère est mort les armes à la main. Il a montré son courage. Son esprit a rejoint l'esprit des chefs de combat. Ils l'ont bien reçu, ils l'ont reconnu comme l'un des leurs. Ils l'ont nourri. Ils l'ont vêtu de fourrures précieuses.

Pourquoi serions-nous tristes, s'il est heureux ? Et voyez : son âme a pris pitié de notre malheur. Tarouhia-Kanéré est revenu. Accueillons-le dans l'allégresse. Puisse-t-il connaître joie et santé parmi nous !

Ils m'entouraient, me saluaient, jetaient des peaux sur mes épaules au point de m'accabler.

– C'est de toi qu'ils parlent, précisa mon interprète, que ma stupéfaction amusait beaucoup. Désormais, tu te nommes comme ça : Tarouhia-Kanéré. Karouta t'a choisi pour remplacer son fils.

À ce moment, Karouta se précipita sur moi, m'attira dans le cercle des danseurs. Chacun me fêtait. Je cherchais désespérément mon interprète. Mais, pendant le festin qui dura toute la nuit, je ne le vis plus.

Le vieux sachem se leva, sans que la danse s'interrompît. Il posa ses mains sur mes épaules. Je fus surpris de constater qu'il ne me dépassait pas en taille. Assis, il m'avait semblé d'une autre stature. Il me dit quelques mots d'une voix étonnamment claire pour un homme de cet âge. Puis il tourna les talons.

J'éprouvais un réel dépit de n'avoir pu comprendre des paroles que je devinais bienveillantes, et encore moins y répondre. Je devais absolument m'attacher les services de mon interprète !

Le lendemain, je me levai avec la ferme résolution de le débusquer, où qu'il se cachât. En fait, je n'eus aucun mal à le trouver : il était un des rares debout. La plupart, il est vrai, avaient passé la nuit à boire bien au-delà de l'ivresse. L'homme réparait un canot d'écorce. Il ne portait qu'un pagne autour de la ceinture. Comme son visage, tout son corps était couvert de tatouages. Je m'assis et le regardai travailler. Sans doute attendait-il que je parle. Ignorant les usages en vigueur chez les Onéïdas, je ne savais comment l'aborder. Il m'importait en effet de ne pas indisposer le seul individu susceptible de m'aider. Enfin, il se décida à rompre un silence qui commençait à devenir fort pénible.

– Le fils de Karouta est mort, il y a quelques lunes de cela. La glace d'un lac a cédé sous son poids. Quand un homme se mouille, en hiver, il a peu de chances de s'en tirer.

D'une claque nerveuse, il écrasa un moustique sur son cou.

– Il s'appelait Tarouhia-Kanéré. Maintenant, tu le remplaces.

– Vous parlez bien notre langue, hasardai-je, pensant qu'un compliment ne pouvait le froisser. L'avez-vous apprise auprès d'un missionnaire ?

– Une robe noire ? Merci bien ! D'ailleurs, il n'y en a guère, par ici, hormis le P. Kirkland, qui s'exprime en anglais. Non, c'est ma mère qui m'a appris à parler, comme tout un chacun.

– Votre mère ? Elle était blanche ?

– Oui. Cela n'a rien d'extraordinaire : je suis né à Longpré-les-Corps-Saints, en Picardie. Autrefois, on m'appelait Jourdain.

Ces paroles ne dissipèrent en rien ma stupeur. À aucun moment je n'avais discerné un Blanc sous les tatouages de ce sauvage bariolé. Il ramassa un peu de terre et se frotta les mains, pour se débarrasser de la résine qui empoissait ses paumes.

– Moi aussi, les Onéïdas m'ont adopté. Mais j'ai eu moins de chance que toi. Karouta t'a pris pour fils. Tandis que moi...

Valet d'un officier, Jourdain avait suivi son maître, un peu après 1750, dans la guerre qui opposait alors Français et Anglais pour la possession de la Nouvelle-France. Capturé par les Iroquois, alliés des Britanniques, il avait échappé à la mort grâce à l'intervention d'une princesse indienne qui, lasse de son veuvage, l'avait trouvé à son goût.

– Ma femme était un beau parti. Sa dot comprenait six cents épingles, une centaine d'aiguilles, trois jarres de coquillages pour fabriquer des wampums[1], un fusil, vingt ballots de fourrures, quatre marmites de fer, un cheval, une vache et une bêche. Et aussi une douzaine de scalps. Dommage qu'elle ait été laide à faire peur et qu'elle ait eu au moins deux fois mon âge. Elle puait l'alcool à dix pas. Faut dire que je ne l'ai jamais vue à jeun. Mais enfin, entre sa couche et le poteau de torture, je n'ai pas balancé longtemps.

Il en riait. La princesse était morte depuis belle lurette. Lui était devenu un vrai Onéïda. Je le contemplais, partagé entre la joie d'avoir retrouvé un compatriote et la consternation de le voir réduit à l'état de sauvage.

– Pourquoi ne vous êtes-vous pas enfui ?

Il me dévisagea un long moment. Comme je regrettais, devant ce regard blessé, d'avoir posé la question !

– Qui te dit que je n'ai pas essayé ? Peu après mes noces, j'ai fait mon baluchon, en emportant tout ce qu'il y avait de précieux dans la cabane. Ils m'ont rattrapé. Ils m'ont ramené. Personne ne m'a adressé le

1. Ceinture de perles faites avec des coquillages, dont les motifs étaient utilisés pour rappeler des traités, des hauts faits ; ils servaient également de monnaie d'échange.

moindre reproche, ni pour ma fuite, ni pour mon vol. Ma femme m'a repris, comme si rien ne s'était passé, et nul n'a jamais fait allusion à ce qui, pour eux, dénotait une grande absence de savoir-vivre. En m'enfuyant, je m'étais montré ingrat : être accepté dans un clan est un grand honneur, surtout pour quelqu'un qui n'appartient pas à la race des Vrais Hommes – c'est ainsi qu'ils s'appellent eux-mêmes. C'est drôle à dire, mais j'ai eu honte de les avoir peinés.

– Et vous n'avez pas fait d'autres tentatives ?

Mon insistance le fâcha.

– Qu'irais-je faire chez les Blancs ? s'emporta-t-il. Trimer comme voyageur pour le compte d'une compagnie ou me briser les reins à labourer la terre d'une seigneurie ? Retourner en France pour retrouver mon emploi de larbin ? Les Onéïdas, au moins, ont de la considération pour moi. Ma femme est morte. J'ai pris une autre épouse, une jeune, cette fois, qui m'a donné de beaux enfants. Ma famille, mes amis, ma vie sont ici.

Un chien s'approchait un peu trop de Jourdain. Il le chassa d'un coup de pied. L'animal se montra assez habile pour esquiver et détala sans demander son reste, la queue entre les pattes.

– Quant à toi... Compte pas trop t'en aller. Mine de rien, ils t'ont à l'œil. Tu n'irais pas bien loin. Tu sais, les Onéïdas adoptent les gens pour compenser leurs pertes. Depuis hier, tu appartiens à la tribu. Ils veulent faire de toi un chasseur, un guerrier. Si tu partais maintenant, tu affaiblirais ton clan. Ils ne l'admettront pas.

Je regardai au-delà de la palissade. Les arbres, bercés par le vent, me semblaient à la fois attirants et interdits.

– Tu m'as dit que Tarouhia-Kanéré s'est noyé. Hier, quand tu as traduit les paroles de Karouta, j'avais cru comprendre qu'il était mort au combat.

Jourdain rit, découvrant quelques chicots jaunis par le tabac.

– Tomber à l'eau, ce n'est pas très glorieux. Karouta enjolive un peu. Elle ne ment pas tout à fait, cependant. Quand Tarouhia-Kanéré a eu son accident, il marchait sur le sentier de la guerre. C'était presque mourir à l'ennemi ; finalement, Karouta a fini par s'en persuader, parce qu'elle veut croire que son fils a été bien accueilli dans le pays des grandes chasses, comme le sont tous les guerriers morts les armes à la main. Le pays des grandes chasses, c'est comme ça qu'ils appellent leur paradis.

Je ne comprenais pas pourquoi le choix de Karouta était tombé sur moi, et non sur Tigamanik, qui leur aurait été plus utile.

– Ils méprisent les Blancs, mais encore plus les Algonquins, expliqua Jourdain. De toute façon, une adoption ne se fait pas au hasard. Il faut un signe. Elle t'a reconnu, le soir où tu marchais au supplice.

– Comment cela ?

– Tarouhia-Kanéré, en iroquois, signifie : « Celui qui regarde le ciel ».

Jourdain avait raison. Ce n'était pas le hasard qui m'avait sauvé. Par-delà l'océan qui nous séparait, j'en avais la conviction, l'amour de Maria m'avait protégé.

Chapitre 6

L'Iroquois blanc

Ainsi que Jourdain m'en avait prévenu, les Onéïdas m'épiaient. Avec beaucoup de tact et de discrétion, au point que je pouvais parfois me croire seul lorsque je m'aventurais dans les bois environnant le village. Mais sitôt que je m'éloignais d'une demi-lieue de l'orée, un Indien surgissait comme par hasard à mon côté.

Un jeune homme, en particulier, semblait préposé à ma surveillance. Il appartenait, comme moi, au clan de l'Ours. Nous dormions donc dans la même longue case. Cette circonstance l'autorisait à s'attacher à mes pas tout en sauvant les apparences. Irrité, je ne mis tout d'abord aucune cordialité dans nos rapports. Kahnawa – ainsi s'appelait-il – ne s'offusquait pas de ma froideur à son égard. Il y opposait au contraire une jovialité émouvante car, au-delà de la mission qu'on lui avait confiée, il paraissait vraiment enclin à m'offrir son amitié. Je finis par considérer qu'il valait mieux lui présenter bonne figure. Il entrait bien un peu de calcul dans cette décision : un jour, peut-être aurais-je besoin de sa complicité. En attendant, il m'apprendrait à chasser à la mode iroquoise. Le vrai Tarouhia-Kanéré, en effet, traquait le gibier avec beaucoup d'habileté, et Karouta entendait qu'en cela je me montre digne de son fils.

Pour les gros animaux, tels l'orignal ou le wapiti, les sauvages utilisent le fusil. Autrefois, ils échangeaient ces armes précieuses contre des peaux de castors ou de puants. Ces dernières années, la guerre les leur avait fournies en grand nombre. Tireur médiocre, je n'espérais pas leur en remontrer dans ce domaine. Mais, pour le petit gibier, ils se servaient de pièges, des lacs ou des trébuchets. J'entrepris, avec succès, de démontrer mon habileté en la matière. Sous prétexte de me renseigner sur les habitudes de la faune qui se cachait dans les bois, j'apprenais à connaître les pistes qui les sillonnaient.

Un autre de mes talents m'attira la considération de Kahnawa. Comme tous les jeunes gens de la tribu, il se passionnait pour le galah, un jeu dans lequel deux équipes s'affrontent pour pousser une balle de cuir tressé dans le camp de l'adversaire au moyen d'une crosse dont l'extrémité est garnie d'un filet. Ce jeu, loin de me dépayser, me rappelait à la fois notre crosse et notre soule, en moins violent toutefois. Or, je me défendais aux deux exercices : même si leur brutalité convenait davantage aux paysans qu'aux gentilshommes, je les avais pratiqués assidûment. Grâce aux conseils de Kahnawa, je ne tardai pas à tenir ma place dans l'équipe de mon clan et eus assez de bonheur pour mener, dès les premières rencontres, quelques actions décisives. Mon prestige s'en trouva considérablement accru, parce que mes victoires montraient que je jouissais de la faveur des dieux. Car le jeu était aussi un moyen de communiquer avec les esprits.

La sympathie de Kahnawa se mua en une vive amitié, d'autant que, taisant mon expérience passée, je ne manquai jamais de souligner que je devais tout à ses leçons. Flatté, il m'enseigna bientôt une autre pratique, dans laquelle il excellait : l'art de manier le tomahawk. Cette hachette est l'arme préférée des Onéïdas. Que la lame en soit de pierre polie ou forgée avec le métal vendu par les Blancs, un coup bien porté est souvent mortel. Les Indiens s'en servent aussi bien dans le corps à corps qu'à distance, comme arme de jet. Légère, elle ne fatigue pas le bras. Maniable, elle permet de fendre un crâne ou de simplement assommer l'adversaire, selon l'usage qu'on en a.

Les leçons de Kahnawa n'étaient pas sans me rappeler celles que Papegai me dispensait naguère, sur le pont de l'*Auguste*. Je m'y appliquai tout autant, sachant que je devrais sans doute me battre un jour pour retrouver ma liberté. Je dois dire sans fausse modestie que j'enregistrai des progrès rapides. Très tôt initié par Perig Le Bihan au maniement du pennbaz, j'excellais dans l'esquive. Mon agilité remplissait Kahnawa d'admiration. Son estime grandit encore quand, adaptant à cette escrime les ruses que m'avait enseignées Papegai, je lui portai quelques touches.

– Bientôt, claironna-t-il, joyeux, toi et moi, *arégonen* !

Arégonen ! Partir à la guerre ! Kahnawa ne vivait que dans cette attente. Il avait déjà participé à plusieurs expéditions comparables à celle à laquelle je devais ma capture. Mais aucun scalp ne pendait encore à sa ceinture. Or, le rang qu'occupe un guerrier au sein de la tribu est déterminé par le nombre des ennemis qu'il a tués.

Mon éducation ne se bornait pas à ces exercices du corps. Auprès de Jourdain, je m'initiai à la langue des Iroquois, ou pour mieux dire, des Haudenosaunee [1] ou des Onkwe-onwe [2], ainsi qu'ils se nomment eux-mêmes. Rien de plus compliqué que leur idiome ! Les sauvages ne se contentent pas d'utiliser un mot pour désigner chaque chose, ainsi que nous. Ils en possèdent pour caractériser chaque état de la chose. Passe encore qu'un animal n'ait pas le même nom selon qu'il est sur pieds ou qu'on le mange – l'anglais m'avait accoutumé à pareille bizarrerie. Mais encore, chasser ne se dit pas de la même façon selon le gibier qu'on traque. Quant au mot manger, il diffère aussi bien en raison de la nourriture qu'en fonction de celui qui l'absorbe.

Car, comme le professait Jourdain :

– Manger la bouillie de blé d'Inde et dévorer un orignal exigent des gestes différents. Et l'appétit d'un enfant n'est pas celui d'un guerrier. Pourquoi

1. C'est-à-dire : « le peuple des longues cabanes ».

2. C'est-à-dire : « les hommes véritables ».

employer le même mot ? Mange-t-on un navet de la même façon qu'on absorbe la sainte hostie ?

Cet exemple frappé au coin du bon sens fut la seule allusion que se permit mon Iroquois picard à la religion de son enfance.

Je m'appliquai d'autant plus à cet apprentissage que les Indiens, volontiers moqueurs, s'esclaffaient chaque fois que ma prononciation dévoyait le sens de ma phrase. À force de vivre parmi les Onéïdas, Jourdain était devenu aussi facétieux qu'eux : il me fourvoyait parfois à dessein, afin que je profère en toute innocence des grossièretés qui amusaient mon entourage. Le mot se colportait : bientôt, la grande maison tout entière résonnait de rires. Tout d'abord, je m'offusquai de ces tours, dont j'étais la victime. J'avais tort : les Indiens m'aimaient pour la joie que je leur procurais. Seule Karouta s'irritait de mes fautes : comment deviendrais-je un véritable Onkwe-onwe, si je ne maîtrisais pas leur langue ? Aussi décida-t-elle de me donner un professeur plus sérieux.

J'avais remarqué un homme d'un âge respectable, auquel un toupet de cheveux blancs dressés en aigrette et des jambes maigres conféraient l'aspect d'un échassier. Du héron, il avait aussi la démarche prudente et l'œil mobile, perpétuellement aux aguets. À plusieurs reprises, tandis que Jourdain me dispensait ses leçons, je le surpris à rôder autour de nous.

Un matin, alors que mon mentor venait de m'abandonner pour partir à la pêche, il m'aborda.

– Tu apprends le vrai langage, me dit-il en français, c'est bien.

Je le remerciai de son approbation, ainsi que Jourdain m'avait appris à le faire. Puis je le complimentai à mon tour de parler ma langue, tout en exprimant ma surprise. Il m'interrompit d'un geste excédé :

– Autrefois, le long du fleuve d'Orenda[1] et sur les rives des Grands Lacs, il y avait beaucoup d'Hommes. Puis les Blancs sont venus et les nôtres sont morts par milliers. Les esprits nous ont oubliés. Ou peut-être n'y a-t-il pas assez de place sur la Terre pour les Vrais Hommes et pour les Blancs. Mais c'est un grand malheur, car les Blancs ignorent les mots qui disent le monde. Alors, comment connaîtraient-ils la vérité, la justice ? Ce n'est pas leur faute s'ils sont méchants.

1. Le Saint-Laurent.

Ils sont comme de jeunes chiens, qui bousculent les choses sans y prendre garde. Je le sais. Je suis allé chez les Blancs. J'ai demandé : quel est le plus savant parmi vous ? Ils m'ont désigné une robe noire. Je lui ai dit : enseigne-moi la sagesse des Blancs. Il m'a parlé de son dieu, du paradis. Je lui ai demandé : comment les vois-tu ? Il ne les avait jamais vus. Il me parlait de choses qui n'existent pas. Alors je lui ai montré un arbre aux bourgeons gorgés par la sève du printemps : comment l'appelles-tu ? Et il m'a dit le nom de l'arbre. Je suis revenu en été. Je lui ai à nouveau montré l'arbre. Il était couvert de feuillage et projetait une ombre épaisse. Comment le nommes-tu ? C'était le même nom. Et le même nom encore pour l'arbre déraciné par le vent, abattu par les castors, brisé par le gel. Cet homme-là ne savait rien du tout.

Pour autant, l'Indien avait suivi consciencieusement les leçons du missionnaire, car il maîtrisait bien la langue française. J'écoutais, abasourdi, cette harangue, dans laquelle je percevais plus de tristesse que de mépris. Il constatait sans colère l'éviction de son peuple, au profit d'une humanité pleine d'imperfections. Cependant, il gardait encore un peu d'espoir.

– Les Blancs sont les plus forts. Peut-être seront-ils encore là quand il n'y aura plus d'Hommes sur les rives du Grand Fleuve [1]. Voilà pourquoi, toi qui es des leurs, il est bon que tu apprennes les vrais mots.

De ce jour, je comptai deux professeurs.

Ionontes, le digne vieillard, n'était pas un Onéïda, mais un Onondaga. Il avait vécu successivement dans chacune des six nations constituant la fédération iroquoise, et aussi chez les Montagnais, pourtant leurs ennemis traditionnels. Dans un comptoir de traite, il avait acquis la langue anglaise. Un pêcheur de morue, rencontré en territoire Micmac, lui enseigna comment on parle en pays basque. Et quelle ne fut pas ma surprise de constater que, sans vraiment le pratiquer, il tenait le breton en haute estime, car cet idiome, imparfait puisque langue de Blanc, comportait néanmoins des sonorités aussi harmonieuses que celles de l'iroquois.

Je fis, à son contact, des progrès beaucoup plus rapides qu'avec Jourdain. Craignant que ce dernier n'en conçoive un dépit qui m'aurait privé de sa complicité, je m'efforçais de le cacher, feignant de

1. Autre terme pour désigner le Saint-Laurent.

ne pas déceler les pièges que me tendait le malicieux Picard.

Au reste, je passais de plus en plus de temps avec Ionontes. Il m'enseignait plus que sa langue. Ce petit vieux rabougri, vêtu de peaux de bêtes et d'une couverture mitée, aurait pu en remontrer à nos docteurs des universités. Ah ! Comme j'aurais aimé que mon père l'eût connu. Et aussi le P. Milon. Bien que non chrétien, il tenait des discours sur la fraternité des hommes qui me rappelaient ceux de mon précepteur.

Pour le remercier de ses leçons, je lui lisais les *Lettres philosophiques*. Que Voltaire me pardonne : sa prose fascinait moins le vieil Indien que celui qui la déchiffrait. Car, si les sauvages possèdent une forme d'écriture, ils n'en usent jamais pour consigner de longs textes et ne connaissent pas les livres. Aussi considèrent-ils ceux-ci comme des objets magiques. Pour réclamer sa lecture quotidienne, Ionontes disait : « Fais-moi ta médecine. »

Ainsi s'écoulèrent mes premiers mois chez les Iroquois. Je cessai bientôt de voir dans les Onéïdas un ramassis de sauvages assoiffés de sang. Mon corps s'endurcit, plus vite encore que mon esprit. La fumée ne me piquait plus les yeux quand je pénétrais dans la longue maison. Je l'appréciais au contraire, car elle chassait les moustiques, qui sont le fléau de ces régions. Mon estomac ne se soulevait plus quand je me penchais sur la marmite de sagamité. Et de même que mes narines avaient fini par ne plus s'offusquer de la puanteur que répandait la soute de l'*Auguste*, de même elles s'habituèrent à celle de la demeure commune.

Pour autant, je n'étais pas devenu un véritable Onéïda et, si mes hôtes se montraient patients avec moi, j'étais souvent un sujet de conversation pour le conseil des Anciens. Jourdain m'informait de ces préoccupations.

– Ta barbe intrigue les Indiens, me confia-t-il un jour. Rakentsarowanen, l'homme-médecine, pense que tu la gardes parce que tu veux retourner chez les Blancs.

Je la rasai, avant de frotter mes joues avec le mélange de graisse et de cendres de coquillages que les Indiens utilisent pour s'épiler.

Le lendemain, les Anciens avaient décelé une nouvelle bizarrerie.

– Tu ne danses jamais quand les chasseurs ramènent le gibier. Crains-tu de partager la joie des Onkwe-onwe ?

J'appris à sauter au rythme des tambours : somme toute, la sarabande des sauvages ne différait guère de la gavotte de nos fêtes paysannes.

– Rakentsarowanen s'inquiète de te voir souvent avec ton livre dans les mains.

– Mais... Je lis un ouvrage de Voltaire à Ionontes, qui l'apprécie beaucoup.

– Les livres sont une magie de Blancs. L'homme-médecine la redoute.

Je ne renonçai pas à la pratiquer, mais j'y mis plus de discrétion. Et je ménageai, à l'intérieur de ma veste de peau, une poche où dissimuler le livre, de crainte que Rakentsarowanen ne fût tenté de s'en emparer.

Ainsi, petit à petit, Jourdain, tout en m'aidant à endormir la méfiance des sauvages, faisait de moi un Onéïda. Souvent, je m'interrogeais sur ses intentions. Cherchait-il vraiment à me protéger ou, au contraire, à accélérer ma transformation en Onkwe-onwe, à son exemple ? Il se dévoila un peu, à propos de la délicate question du tatouage.

Les Indiens insistaient pour que je porte les tatouages de Tarouhia-Kanéré. Cette perspective m'horrifiait. Comment aurais-je espéré reparaître jamais dans le monde avec, incrusté dans la peau, un masque aussi hideux ? Mais n'était-ce pas avouer mon désir secret de m'enfuir, que me soustraire à cette coutume ? Un soir où Rakentsarowanen avait fait une allusion appuyée à la pâleur de mon teint, je confiai mon embarras à Jourdain. Il ricana.

– Laisse-moi faire, dit-il en clignant de l'œil.

Sa réaction était trop rapide, il y avait trop de malice dans sa mimique pour laisser planer le moindre doute : il avait déjà réfléchi à la question.

Peu après son départ, Rakentsarowanen vint me trouver. Je m'en méfiais, sans doute parce que je devinais en lui une sourde hostilité à mon endroit. J'attribuais ce sentiment à la jalousie, voire à la crainte, que lui inspirait la magie de mon livre. J'ignorais encore qu'il détestait les Blancs, depuis que les soldats du général Sullivan avaient tué sa femme et ses fils.

Il me dévisagea en hochant la tête, posa la main sur mon front, prononça une parole dont le sens m'échappa, secoua son hochet et s'éloigna. Les sages du village me rendirent également visite, soit seuls, soit en petits groupes. Dans ce cas, après m'avoir observé de toutes parts, ils se lançaient dans une discussion passionnée. Le plus écouté des sachems, Ojistalalé en personne, se dérangea aussi. Je ne possédais pas encore suffisamment le langage de mes hôtes pour suivre leurs palabres. J'en concevais donc une vive inquiétude. En vain, je cherchais Jourdain du regard. Qu'avait-il raconté, pour que je suscite un tel intérêt ?

Je ne le vis pas avant le lendemain. Tout heureux, sans doute, du tour qu'il m'avait joué, mon facétieux ami avait passé la nuit dans les bois. Il me fallut admirer la gelinotte qu'il avait abattue avant qu'il consente à m'éclairer :

– J'ai juste raconté ton rêve à Ojistalalé.

– Mon rêve ?

– Bien sûr. Dans ton rêve, un lynx est venu et il a mis sa patte sur ton front. Puis un ours est venu ; c'est sa truffe qu'il a posée sur ton front. Enfin un aigle est passé dans le ciel, et son ombre a couvert ton front.

Il fit semblant de croire son explication suffisante et reprit le récit de sa chasse jusqu'à ce que j'explose et lui demande ce que signifiaient ces animaux qui prenaient mon front pour un boulevard.

– Les Indiens, tu le sais, attachent énormément d'importance aux rêves. Il leur arrive de changer de nom à cause d'un songe. Et c'est par ce moyen que se décide le dessin de leurs tatouages. Maintenant, les anciens vont discuter pour savoir laquelle de ces marques il conviendra de tracer sur ton front.

Je sursautai, furieux, persuadé qu'il m'avait précipité par malice dans ce piège. Il s'empressa d'ajouter :

– La question est trop grave pour être prise à la légère. Tant qu'ils ne tomberont pas tous d'accord, ton front restera vierge. Or, depuis trente ans que je vis parmi les Onéïdas, je n'ai jamais entendu ces honorables vieillards parler d'une seule voix, quand il s'agit d'interpréter un rêve.

La prédiction de Jourdain se vérifia : de ce jour, nul ne me parla plus de tatouage. En gage de bonne volonté, cependant, je me rasai la moitié gauche du crâne, à leur façon.

À mesure que je progressais dans la maîtrise du langage, mon origine s'effaçait. Même l'homme-médecine devint plus cordial. Karouta m'entourait d'une affection parfois envahissante. Les autres membres du clan partageaient leurs biens avec moi, ainsi que du gibier et du riz sauvage, ce qui me changeait agréablement de la sagamité. J'étais parmi eux depuis trois mois, et rien ne m'en distinguait plus, même pas l'habit : il m'avait été donné déjà crasseux.

Pourtant, on me cantonnait toujours aux abords immédiats du village, sans me laisser participer aux chasses plus lointaines. Tout au plus m'autorisait-on à suivre les femmes aux champs.

Qu'il s'agisse d'ériger les mottes dans lesquelles on enfonce des graines de blé d'Inde au moyen d'un bâton ou de moissonner le riz sauvage, il serait sacrilège pour un homme de se mêler de travaux agricoles. Seules les femmes, par qui la fécondité arrive, en sont dignes. Cependant, les années de guerre ayant enseigné la prudence aux Onkwe-onwe, quelques guerriers les accompagnaient pour prévenir une attaque.

Je me retrouvais fréquemment commis à cet office. Ojistalalé avait jugé qu'ainsi je me rendrais utile à la tribu sans échapper à sa surveillance. Kahnawa me rejoignait quelquefois. Mais cette tâche peu glorieuse l'ennuyait. Il préférait de beaucoup courir la forêt. Le plus souvent, je m'écartais du groupe des guerriers. J'appréciais ces instants de répit. En présence des autres, trop attentif à ne pas enfreindre les usages, je ne parvenais pas à réfléchir. Ici, tout près d'une forêt qui serait un jour ma complice, j'échafaudais des plans de fuite.

De temps en temps, une jeune fille, délaissant son ouvrage, se redressait et regardait dans ma direction. Elle appartenait au clan de la Tortue et se nommait Otsitok. Pas très grande, mais la taille bien prise, elle avait la figure ronde, les traits réguliers, les yeux profonds. Elle s'arrangea pour ne jamais se trouver trop loin de moi. Quand elle croisait mon regard, elle me souriait. D'abord troublé par son effronterie, je me surpris à éprouver du plaisir à l'observer, et même à rechercher sa compagnie.

Quelquefois, le soir, lorsque le sommeil venait, l'image d'Otsitok se superposait dans mon imagination à celle de Maria Le Dantec.

Chapitre 7

La grande médecine de Monsieur de Voltaire

Les tambours appellent à la guerre, les tambours appellent à la fête...

Amateurs de réjouissances, les Iroquois saisissent le moindre prétexte pour organiser un festin, le plus banal étant qu'un chasseur rapporte un gibier prestigieux.

Les banquets respectent toujours le même cérémonial. Les hommes entament les danses. Les femmes s'y mêlent quelquefois. Ils mangent, ils rient. Mais surtout, ils boivent. Des feuilles de pissenlit, mâchées avant d'être mises à fermenter dans des poteries, fournissent une boisson peu alcoolisée, mais dont ils absorbent une telle quantité qu'elle finit par les enivrer. Ils sont d'ailleurs bien plus sensibles aux boissons fortes que les Européens. À leur liqueur traditionnelle, les Indiens préfèrent de loin le « lait nouveau », c'est-à-dire l'eau-de-vie que les Blancs leur fournissent en échange de fourrures ou en paiement de leur concours à la guerre. Tous, hommes, femmes et enfants, se saoulent.

Souvent, des drames éclatent : des cris couvrent le roulement des tambours, quand une querelle se vide dans le sang. Le meurtrier sait qu'il ne risque rien. Les Anciens n'auraient garde de reprocher à un individu ce qu'il accomplit sous l'emprise de l'alcool, puisqu'un homme ivre est « sorti de lui-même ». La plupart du temps, la famille de la victime renonce aussi à poursuivre l'assassin.

Ce n'est pas sans tristesse que j'assistais à ces beuveries. Au petit matin, je devais ramener Karouta vers sa couche. La plupart des Onéïdas dormaient à même le sol, là où ils s'étaient écroulés. Même les sachems, vénérés pour leur sagesse, s'abandonnaient sans honte à ces excès.

Ojistalalé, lui, ne tombait jamais. Quand il était ivre au point de ne plus pouvoir parler, il se raidissait et fixait l'obscurité d'un œil torve, un filet de bave coulant de son menton. Je mis longtemps à comprendre qu'il dormait les yeux ouverts. Pourtant, cet homme jouissait du plus grand prestige, non seulement dans sa tribu, mais dans toutes les autres nations. On disait qu'il avait mangé beaucoup d'ennemis. Jadis, en effet, on honorait les adversaires particulièrement courageux en les dévorant. Soit que les ennemis eussent perdu leur bravoure, soit que les mœurs se fussent adoucies, ce révoltant usage semblait abandonné. En tout cas, je n'ai jamais été témoin d'une de ces macabres cérémonies.

Parmi les amulettes pendues au cou d'Ojistalalé, je remarquai un crucifix, souvenir laissé par un jésuite qui avait été de ses amis. Rien, cependant, ne permettait de penser qu'il s'était converti au christianisme. Souvent, il évoquait sa mort prochaine. Très marqué par la campagne destructrice menée par le général américain Sullivan, il s'était fixé deux buts : établir la paix avec les Blancs et se réconcilier avec ses voisins, les Sénécas.

Il éprouvait pour moi de l'affection, je crois, bien qu'il m'adressât peu la parole. Aussi trouvais-je pénible de le voir ainsi perdre sa dignité pour quelques gallons d'alcool de traite.

Je déplorai plus encore l'effet dévastateur de l'eau-de-vie le jour où Kahnawa me lança un défi. À vrai dire, je suis tout aussi coupable que lui de ce qui arriva ce soir-là. J'aurais dû remarquer l'éclat de ses prunelles, la sécheresse de sa voix. Comprendre que ce duel ne serait pas l'une de ces joutes amicales auxquelles se livrent volontiers les jeunes guerriers au cours des fêtes. Refuser le combat. On se serait moqué de moi et l'affaire en serait restée là. Mais le défi du jeune Onéïda sonna avec trop d'arrogance à mes oreilles de chevalier breton ! Les convives applaudissaient en scandant : « Tho ! Tho ! Tho ! » pour nous encourager. Surtout, je sentais les yeux d'Otsitok posés sur moi. Un mauvais démon me poussa, un démon qui murmurait : « Il a trop bu, ses gestes seront moins rapides, ses coups moins précis. C'est le moment de leur montrer qu'un Breton vaut bien un Onkwe-onwe, quoi qu'ils en pensent... »

Les premières passes du combat me démontrèrent que Kahnawa n'était pas aussi diminué que je le croyais. Il réagissait au contraire très vivement et appuyait ses coups avec fermeté. Il s'énervait. Je me réfugiai donc dans ma tactique préférée : l'esquive. Cette manière de combattre plaisait beaucoup aux Onéïdas, qui n'en avaient pas l'habitude. Ils y voyaient une sorte de farce que je faisais à mon adversaire. Bientôt, aux encouragements se mêlèrent les plaisanteries dirigées contre Kahnawa, dont les traits se crispèrent. Le tomahawk tourna dans sa main. Désormais, ce n'était plus du plat qu'il cherchait à me frapper. J'évitai une attaque, une deuxième... Le fer mordit la chair de mon bras, heureusement sans y pénétrer.

– Arrête, tu...

J'eus à peine le temps d'éviter un nouveau coup. Je reculai, lui montrai le sang qui tachait mon vêtement. Kahnawa poussa un rugissement et s'élança. La fureur le rendait méconnaissable. D'instinct, je levai mon arme. Les deux manches se heurtèrent avec un bruit sec.

Les spectateurs se taisaient. Ils avaient compris que le jeu tournait mal. Je jetai un regard vers Ojistalalé. Le vieux chef nous observait en suçotant sa pipe éteinte. Un mot tombant de cette bouche molle pouvait arrêter Kahnawa. Mais j'acquis, à voir son visage impassible, la certitude qu'il ne le prononcerait pas.

Il ne me restait qu'à me battre, en tentant d'oublier qu'au maniement du tomahawk, Kahnawa m'était bien supérieur. Il m'avait tout appris de ce que j'en savais. Il pouvait prévoir toutes mes réactions...

La surprise... Là résidait mon unique chance. J'entendais encore les conseils de Papegai : « Déstabilise ton adversaire. Frappe aux jambes. Tu n'y gagneras pas en prestige, mais peut-être auras-tu la vie sauve... »

Je me débattais avec assez de conviction pour repousser les assauts de Kahnawa, mais je me fatiguais. Sans cesse, il revenait à la charge. Son nom, en iroquois, signifiait « le Rapide ». Comme il le méritait ! Ses gestes s'enchaînaient avec fluidité, sans répit. Je ne comprenais pas la raison de sa hargne. Je lui opposai bientôt l'énergie de ma propre colère. À mon tour, je cherchai à l'atteindre, pour mettre fin à ce combat stupide. Mes ruses fonctionnaient. À plusieurs reprises, déconcerté par ma manière de combattre, Kahnawa dut reculer. Il me sembla qu'il frappait moins fort.

J'abaissai ma garde : mauvais réflexe. Il se rua dans la brèche. Je vis le fer de mon adversaire arriver droit sur moi. Je sus que j'allais mourir. Curieusement, cela ne m'inspira aucune peur. Le seul sentiment que j'éprouvai alors fut la honte de perdre en présence d'Otsitok.

La hache m'atteignit en pleine poitrine. J'entendis un bruit mat. Sous le choc, je reculai de deux ou trois pas, mais je restai debout. Je ne ressentais pas de douleur. Kahnawa, certain de son coup, avait lâché son arme. Les yeux écarquillés, il me regardait sans comprendre comment, son fer planté dans le cœur, je me dressais encore devant lui en agitant mon propre tomahawk.

– Torreben !

Le vieux cri de guerre des Bretons avait franchi mes lèvres sans que j'y prisse garde. Je bousculai Kahnawa, le déséquilibrai, tombai à genoux sur sa poitrine, le saisis aux cheveux, posai le fer de mon tomahawk sur son front.

Il ne se débattit pas, terrorisé par ma magie. Car comment expliquer ma survie, sinon par la maîtrise d'un pouvoir surnaturel ? Puisqu'il n'avait à lui opposer que son habileté et sa force, il ne lui restait qu'à mourir en brave. À ce moment, j'étais assez échauffé par le combat pour commettre l'irréparable. Mais, si j'avais souvent vu les guerriers mimer le scalp d'un adversaire au cours de leurs danses, je ne savais pas comment procéder. Ainsi, il m'était plus difficile de donner libre cours à ma rage que de me montrer généreux. Cette constatation apaisa ma colère.

Je me levai, lentement. Le poids de la fatigue tomba soudain sur mes épaules. Kahnawa resta assis dans la poussière. Il était plus que vaincu : humilié. Non seulement je l'avais battu, mais je n'avais même pas daigné profiter de ma victoire pour lui prendre son scalp ! J'arrachai son tomahawk de ma poitrine et le laissai tomber dans la poussière. L'homme-médecine se précipita pour en examiner le fer, exempt de traces de sang.

Les Indiens s'écartèrent devant moi. Impossible de lire sur leur visage s'ils m'approuvaient d'avoir épargné l'un des leurs ou s'ils me méprisaient de ne pas l'avoir achevé. En tout cas, ils se demandaient tous comment j'avais résisté au coup de Kahnawa. Ils distinguaient nettement la déchirure provoquée par la hache dans mon vêtement. Ce miracle s'expliquait d'autant moins que le sang qui coulait de mon bras montrait que je n'étais pas invulnérable.

Je me réfugiai dans la grande maison. Je ne supportais pas de sentir les regards posés sur moi. Sitôt hors de vue, je sortis les *Lettres philosophiques* de la poche où je les dissimulais. La hachette avait percé l'épaisse reliure et plus de la moitié des pages serrées. Mon père avait eu bien raison de clore chacune des leçons d'escrime par la visite de sa bibliothèque et de me dire en me montrant les livres :

– Voici des armes plus efficaces que les lames les mieux trempées !

Je ne tirais aucune fierté de ma victoire. Il n'y avait place en moi que pour le chagrin. Pourquoi celui que je considérais comme mon ami avait-il cherché à me tuer ? Certes, l'alcool enflammait les querelles ; mais il n'y avait aucun sujet de discorde entre Kahnawa et moi. Aucun, en tout cas, dont je fusse conscient !

Karouta me rejoignit. Elle s'assit devant moi, n'osant pas m'adresser la parole. Mais elle était là, et sa présence, à elle seule, me réconfortait. Elle me poussa du plat de la main pour m'obliger à m'étendre. Elle observa attentivement ma poitrine, pour bien se persuader qu'elle était indemne. Puis elle s'occupa de mon bras. Elle posa sur la plaie un emplâtre frais, qui apaisa beaucoup ma douleur. La blessure n'était qu'une estafilade un peu profonde. Rien de grave, en somme, sinon qu'elle témoignait d'une haine que je n'avais pas soupçonnée.

– Mère, pourquoi Kahnawa a-t-il cherché à me tuer ? Je ne lui avais rien fait !

– Tu connais le nom des étoiles et une magie puissante pour te protéger au combat, mais tu ignores le cœur de tes semblables, soupira-t-elle

– Que veux-tu dire ?

– Quand un homme prend à son frère une chose qui lui est chère, il est juste qu'il lui offre un présent en compensation. En ne le faisant pas, tu as insulté Kahnawa.

– Je ne lui ai rien dérobé !

– Crois-tu ?

Elle lut la surprise sur mon visage, haussa les épaules, agacée par tant de niaiserie.

– Otsitok, précisa-t-elle. Elle n'éteint plus le brandon de personne depuis quelque temps. Surtout pas celui de Kahnawa. Exactement depuis qu'elle s'arrange pour que son chemin croise le tien le plus souvent possible.

Elle émit un gloussement complice.

– Elle s'est retirée avant la fin du combat, ajouta-t-elle.

En riant de toutes ses gencives, elle me tendit une brindille.

– La lune est levée. Il est temps pour vous deux de courir l'allumette.

On ne vit pas quelques semaines dans un village iroquois sans connaître la signification de cette expression. Il règne en effet chez les sauvages une liberté de mœurs avant le mariage dont le vertueux

P. Milon aurait frémi. Quand un garçon souhaite entrer dans l'intimité d'une jeune fille, il la rejoint près de sa couche, après avoir allumé une bûchette au foyer de sa cabane. Si elle souffle la flamme, il peut passer la nuit auprès d'elle.

Au moment de sortir, je me retournai. La pénombre s'était refermée sur le visage de Karouta. Mais je savais son regard pointé sur moi. Malgré l'émotion qui oppressait ma poitrine, il m'était difficile de reculer ; tout le village apprendrait bientôt ma dérobade ; si j'avais acquis quelque prestige en battant Kahnawa à la lutte, l'ironie des Onéïdas l'aurait bientôt réduit à néant. Et plus jamais Otsitok ne voudrait de moi.

Pourtant, quand je franchis son seuil, je me sentais si intimidé qu'à choisir j'aurais préféré, je crois, défier un à un tous les guerriers au tomahawk, même sans la protection de Monsieur de Voltaire.

Ainsi que Karouta l'avait prédit, elle m'attendait, assise sur sa couche, enveloppée dans une fourrure de chien de mer[1], souriante. Mes doigts tremblaient

1. Otarie.

tellement que je dus m'y reprendre à trois fois pour enflammer la brindille.

– Le bois est humide, bredouillai-je pour m'excuser, d'un ton si piteux qu'Otsitok ne pouvait être dupe de mon mensonge.

Elle ne rit cependant pas. J'approchai la flamme de son visage. Elle ne bougeait pas. Un instant, je crus qu'elle ne voulait pas éteindre la brindille. Mais comme elle ne détournait pas le visage ni ne s'enfouissait sous sa couverture, je compris qu'elle se laissait regarder, à la lueur mouvante du feu qui dansait dans ses yeux.

Puis elle prit entre ses deux paumes la main qui tenait le brandon, et elle le souffla d'un coup.

Chapitre 8

La dernière pipe de l'ours

La neige engourdit le village. Grâce à Otsitok, cet hivernage me parut supportable, en dépit du froid et de la faim qui apparut quand les réserves de blé d'Inde furent épuisées. Mes compagnons supportaient stoïquement leur sort, s'abstenant de puiser dans la sagamité où flottaient désormais des morceaux d'écorce. Quelques vieillards moururent.

La fête des songes annonça le retour du printemps. La chasse devint meilleure. La terre, dégelée, livrait de nouveau des racines coriaces, qu'une longue macération dans le chaudron collectif rendait comestibles.

À quelque temps de là, les cris de deux guerriers surgis de la forêt vinrent troubler la sérénité du village. Chacun abandonna sa tâche, attentif. S'agissait-il d'une attaque ? À mesure qu'ils approchaient, les deux hommes voyaient grossir leur escorte.

Ojistalalé, la main au-dessus des yeux pour se protéger du soleil, observait, inquiet, tantôt les arrivants, tantôt la lisière de la forêt. Soudain, ses traits se détendirent. Il venait de reconnaître Ositakowa et Karontiio, deux chasseurs connus pour leur exubérance chaque fois qu'ils rapportaient une belle pièce.

Pourtant, cette fois, ils ne vantaient pas leur propre mérite. Ils se contentaient d'annoncer qu'ils avaient aperçu un ours monstrueux dans la forêt, à un jour de marche du village.

Ils parlaient avec volubilité. Mais, plus encore que les discours enfiévrés, la peur qu'on lisait sur leur visage attestait leur sincérité.

– Un ours énorme, le père de tous les ours ! s'écriait Ositakowa.

Les vieux branlaient du chef en tétant leur pipe.

– Des pattes grosses comme la croupe d'un orignal ! surenchérissait Karontiio, écartant les mains à hauteur de ses épaules.

Les vieux serraient les lèvres.

– Il a le corps noir comme la nuit et le mufle gris comme la tête d'un vieillard, reprenait Ositakowa, dessinant avec ses doigts un museau devant son visage.

– Et une griffe blanche comme la neige !

Cette dernière précision eut raison de l'impassibilité des sages. Ils se penchèrent les uns vers les autres, marmonnant leurs appréciations. Mon cœur battait. Dans cette description, comment ne pas reconnaître l'ours de Petit-Beau ? Une idée folle me traversa l'esprit, trop extravagante pour ne pas soulever mon enthousiasme. Je tenais là l'occasion à la fois de me venger du trappeur et de me réconcilier avec Kahnawa !

Je quittai la cabane sans attendre que les Anciens chassent l'assistance pour délibérer en secret. Je me plaçai de façon à apercevoir Kahnawa quand il en sortirait à son tour.

Depuis notre duel, il m'évitait avec une habileté consommée. Je ne cherchais pas non plus à croiser son chemin, sachant qu'une telle rencontre se conclurait par une humiliation ou un nouveau combat qui, cette fois, ne cesserait pas avant la mort de l'un ou de l'autre.

Je le surpris. Trop de monde l'entourait pour qu'il s'esquivât sans perdre la face. Très vite, je parlai, pour ne pas lui laisser le temps de m'insulter.

– Cet ours, dont parlent Ositakowa et Karontiio, quel gibier digne d'un grand chasseur !

Il me dévisageait, méfiant. Mais je l'avais vu tressaillir à l'évocation de l'ours. Lui aussi pensait à la gloire qui rejaillirait sur celui qui tuerait l'animal.

– Tu m'as appris à me battre avec un tomahawk. Apprends-moi maintenant à tuer l'ours. Tu n'as pas peur, n'est-ce pas ?

Il se cambra, piqué au vif par cette insinuation. Puis il s'éloigna sans dire un mot. Mais son front était sombre. J'avais introduit dans sa tête une idée si contraire à la coutume qu'elle ne lui serait pas spontanément venue ; désormais, elle n'en sortirait pas.

Le conseil des sachems délibéra longuement, partagé entre la crainte du prodige que représentait un animal si extraordinaire et la convoitise que suscitait la perspective d'un festin. Tous, les femmes aussi bien que les hommes, se pressaient autour de la cabane, dans l'attente de leur décision. Quand Ojistalalé proclama le début du jeûne, des cris d'allégresse saluèrent cette annonce.

Le jeûne, en effet, signifiait qu'on chasserait l'ours. Car il n'était pas question de se lancer dans une entreprise aussi importante sans se concilier les esprits.

Les rituels, qui devaient s'étaler sur huit jours, se composaient surtout de danses, la différence avec les fêtes étant que les chasseurs observaient un régime de privations assez strict. Ojistalalé s'y plia comme les autres. En raison de son grand âge, il ne pouvait pas nous accompagner. Mais en tant que sachem, il devait montrer l'exemple et se purifier lui aussi.

Qui entend les tambours entend le cœur de la terre, le souffle de la forêt.

Autour des flammes hautes, les hommes dansaient. BOUM boum boum boum, BOUM boum boum boum... Les tambours scandaient leur rythme monotone. Les pieds frappaient la terre avec une cadence obsédante, obstinément répétée. Un temps fort, trois temps en retrait, un temps fort... Un guerrier de mon clan, Sosawetas, menait la sarabande : c'est lui que le conseil avait désigné comme chef de chasse. Les danseurs balançaient leur corps, agitaient leurs armes, mimaient la mort de l'ours. La danse représentait la mémoire des Onéïdas : elle racontait d'anciens exploits, dont tous les membres de la tribu connaissaient les péripéties. Ils levaient haut leurs arcs et leurs flèches. Pour tuer la bête, ils emploieraient des fusils. Mais pour la cérémonie, ils exhibaient les armes traditionnelles : celles des Blancs n'avaient pas leur place dans la mémoire de la tribu.

Certains danseurs portaient des masques hideux, de cuir ou d'écorce. Ils figuraient les esprits. Quand ils approchaient des spectateurs, les enfants se réfugiaient dans les bras de leur mère en poussant des cris de terreur.

Et la danse se prolongeait jusqu'au matin, jusqu'à l'épuisement. Alors les chasseurs tombaient de fatigue. Ils s'endormaient sur place et les esprits venaient les visiter dans leurs songes. La nuit suivante, ils recommençaient.

Pendant le jeûne, je guettais Kahnawa. Son air préoccupé montrait que ma suggestion le hantait. Je craignais à présent qu'il ne tentât seul sa chance. L'entreprise aurait été désespérée, mais Kahnawa avait été trop humilié pour ne pas préférer n'importe quel risque à la honte qui pesait sur son cœur.

De jour en jour, je le sentais plus nerveux. Le dernier soir, je lus sur ses traits une expression nouvelle : il avait pris sa décision. Entré dans le cercle des danseurs aussitôt que les tambours avaient commencé à battre, il en sortit bientôt, se perdit discrètement dans l'ombre. Je jetai un coup d'œil circulaire. Attentifs à la pantomime, les Indiens ne l'avaient pas vu s'écarter. À mon tour, je reculai. Au moment où je me relevai, je croisai le regard d'Otsitok.

Il était trop tard pour renoncer. J'espérais seulement qu'elle ne donnerait pas l'alerte. D'ailleurs, pourquoi le ferait-elle ? Après tout, je pouvais m'éloigner pour satisfaire un besoin naturel. Mais je ne parvenais pas à me leurrer. Otsitok, j'en étais certain, avait compris mon dessein. Je le lus à son expression grave, entre crainte et fierté.

Je me précipitai vers la porte du village. Kahnawa m'attendait. Cette attitude me décontenança. Je m'étais préparé à devoir palabrer pour l'accompagner. Or il m'invita d'un simple geste à le suivre. Sous une souche, il avait dissimulé deux fusils. Nous n'avions pas besoin de parler. Nous étions d'accord.

La lune projetait une lueur pâle dans la trouée des arbres. Kahnawa avançait vite, sans bruit, sur un chemin dont il connaissait chaque embûche. Je m'efforçais de l'imiter. Mais je n'avais pas son aisance et butais souvent contre une pierre, une racine.

Ce n'est qu'au point du jour qu'il fit halte. Il me tendit un morceau de pemmican.

– Je me demande si l'ours est aussi gros qu'Ositakowa le prétend, dit-il.

– Oh oui, il l'est ! Et malin, aussi.

Mon assurance troubla mon compagnon.

– Tu en parles comme si tu le connaissais.

– Quand les Onkwe-onwe nous ont attaqués, mes compagnons et moi, nous étions à sa poursuite.

– Vous étiez très loin d'ici.

– Pourtant, c'est lui.

Accroupi, il mâchait sa viande séchée. Il réfléchit un long moment avant de dire :

– Peut-être est-ce moi qu'il a choisi pour le tuer. Il t'a montré la voie pour que tu viennes me chercher.

Je ne me moquai pas d'une telle prétention. Dans le monde des Indiens, rien n'arrive par hasard. Et comme l'entreprise était risquée, je savais qu'à ce moment Kahnawa envisageait que je sois l'instrument de sa gloire comme de sa mort.

Nous approchions de l'endroit où Ositakowa et Karontiio avaient aperçu l'ours. Je frissonnais. Nous touchions à l'heure la plus froide, quand le soleil naissant ne chauffe pas encore la terre mais en fait juste ressortir l'humidité. La bonne heure pour la chasse à l'ours : c'est alors que, fatigué d'avoir erré toute la nuit à la recherche de sa nourriture, l'animal repu regagne sa tanière pour dormir.

Nous n'eûmes aucune difficulté à trouver sa trace. Même un œil aussi novice que le mien repérait du premier coup les touffes de poils qu'il avait abandonnées à l'écorce des arbres en se frottant le dos contre le tronc. Une empreinte dans la terre humide démontra que, pour une fois, les deux chasseurs n'avaient pas exagéré. Ni moi. Kahnawa en resta tout songeur.

– Il faut le débusquer vite, me souffla-t-il. Ojistalalé doit maintenant être prévenu de notre absence. Il sera furieux de constater que nous n'avons pas attendu la fin du jeûne pour nous mettre en chasse, et surtout que nous essayons de prendre Sosawetas de vitesse. Notre seule chance d'éviter le bannissement est de rapporter l'ours.

Il s'accrocha à la piste, scrutant chaque fourré. Un sourire éclaira son visage quand il aperçut une crotte encore tiède. Il se redressa, observa les environs. À travers les troncs, on distinguait un amas rocheux. Une expression de triomphe sur le visage, Kahnawa me le désigna. Pour lui, pas de doute : l'ours se réfugiait là.

En quelques signes rapides, il m'expliqua son plan : il contournerait l'éboulis, tandis que je m'approcherais en droite ligne. La tâche me parut soudain insurmontable. À deux, pas question de cerner la retraite de l'ours, encore moins de la forcer. Au mieux, il s'échapperait aussitôt qu'il nous reniflerait. Au pire... J'avais encore en mémoire la charge furieuse du fauve contre Petit-Beau. Et cette fois, c'est moi que le Grand-Père trouverait sur sa route !

Je serrai mon fusil, contrôlai, nerveux, le silex du percuteur. Je relevai le chien. Le cliquetis du cran d'arrêt me parut tonitruant. Je déposai un peu de poudre sèche dans le bassinet. Je me mis en route, à pas lents, pour laisser à Kahnawa le temps de rejoindre sa position. Dans les hautes branches, les oiseaux chantaient, comme si nul intrus ne pénétrait leur domaine. J'accueillis ce signe comme un augure favorable.

Aux aguets, je m'engageai entre les blocs couverts de mousse. Un tapis d'humus amortissait mes pas. Je retins ma respiration. Tout était calme. Trop calme. J'éprouvais un horrible sentiment de solitude. Je reconnaissais ce curieux mélange d'impatience et de crainte pour l'avoir ressenti naguère, avant la bataille.

Soudain il fut là. Noir, immense, terrible. Il se dressait sur ses pattes arrière, les antérieures ouvertes. En un éclair, je vis ses griffes luisantes, ses yeux furibonds. Découvrant des crocs énormes, il poussa son cri. Tous les damnés de l'enfer exprimaient leur fureur par sa voix. Paralysé de peur, je mobilisai l'énergie qui me restait pour presser la détente. La détonation roula entre les blocs rocheux. Je n'avais pas visé. Néanmoins, j'étais trop près pour le manquer. Ma balle l'atteignit en pleine poitrine. D'un coup de patte, il chercha à écarter la douleur qui pénétrait dans ses chairs. Puis il se laissa retomber sur ses antérieures et me regarda. Mes jambes tremblaient, refusaient de me porter... Alors, il esquissa un geste dans ma direction. Un coup de feu claqua.

La détonation me sortit de ma dangereuse torpeur. Je détalai. Dans mon dos, j'entendais la bête. En quatre ou cinq foulées, tout au plus, elle m'aurait rejoint. Néanmoins je courais, animé du fol espoir de lui échapper. Une masse me déboula dans les jambes. Je m'écroulai.

La griffe qui devait me déchirer le dos ne s'abattit pas. La mâchoire de la bête ne se referma pas sur mes reins. Je me relevai, grelottant, tenant à peine debout.

Je réprimai un sanglot. J'avais peur de regarder l'ours. M'y contraindre représenta un effort indicible.

Du sang colorait le poil gris de son mufle, empoissait la fourrure de sa nuque. La balle de Kahnawa était entrée à la base du crâne. Assurément, il était déjà mort quand, emporté par son élan, il m'avait bousculé.

Kahnawa ne se pressa pas pour descendre du rocher où il s'était embusqué. Témoin de ma débâcle, il entendait aggraver mon humiliation en affichant dans la victoire le même calme que lorsqu'il avait ajusté son tir.

Il tourna autour de sa victime pour s'assurer que celle-ci ne nous réservait pas une mauvaise surprise. Puis il alluma sa pipe, en tira deux ou trois bouffées avant d'en glisser le tuyau entre les redoutables crocs. Il souffla sur le tabac pour en activer la combustion. La fumée s'échappait de la gueule du fauve, lui conférant un aspect encore plus terrible. Ainsi Kahnawa entendait-il apaiser l'âme de l'ours. Quand il jugea l'esprit de l'animal disposé à entendre sa prière, il le supplia de lui pardonner d'avoir maltraité son corps :

– J'ai agi sans haine et dans la pureté du cœur, précisa-t-il.

Puis il récupéra sa pipe pour introduire la lame de son couteau entre les mâchoires afin de les ouvrir. Empoignant à pleine main la langue bleue, il en coupa le filet qu'il rangea avec soin dans le sac pendu à son cou, en compagnie de ses amulettes.

Enfin il s'assit sur un rocher.

– Attendons les autres, décida-t-il, ils ne tarderont pas.

Triomphant, il se réjouissait à l'avance de l'admiration que lui vaudrait son exploit. Moi-même, je regardai à présent le cadavre de l'ours avec une exultation sauvage. Il fallait compter sur les Onéïdas pour faire écho à cette prouesse. Dans quelques jours, les six nations en seraient avisées. Dans quelques semaines, toutes les tribus autour des Grands Lacs sauraient. Si Petit-Beau était encore de ce monde, il apprendrait que j'avais réussi là où il avait échoué. Pendant trois longues années, il s'était consacré à une quête dont l'achèvement venait de lui être confisqué. J'imaginais la frustration, le désespoir qu'il ressentirait : n'avais-je pas éprouvé un tel accablement quand il m'avait annoncé la mort de mon frère ?

– Est-ce qu'il ne faudrait pas le dépouiller avant qu'il ne se raidisse ? proposai-je.

– Nous attendons les autres, répéta Kahnawa.

Sa pipe n'était pas éteinte. Il en tira une bouffée et me la tendit. Je m'en saisis, heureux. Car si je n'avais aucun goût pour la fumée de tabac, je savais que ce geste signifiait la paix entre nous.

– Je n'aurais pas dû t'attaquer sans te prévenir, dit-il, évoquant notre duel pour la première fois.

Son visage, parfaitement impassible, sa voix, atone, ne laissaient rien percer de ses émotions. Par le soin qu'il mettait à les cacher, je devinais cependant combien il avait honte de son acte. Je me gardai bien d'accepter ses excuses, pour ne pas lui faire injure. Je l'avais en effet vaincu contre toute attente, grâce à une « médecine » qui demeurait pour tous un mystère : il fallait donc que l'esprit qui m'habitait le jour du combat ait été bien furieux, et la colère d'un esprit ne s'éteint pas comme un feu de brindilles. Elle couve, comme les braises de bon bois sous les cendres grises. Je lui tournai donc résolument le dos. Il attendit un long moment avant de constater :

– Le bonheur d'une femme, c'est d'avoir pour époux un grand guerrier et un bon chasseur, qui ne laissera jamais sa famille sans nourriture.

Je m'obligeai à une immobilité parfaite, malgré le froid qui me pénétrait. Il attendit encore. Je l'entendis fourrager dans son sac. Il bourra sa pipe.

– Mais les jeunes filles feignent de ne pas le savoir.

Encore un silence, interminable.

– Avant de te connaître, Otsitok se laissait volontiers courtiser par moi. Mais tu es arrivé, et elle m'a refusé. J'ai voulu te tuer. J'ai agi comme un fou impatient. Car un jour, elle reviendra vers moi et je l'épouserai.

Pourquoi cette idée, soudain, me parut-elle insupportable ? Depuis la nuit du duel, j'avais souvent joué au jeu de l'allumette avec Otsitok. Je n'oubliais pas qu'elle n'était qu'une sauvage, qu'elle ne pouvait pas être comparée à Maria Le Dantec, et que m'attendrir ne servirait à rien, sinon à rendre plus difficile un départ déjà bien compromis par la surveillance des Onkwe-onwe. Ce raisonnement demeurait sans effet : l'idée qu'Otsitok pût un jour être heureuse avec un autre homme me mettait à la torture. Je fis face à Kahnawa. Sans desserrer les dents. Je me contentai de le dévisager. Entre nous gisait le cadavre de l'ours. Nous l'avions tué tous les deux. Même si la balle de Kahnawa avait été fatale, mon propre coup avait porté. L'animal n'aurait pas survécu à une blessure aussi grave.

J'étais, moi aussi, un grand chasseur.

Je m'efforçai de l'exprimer par mon regard.

Je crois que, s'il s'était levé à ce moment, j'aurais tiré mon tomahawk de ma ceinture. Mais il ne me cherchait pas querelle. Il précisa, avec une logique qui me glaça :

– Elle me reviendra, parce que tu partiras un jour. Tu n'es pas comme l'autre Blanc. Tu n'es pas de ceux qui se résignent.

Je me mordis la langue pour ne pas répliquer. À sa manière, Kahnawa me laissait entendre qu'il ne s'opposerait pas à mon évasion, qu'il la faciliterait, peut-être. Cela aurait dû me réjouir. Je ne le pouvais : mon départ impliquait de quitter Otsitok.

– À moins, ajouta Kahnawa, poursuivant son idée, que le village ne nous chasse tous les deux pour avoir manqué au rituel.

Chapitre 9

Le festin à tout manger

Nous dûmes patienter plus que je ne l'aurais cru. En fait, Sosawetas avait scrupuleusement attendu la fin du jeûne pour se lancer sur nos traces. Ainsi l'avait exigé l'homme-médecine. Je passai la nuit sous un lit de feuilles, au pied du rocher où Kahnawa était assis. Mon compagnon ne quitta pas son perchoir.

Quand les chasseurs arrivèrent enfin, le lendemain, le soleil amorçait sa descente. Sosawetas ne nous accorda qu'un bref regard. Il observa le cadavre de l'ours. Il lui ouvrit la gueule. Cela exigea un gros effort, car la mort avait raidi les mâchoires de la bête. Il constata que le filet avait été retiré.

– Vous m'avez offensé, dit-il.

Il regardait Kahnawa, ne me prêtant aucune attention. À ses yeux, seul un Vrai Homme pouvait avoir tué un ours habité par un esprit. Je me plantai devant lui.

– Je t'en demande pardon, m'écriai-je. Je n'ai pas agi ainsi pour injurier les Onéïdas, mais au contraire pour préserver la paix dans la tribu.

Sosawetas fronça le sourcil. Mon argument lui échappait.

– Je m'en expliquerai devant les Anciens, ajoutai-je.

Il approuva d'un hochement de tête. J'avais piqué sa curiosité. Cela me mettait à l'abri d'un coup de tomahawk impulsif.

Si les Onéïdas se sentaient frustrés d'une chasse, si le manquement aux usages dont nous nous étions rendus coupables, Kahnawa et moi, les choquait, ils ne cachaient cependant pas leur admiration devant notre prouesse, ni leur joie : de tous les gibiers, l'ours est le plus apprécié. Et celui-ci, par sa corpulence, apportait la promesse d'un banquet comme on en avait rarement connu. Une longue perche, passée sous les membres de l'animal liés avec des lanières de cuir, permit à quatre hommes de le soulever.

Les enfants nous guettaient bien avant le village. Aussitôt qu'ils nous aperçurent, ils poussèrent des cris de joie. Ils tournaient autour de nous, s'accrochaient à la fourrure de l'ours, tâchant de lui arracher quelques poils. Les adultes riaient de les voir aussi excités. J'éprouvais un sentiment mêlé devant leur allégresse : cet accueil me rappelait un peu trop celui qu'on m'avait réservé, le jour où j'étais arrivé en prisonnier.

Prévenus par un petit messager, les femmes et les vieillards se portèrent à notre rencontre. Au premier rang se tenait Otsitok. Je bombai le torse et m'efforçai de garder le regard fixe tandis que les compliments fusaient autour de moi. Karouta n'était pas la dernière à vanter les mérites de son fils, houspillant les matrones qu'elle jugeait trop avares de louanges. Elle rappelait à l'envi que Tarouhia-Kanéré, dès sa plus tendre enfance, s'était révélé grand chasseur. N'avait-il pas, à peine âgé de quatre ans, abattu un coq de bruyère avec un bâton ? Les matrones l'admettaient volontiers. Pas une n'objecta que l'homme dont Karouta évoquait les jeunes années était mort et que je n'étais qu'un substitut.

Soudain, les cris des femmes s'éteignirent. Ojistalalé s'avançait, entouré de tous les Anciens. Drapé dans une couverture de castor, le menton levé et la moue hautaine, il nous coupait l'accès du village.

– Je vois des hommes qui se réjouissent, dit-il. Est-ce à dire que le grand ours à la griffe blanche est mort ?

Sosawetas approuva. Pas plus que moi, Kahnawa n'eut garde d'intervenir avant que le sachem ne lui posât une question directe.

– Au moins, les rites ont-ils été respectés ?

– J'ai honoré le grand ours, comme il se doit, dit Kahnawa.

– Nous verrons. As-tu apporté sa langue ?

La colère du vieux sage était moins forte que nous l'avions redouté. Sans doute la perspective du banquet lui inspirait-elle une grande indulgence envers notre audace. Il se contenta de féliciter Sosawetas, lequel accueillit ses compliments sans vergogne. Et nous nous rendîmes au village en cortège triomphal.

Chaque clan voue un culte à son ohtara[1]. Il est interdit à ses membres de consommer la chair de l'animal qu'ils considèrent comme leur ancêtre. Cette règle ne souffre qu'une exception : manger de l'ours est une telle fête qu'il serait inhumain d'en

1. Totem, ancêtre mythique du clan. Les Onéïdas en ont trois : l'ours, la tortue et le loup.

priver un Onéïda. Tout au plus les membres du vénérable clan de l'ours doivent-ils se montrer excessivement respectueux avant de le dévorer.

Les femmes écorchèrent la bête et tendirent sa peau sur une claie, après l'avoir grattée et frottée avec de la cervelle de daim pour lui conserver sa souplesse.

Au centre du village, on érigea un grand feu. Alertés par une agitation inhabituelle, les chiens tournaient, la truffe aux aguets, autour des hommes. Malheur à celui qui approchait un peu trop. Une vigoureuse talonnade lui rappelait que le festin ne le concernait pas.

Pendant ce temps, les chasseurs ainsi que tous les membres du clan de l'ours s'étaient réunis autour d'Ojistalalé.

– Il est temps de savoir, déclara le sachem.

Dans le silence qui s'était soudain abattu, Kahnawa dénoua le lacet de son sac. Il en sortit le filet arraché à la langue de l'ours et le montra à l'assistance. La tension était à son comble. Les Anciens se penchèrent sur le foyer.

Kahnawa jeta le morceau de chair dans les flammes.

Celui-ci grésilla.

Les convives poussèrent un cri d'allégresse : la bête avait parlé. Son esprit ne tenait pas rigueur aux hommes de l'avoir tuée. Dès lors, ils pouvaient se repaître de son corps.

Un repas dont l'ours constituait le plat était nécessairement un repas à tout manger. C'est-à-dire que tout devait disparaître. La chair, bien sûr. Mais aussi le cartilage des articulations, les viscères, qu'on ne vidait pas, la graisse, avalée à pleines poignées. On brisait les os entre deux pierres pour en extraire la moelle, dont on régalait les vieillards édentés. Les tendons résistaient : on les découpait en fines lanières, on les mastiquait longuement ; en fin de compte, on les avalait comme le reste. Il entrait dans cette application autant de respect que de gloutonnerie : il s'agissait de ne pas vexer l'âme irascible du fauve en paraissant en négliger la moindre miette.

En ma qualité de chasseur, je reçus ma part du meilleur morceau : une tranche de viande épaisse, persillée de graisse jaune.

Bien entendu, tout au long du festin, les tambours battirent. De temps à autre, un homme se levait pour improviser une danse, un chant. Face à moi, de l'autre côté du foyer, Otsitok à genoux balançait son buste au rythme de la mélopée. Comme elle était belle ! Je maudissais l'usage qui voulait qu'un chasseur de ma trempe dût se tenir auprès des Anciens, loin des femmes.

Chapitre 10

Le sourire d'Otsitok

Qui entend les tambours entend sa joie, entend sa liesse. Ils prirent des accents de fête le jour de la lune du cerf ; ils battaient pour Otsitok et moi.

Quand j'avais annoncé à Karouta mon intention de prendre Otsitok pour femme, elle avait secoué la tête, mécontente.

– Elle est trop jeune pour toi. Et toi, trop jeune pour elle.

– Trop jeune ? Mais ne m'as-tu pas encouragé...

– Pour le jeu des brandons, peut-être. Mais une union, c'est autre chose ! Une femme de son âge épouse un chasseur plein d'expérience ; c'est bien : elle ne manquera de rien et sa famille n'aura jamais faim. Un jeune guerrier épouse une femme mûre ; c'est bien aussi : elle calmera son ardeur et le conduira sur le chemin de la sagesse. Mais deux jeunesses ensemble... ça ne va pas.

Elle cracha dans le feu.

– D'ailleurs, un guerrier ne doit pas trop fréquenter les femmes. Il y épuise ses forces et émousse son courage !

Malgré cet avis, je présentai ma demande aux parents d'Otsitok. J'ignore s'ils pensaient comme Karouta. Cependant, j'appartenais au clan le plus estimé, j'avais démontré ma valeur et Otsitok était d'accord. Ils acceptèrent donc d'informer le conseil des Anciens de notre projet. Après avoir consulté Rakentsarowanen, l'homme-médecine, Ojistalalé en personne fixa la date de nos épousailles. Jourdain vint me féliciter, pas fâché de me voir suivre son exemple. Le plus heureux fut encore Ionontes. Cette nouvelle réjouit tant le vieil Onondaga, qu'il partit droit dans la forêt en parlant tout seul, son corps d'échassier secoué par le rire.

Pour la cérémonie, Otsitok portait une robe de daim richement ornée de broderies réalisées avec des piquants de porc-épic. Je lui remis devant tous la patte d'un chevreuil, elle me tendit un épi. Chacun de nous deux ayant ainsi montré qu'il connaissait son devoir, nous étions mariés.

La nuit tombée, quatre matrones me menèrent à la longue maison du clan de la Tortue, auquel appartenait mon épouse : ce serait désormais ma demeure. Bientôt, Otsitok vint me rejoindre, elle aussi accompagnée de quatre commères. Nous prîmes place sur une natte de joncs tressés, tandis que les vieilles femmes, passablement ivres, s'étranglaient de rire aux taquineries dont elles nous accablaient. Elles tournaient autour de nous comme des maringoins [1], pour arranger notre parure. Enfin, elles s'en allèrent. Pour autant, nous ne nous retrouvâmes pas seuls : commença l'interminable défilé des invités. Ils nous dispensaient des conseils ou lançaient quelque plaisanterie graveleuse, reprise en écho par toute l'assistance. Nous leur donnions un morceau de la baguette que nous tenions, Otsitok et moi, chacun par un bout.

Quand Kahnawa se présenta, remarquant qu'il était très éméché, je redoutai un éclat de sa part. Il se montra au contraire très cordial et insista pour passer à mon cou son bien le plus précieux : le collier auquel pendaient les griffes du Grand-Père.

1. Moustiques.

Lorsque la baguette nuptiale fut réduite au point que ma main toucha celle d'Otsitok, les invités se retirèrent, emportant chacun le morceau témoin de notre union ; ils le garderaient à jamais, à moins que, décidant de mettre un terme à notre mariage, nous en réclamions la restitution. Et, tandis qu'à l'extérieur éclataient les inévitables bagarres provoquées par l'alcool, nous nous isolâmes dans le réduit qui nous était réservé.

Que dirais-je de cette saison ? Elle compte parmi les meilleurs souvenirs de mon existence. Il m'arrivait de rester des journées entières sans penser à Kervadec. Peu à peu, ma haine envers mon oncle et Le Dantec s'émoussait.

Chaque jour, je découvrais Otsitok sous un aspect nouveau. Je négligeais Ionontes. C'était désormais à elle que je lisais les *Lettres philosophiques*. En échange, elle me contait comment Atahentsik, la première femme, était tombée du ciel et comment la tortue avait construit la Terre pour elle. Ou encore, elle me chantait les louanges d'Hayawatha, le sage qui avait apporté autrefois la paix parmi les Vrais Hommes. J'étais tellement charmé par la voix d'Otsitok que je ne mettais pas en doute la réussite de ce pacifique ancêtre, en dépit du constat que les scalps qui ornaient la cabane ne provenaient pas tous du crâne d'un Blanc.

Grâce à elle, je n'avais plus besoin de puiser dans la sagamité. Elle cuisinait pour moi la semoule de blé d'Inde, le riz, les fèves et le gibier que je lui rapportais. J'aimais entendre sa voix, son rire. J'aimais l'éclat noir de sa prunelle, son corps chaud et ferme. Et tout le jour, chassé comme les autres hommes de la longue cabane, je me languissais de la douceur des nuits passées près d'elle.

Bien sûr, j'échafaudais encore des plans pour me sauver. Mais sans grande conviction, désormais. J'éprouvais pour Jourdain plus d'indulgence que je ne lui en avais manifesté quelques mois auparavant. Ojistalalé, conscient de mon nouvel état d'esprit, me permettait désormais de m'éloigner du village, en compagnie de Kahnawa.

Hélas, les tambours qui me réveillèrent de mon engourdissement revêtirent de bien sinistres accents.

Chapitre 11

Les tambours du deuil

Qui entend les tambours entend ses deuils, entend ses peines.

Le second hiver que je passai parmi les Onéïdas fut encore plus rigoureux que le premier. Dès le mois de mars, le grain vint à manquer. La neige tardait à fondre. Les vieillards se calfeutraient, immobiles et muets, au fond de la cabane. Ils évoquaient le souvenir d'une terrible saison, pas très lointaine, où les Blancs venus du sud avaient ravagé le pays, rasant les villages et brûlant les réserves qu'on n'avait pas eu le temps de dissimuler. Cet hiver-là, beaucoup d'Indiens étaient morts.

Cette fois, les soldats n'étaient pour rien dans l'infortune de la tribu. La rigueur du temps, seule, provoquait la famine. Elle n'en était pas moins éprouvante.

Les enfants ne riaient plus. Ils apprenaient la douloureuse patience de ceux que la faim tenaille. Les chasseurs ne rapportaient plus de gibier : les animaux, sentant le malheur attaché au village des hommes, s'en écartaient. Les poissons ne quittaient pas les profondeurs du lac, encore pris par les glaces. Quelle peine, quelle honte éprouvions-nous à rentrer au village les membres gourds, le ventre creux, en n'ayant rien à offrir à ceux qui attendaient !

Malgré les danses de Rakentsarowanen et les horribles masques dont il couvrait son visage pour effrayer les esprits malins, la maladie vint, que redoutaient les vieillards et les petits enfants. Les tambours n'arrêtaient plus de scander les cérémonies funèbres.

Otsitok était jeune, et vive. Elle ne se plaignait jamais de la faim, même auprès de moi, son époux coupable de ne pas rapporter de gibier. Au contraire, elle réconfortait les enfants par ses histoires, les vieux par sa gaieté. Rien, semblait-il, ne pouvait altérer sa bonne humeur, et, bien qu'amaigrie, elle travaillait comme si ses forces demeuraient intactes.

Un soir pourtant, comme je rentrai penaud de quatre jours de chasse infructueuse en compagnie de Kahnawa, je la retrouvai lovée sous la peau d'ours, le corps brûlant de fièvre. Une vieille femme la veillait.

– Appelle Rakentsarowanen !

La matrone me considéra avec calme, un peu choquée par mon agitation.

– L'homme-médecine est déjà venu, mon fils.

– Qu'il revienne !

Elle s'éloigna en maugréant. Dérangeait-on de cette manière un personnage aussi important ? Pourtant, elle m'obéit et sut se montrer persuasive, puisque le sorcier vint bientôt.

Sur les traits naguère si harmonieux de Rakentsarowanen, la fatigue plaquait le masque du vieillard. Comme les autres, l'homme-médecine subissait les privations. En outre, il devait lutter tout le jour contre les esprits qui, profitant de la faiblesse des hommes, pénétraient dans leur corps. Les nombreuses sudations purificatrices qu'il s'imposait l'épuisaient.

Il commença par discuter. L'esprit qui s'était emparé d'Otsitok était très méchant, très puissant. Elle s'était baignée trois fois dans l'eau glacée du lac, sans parvenir à le chasser ! Je frémis à la pensée d'un tel traitement. Contre la promesse d'un cruchon d'eau-de-vie, Rakentsarowanen accepta pourtant de procéder à une nouvelle tentative.

Il psalmodia sa chanson en agitant une écaille de tortue au-dessus d'Otsitok, tantôt suppliant, tantôt menaçant. Je n'accordais guère de crédit à ces gesticulations. En revanche, j'avais à plusieurs reprises constaté de mes yeux l'efficacité de ses remèdes. Les sauvages attribuaient ses réussites aux prières. En fait, dans la connaissance des herbes qui guérissent, l'homme-médecine aurait pu en remontrer au plus savant des botanistes helvétiques.

Pendant une semaine entière, malgré les décoctions de feuilles de saule que je lui faisais boire, la fièvre consuma Otsitok. Puis, peu avant la fête des songes, elle quitta son corps. Pour autant, Otsitok ne retrouva jamais sa vigueur. Quand elle rentrait des champs, elle n'était plus que l'ombre d'elle-même. Le soir, elle ne contait plus aux petits l'histoire de Tawiskara et d'Iouskeha, les fils d'Atahentsik. Elle s'endormait d'un coup, abrutie de fatigue. Je la prenais dans mes bras, écoutant avec inquiétude sa respiration devenue irrégulière. Elle se réveillait souvent, tourmentée par de mauvais rêves, secouée par une toux sèche. Je la berçai alors comme une enfant pour qu'elle se rendorme.

Cela dura tout le printemps. Revint la lune du cerf, le premier anniversaire de notre mariage. Un matin, Otsitok ne suivit pas ses compagnes aux champs. Elle m'entraîna au sommet d'une colline où se dressait la pierre sacrée des Onéïdas. Elle s'assit dans l'herbe crissante d'insectes. Le vent nous apportait l'odeur pleine de la forêt. En contrebas, le soleil se reflétait dans les eaux du lac.

Otsitok souriait. Je lui rendais son sourire, essayant de cacher combien je m'effrayais de voir ses lèvres aussi pâles, ses joues aussi creuses, les cernes aussi marqués sous ses yeux éteints.

– Bientôt, j'irai me fondre dans le grand Orenda, murmura-t-elle.

C'est ainsi que les Iroquois annoncent l'approche de leur mort, parce qu'ils croient qu'alors leur âme va se mêler à l'esprit cosmique, qui pénètre toutes choses et anime les êtres vivants.

Je me cabrai à cette idée, mais je ne sus que répondre, partagé entre la révolte, le désir de la rassurer et l'alarmante conviction qu'elle avait raison.

– Je me réjouis pour Kanonwiionstha, poursuivit-elle. Elle aura un bon époux.

Elle faisait allusion à la coutume selon laquelle un veuf, passé la période du deuil, épouse une sœur de celle qu'il a perdue : ainsi le chasseur demeure-t-il au service du clan qui l'a accueilli. Dans cet instant, je me pris à détester la petite Kanonwiionstha. Ce sentiment était certes injuste, mais n'était-il pas plus injuste de voir la maladie emporter Otsitok ?

Je respirais avec peine, foudroyé par le chagrin. Je m'étais caché la vérité, guettant jour après jour un signe de guérison, refusant de constater qu'en réalité Otsitok déclinait. Elle, au contraire, affichait une grande sérénité et considérait son état avec lucidité : un rêve l'avait avisée de sa mort prochaine. Mes paroles ne pouvaient rien contre une telle évidence.

– Il ne faut pas être triste, dit-elle encore. Je disparaîtrai, je n'existerai plus. Mais la terre où j'ai vécu sera toujours là. Elle ne changera pas [1].

Ce fut sa dernière promenade.

Elle s'éteignit dans la nuit, pendant son sommeil.

L'homme chargé d'apprêter les morts du clan de la Tortue pénétra dans la grande maison. Tandis que les pleureuses lançaient de longs gémissements, il peignit les cheveux d'Otsitok, il rehaussa son teint avec de l'ocre. Il la vêtit avec sa robe ornée d'épines

---

1. D'après un poème omaha.

de porc-épic. Nous la veillâmes pendant trois jours, trois jours de silence, de pleurs, de jeûne. Puis on la posa sur un brancard. Accompagnés par le battement des tambours, nous la menâmes en cortège au cimetière, une simple clairière, sans autres monuments que des monticules parfois surmontés de perches assemblées par le haut pour former un fantôme de pyramide. La fosse était creusée, garnie d'écorce. On y déposa Otsitok, enveloppée dans une peau d'orignal, recroquevillée comme un enfant dans le sein de sa mère. Je disposai près d'elle une poignée de coquillages, un peigne, une poterie pleine de graines...

De retour à la grande maison, je répandis du blé d'Inde devant le seuil, je distribuai les affaires d'Otsitok et les cadeaux dont on avait couvert sa dépouille avant la mise au tombeau. Puis, tandis que se préparait le banquet des funérailles, je marchai vers la pierre levée.

Du haut de la colline, je laissai mon regard errer sur le lac, sur le moutonnement de la forêt. Elle avait dit : « la terre ne changera pas ». Elle se trompait. En apparence, c'était le même lac, les mêmes arbres. Pourtant la terre était devenue moins belle.

Je ne regagnai pas la cabane du clan de l'Ours : il me fallait pour cela attendre la fin de mon deuil, dont seul un sachem pouvait décider. D'ici là, je partageai mon gibier entre Karouta et la famille d'Otsitok. Mais comme, malgré les encouragements de Kahnawa, je ne mettais plus aucun cœur à la chasse, je n'étais pas d'un grand secours. Les Indiens respectaient mon chagrin, bien qu'ils le trouvassent exagéré. La petite Kanonwiionstha s'asseyait fréquemment près de moi, silencieuse. Je n'osais lui dire que sa présence me faisait mal.

Souvent, je me réfugiais sur la colline. J'attendais l'obscurité. Et quand elle venait enfin, je m'étendais pour contempler le ciel nocturne. J'avais repéré, un peu à gauche de Bételgeuse, un petit astre qui clignotait. Je ne me souvenais pas de l'avoir jamais vu avant.

Les Onéïdas, qui croient que le ciel est un lac immense, appellent les étoiles : « du feu dans l'eau ». Dans leur langue, cela se prononce « Otsitok ».

Chapitre 12

Le Grand Kayewla

Vers la fin de l'été, des messagers annoncèrent la prochaine visite du Grand Kayewla. Interrogée sur ce personnage, Karouta m'apprit qu'il s'agissait d'un guerrier prestigieux, un Blanc ami des Onéïdas, « qui avait mangé beaucoup d'ennemis ». J'en sus un peu plus par Ionontes. La guerre entre les Anglais et les *Insurgents* avait pris fin. Mais les Iroquois ne se sentaient pas tenus par les traités des Blancs, et certains continuaient à piller les fermes situées à proximité de leur territoire. Afin de mettre un terme à ces désordres et négocier la paix, le Congrès des États-Unis avait sollicité un entretien avec le Conseil des Six Nations. La rencontre entre les ambassadeurs blancs et les cinquante sachems du Conseil devait se dérouler au fort Schuyler[1], à la limite du territoire des Mohawks.

1. Situé près de Rome (État de New York), le fort Stanwix, érigé en 1758

Plusieurs années de guerre ayant fait naître des rancœurs profondes, le Congrès avait jugé prudent d'envoyer comme médiateur un homme qui, tout en ayant combattu aux côtés des *Insurgents*, avait su nouer de solides amitiés parmi certaines tribus iroquoises.

Pendant les jours qui suivirent, la nouvelle alimenta toutes les conversations. Les guerriers se rappelaient en riant les bons tours qu'ils avaient joués aux ennemis du Grand Kayewla et montraient à l'envi les cadeaux que ce prestigieux guerrier leur avait dispensés : épaulettes dorées, médailles, breloques et baïonnettes.

L'agitation des Onéïdas distrayait un peu la mélancolie où m'avait plongé la mort d'Otsitok. La popularité du mystérieux personnage piqua ma curiosité. Jourdain, d'une manière habile, m'entraîna au conseil au cours duquel il fut convenu d'envoyer une délégation à la rencontre du Kayewla afin de le convier à séjourner dans le village avant la conférence. Ojistalalé, qui avait lancé l'idée de cette invitation, prit une seule fois la parole, pour dire :

– Tarouhia-Kanéré parle la langue du Grand Kayewla. Il serait bon qu'il aille au fort. Voilà ma pensée.

---

par les Britanniques, reçut le nom de fort Schuyler après avoir été pris par les Américains en 1777.

Les Anciens hochèrent la tête.

L'argument était de peu de valeur. Jourdain, Ionontes et, comme j'avais eu l'occasion de m'en rendre compte, quelques autres guerriers savaient se faire entendre des Blancs. Je compris que le vieux chef agissait ainsi par délicatesse envers moi. Mais je ne m'attardai guère à ces considérations. En dépit de sa brièveté, son discours m'apprenait un détail bien surprenant, dont je ne savais si je devais me réjouir ou m'inquiéter.

– Le Grand Kayewla serait-il un Français ? demandai-je à la première occasion à Jourdain.

Il plissa les yeux, avec un soupçon de malice.

– C'est un marquis, je crois bien. Il est venu en Amérique pour guerroyer aux côtés des *Insurgents*. Il s'appelle... Farfouillette, ou quelque chose d'approchant.

– La Fayette ?

– Oui, ce doit être ça.

Tout un passé ressurgit, avec une netteté effrayante. Trois étés seulement s'étaient écoulés depuis mon arrivée sur le sol américain. Elle me semblait cependant si lointaine ! Le nom de l'homme qui avait si fortement contribué à la victoire de Yorktown éveillait soudain en moi une bouffée d'espoir : peut-être pourrais-je profiter de cette ambassade pour regagner mon pays ? Mais en même temps, comment ne pas oublier qu'aux yeux des militaires français, un déserteur méritait la pendaison ?

– Ojistalalé considère le marquis comme un ami. Pourtant, les Iroquois n'ont-ils pas combattu les *Insurgents* aux côtés des Anglais ?

– Si fait ! gloussa Jourdain. Mais – c'était, je m'en souviens, l'année où les visons ont mué le jour de la pleine lune –, les Américains ont envoyé le marquis sur la rivière Mohawk pour négocier une trêve. À l'époque, les Onéïdas et les Tuscaroras étaient officiellement neutres, mais nombre de leurs guerriers se joignaient aux autres tribus pour participer aux réjouissances. La Fayette leur a envoyé un aide de camp, M. de Tousard, avec des wampums et de l'or. Non seulement Tousard a obtenu des Onéïdas la promesse de ne plus s'en prendre aux Américains, mais encore il est reparti avec des jeunes gens décidés à se battre dans leur camp. Avant leur départ, Ojistalalé a prononcé un beau discours, pour leur rappeler les devoirs d'un guerrier et les encourager à se comporter toujours en fils braves et loyaux envers leur père le roi de France. J'en avais les larmes aux yeux.

– Tu n'as pas été tenté de les accompagner ?

Jourdain, se méprenant sur le sens de ma question, secoua la tête.

– J'étais déjà trop vieux pour la guerre. Ah ! J'aurais pourtant aimé voir la tête des Anglais quand ils ont trouvé leurs alliés de la veille en travers de leur chemin. Surtout que personne ne les avait avertis de ce revirement !

– Mais... N'était-ce pas déloyal ?

Jourdain rit en se tapant sur les cuisses, comme chaque fois que je proférais une énormité.

– Ta conception de la guerre convient peut-être aux officiers en dentelles du roi Louis, qui ne ménagent pas la vie de leurs soldats au nom de ce qu'ils appellent le panache. Ici, nous sommes en Amérique. Les Indiens pensent que surprise, ruse et dissimulation sont les meilleures façons de guerroyer, en tout cas les plus intelligentes, puisqu'elles permettent de vaincre l'ennemi à moindre risque.

Revenant à la question du jour, Jourdain changea de ton.

– Je me demande ce que les ambassadeurs américains auront à offrir...

Il se méfiait des Blancs davantage que les Onéïdas. Sans doute parce que, Blanc lui-même, il connaissait mieux leur duplicité.

Chapitre 13

Les étonnements de M. Barbé de Marbois

Le fort Schuyler se dressait à une douzaine de lieues à l'ouest du village. À travers la forêt, cela représentait une petite journée de marche. Jourdain s'était porté volontaire. Mais, contrairement aux autres, ce n'était pas dans l'espoir de troquer quelque objet. Il voulait se forger sa propre opinion sur les véritables intentions des Américains.

Au lieu du bastion solidement fortifié auquel je m'attendais, le fort se présentait sous l'aspect bénin d'un monticule de terre aux quatre coins duquel des redoutes de rondins tombaient en ruine. Sous la protection précaire d'une palissade mal entretenue, deux cabanes d'écorce très semblables aux constructions iroquoises abritaient la population du fort : une poignée d'indigènes baptisés et leur prêtre, le P. Samuel Kirkland.

Le missionnaire nous reçut avec de grandes démonstrations de joie. À le voir vêtu d'une veste de peau et la chevelure hirsute, entouré de deux squaws attentives, je me demandai si ce n'était pas plutôt les sauvages qui l'avaient converti à leur mode de vie.

Nous n'étions pas les premiers. Déjà, tout autour du fort, les avant-gardes des autres nations avaient élevé leur campement. Ils étaient tous là : les Sénécas, les Onéïdas, les Mohawks, les Onondagas, les Tuscaroras, les Cayugas. Et aussi les Stokebridges et une poignée de Mohicans qui, s'ils n'appartenaient pas à la ligue des Iroquois, avaient trouvé refuge chez les Onéïdas après avoir été décimés par la guerre, et conquis à ce titre le droit d'assister à la rencontre.

L'été touchait à sa fin. Bientôt reviendraient les gelées. Les émissaires blancs, en retard, n'étaient pas même annoncés. Cela ne gênait pas les Onkwe-onwe, eux dont la patience se trempait hiver après hiver.

L'attente dura une semaine, que Rakentsarowanen mit à profit pour mener d'autres négociations. Les Onéïdas avaient pris dans la guerre une part plus active que Jourdain avait bien voulu me le dire. En particulier, quand les Américains étaient venus attaquer les Anglais sur leur base arrière, au Canada.

Au cours des combats, les Onéidas avaient ouvertement affronté les Mohawks, restés fidèles aux Britanniques. Il s'agissait à présent d'effacer ces blessures, d'autant plus vives chez les Mohawks qu'ils se retrouvaient dans le camp des vaincus.

Pour enterrer la hache de guerre, Ojistalalé comptait sur l'influence des sachems sénécas, Kiiontwoky et Sagoyewatha. Encore devait-il se réconcilier d'abord avec eux, puisque, en ne souscrivant pas à l'alliance que les Sénécas avaient contractée avec les Anglais, les Onéïdas les avaient offensés.

La diplomatie iroquoise est affaire de subtilité, car nul ne doit perdre la face. Chaque nation avait tracé autour de ses tentes une limite respectée comme une frontière infranchissable. Rakentsarowanen vint se promener au bord du territoire sénéca. Sans paraître lui prêter attention, les Sénécas épiaient son manège. Il ne leur avait pas échappé que l'homme-médecine portait autour des reins le wampum qui symbolisait l'alliance des deux tribus. Le matin suivant, un sachem sénéca vint à son tour rôder autour du campement onéïda. Il portait lui aussi une ceinture de coquillages. Sans qu'un mot eût été prononcé, rendez-vous était pris. Pour aller plus loin, on attendrait la venue d'Ojistalalé.

Le lendemain, des éclaireurs annoncèrent l'arrivée de La Fayette et de sa suite.

Le Grand Kayewla était un homme de haute stature, aux traits fins, aux yeux clairs. Il souriait volontiers. Sa tenue fascinait les Indiens, en particulier Ionontes et Rakentsarowanen. Du col à l'ourlet de ses basques, des caractères d'imprimerie couvraient le long manteau qui lui battait les bottes. Les Indiens en conclurent qu'il s'agissait d'une « médecine », forcément puissante puisque plaquée sur le dos d'un aussi prestigieux personnage. Je m'interrogeais, quant à moi, sur la raison qui avait poussé ce grand soldat à coller des coupures du *Courrier de l'Europe* sur son vêtement, qui plus est à l'envers. Était-ce la dernière mode à la cour de Versailles ?

Deux autres Français l'accompagnaient : le chevalier de Caraman et M. Barbé de Marbois. Le premier observa le fort, le P. Kirkland et les Indiens avec un effarement désolé, se demandant à l'évidence quel mauvais sort le précipitait au milieu de ces sauvages au visage tatoué. Le second, au contraire, sembla fort s'intéresser à ce qui l'entourait. Âgé d'à peine une quarantaine d'années, plutôt petit, le front haut sous sa perruque poudrée, il portait sur toute chose un regard incisif. Il répondit au compliment du P. Kirkland dans un anglais plus fluide que celui du marquis.

Nous demeurions toujours sans nouvelles des éclaireurs envoyés au-devant des membres du Congrès des États-Unis. Ceux-ci ne rejoindraient donc pas le fort Schuyler avant plusieurs jours. Ce retard contrariait beaucoup le quatrième personnage de l'ambassade, un Américain dénommé Madison. Le marquis de La Fayette, pour sa part, répondit avec un plaisir sincère à l'invitation que lui lança Rakentsarowanen de l'accompagner au village de son vieil ami Ojistalalé.

Nous prîmes la route le lendemain, sous un ciel lourd de nuages. Nous croulions sous les bagages : connaissant les usages, le marquis ne manquait pas d'apporter nombre de cadeaux, dont trois tonnelets d'eau-de-vie. Ses compagnons et lui-même montaient à cheval. Dans ce pays malcommode, où les sentiers font office de routes, un tel équipage nous ralentissait. La forêt, serrée, s'ouvrait sur des marécages envahis par le riz sauvage, où les montures s'enfonçaient. Des troncs abattus par les blizzards de l'hiver obstruaient la piste à peine tracée et les montures, inquiètes d'entendre bruire les fourrés, bronchaient souvent, au risque de jeter bas leur cavalier. Le caprice des lacs et de la végétation nous obligea à de fréquents détours.

Ositakowa ouvrait la marche. À plusieurs reprises, Rakentsarowanen l'apostropha. Ositakowa répondait par de grands gestes, de plus en plus agacé. Peu à peu, l'agitation gagna toute la colonne. Ositakowa dut bien finir par avouer qu'il avait perdu la piste. Il ne nous restait plus qu'à nous repérer au soleil, à la mousse des arbres et à l'épaisseur de l'écorce. La tâche n'était pas aisée, même pour un pisteur indien : la pluie avait mouillé les troncs, les nuages masquaient l'astre du jour et, dans l'humidité perpétuelle du sous-bois, la mousse prospérait tout autour des troncs avec un égal bonheur. Quant à l'écorce, s'il est vrai qu'elle est plus épaisse au nord, il faut l'entailler pour la déchiffrer. Or les Onéïdas mettaient un point d'honneur à retrouver leur chemin sans laisser soupçonner à leurs hôtes qu'ils étaient égarés.

Enfin, dans un marais, nous aperçûmes un homme, assis dans la boue. Un rire de soulagement parcourut la colonne quand nous reconnûmes le vieil Onarakenrat : nous approchions du but !

– Eh, grand-père, qu'attends-tu le derrière dans l'eau ? lança Rakentsarowanen.

Raide, l'œil vague, le vieillard le toisa sans répondre. De toute évidence, il n'avait pas attendu la fête donnée en l'honneur des hôtes du village pour abuser de l'eau-de-vie.

Nous abandonnâmes le vieil ivrogne à sa méditation. Peu après, le cheval de M. Barbé de Marbois s'enfonça d'un coup dans une fondrière. Bien que piètre cavalier, le diplomate réussit à maintenir son assiette. Mais sa monture refusa obstinément de repartir.

– Luxation de l'épaule, diagnostiqua La Fayette.

Barbé de Marbois se résignait, de mauvais cœur, à poursuivre à pied, quand le chevalier de Caraman lui offrit de monter en croupe sur son propre cheval, ce qu'il accepta volontiers.

Peu après, on entendit un grand tumulte. Tout le village s'était porté à la rencontre du Grand Kayewla. Celui-ci, juché sur une maigre jument, enveloppé de deux couvertures jetées par-dessus son manteau de taffetas gommé, dégouttant de pluie, s'efforçait de se composer une attitude majestueuse. Les enfants montraient du doigt les deux cavaliers chevauchant la même monture. S'ils ne saisissaient pas les plaisanteries qui fusaient, ceux-ci ne pouvaient ignorer leurs rires. Caraman, dents serrées, faisait mine de ne rien voir, tandis que son compagnon, souriant, saluait un auditoire qui se montra charmé de sa mine avenante. Tout occupés par le Grand Kayewla et ce curieux équipage, ainsi que par les ballots annonciateurs de cadeaux, les Onéïdas ne prêtaient guère attention au quatrième voyageur, Mr Madison.

La pluie avait cessé. À l'entrée de la cabane du clan du Loup, auquel appartenait Ojistalalé, flottait un oripeau blanc inhabituel. Par égard pour ses hôtes, le sachem s'efforçait d'adopter leurs usages : les drapeaux surmontant les bâtiments officiels l'avaient fort impressionné lors d'un séjour à Philadelphie. Lui-même attendait debout sur le seuil, son calumet à la main. Par-dessus ses jambes nues, son pagne dépassait d'une veste d'uniforme brodée. Le chevalier de La Luzerne, ambassadeur de France auprès des *Insurgents*, la lui avait offerte autrefois. Il la revêtait dans les grandes occasions. Malgré cette tenue, il ne parvenait pas à être ridicule, tant son visage exprimait de noblesse naturelle.

Le marquis de La Fayette mit pied à terre. Ojistalalé débita un discours de bienvenue, que Jourdain traduisit. Puis il s'assit à même le sol détrempé : le moment de fumer était venu. Le marquis l'imita sans hésiter. Je m'amusai de la mine affichée par Caraman, quand il comprit qu'il lui fallait se plier à cet usage. Barbé de Marbois, ravi sans doute d'être arrivé à bon port, semblait au contraire trouver la circonstance plaisante. Le calumet tourna autour du cercle.

Ojistalalé savait recevoir. Ayant entendu dire que la cuisine des Vrais Hommes ne convenait pas à l'estomac délicat des Blancs, il fit apporter de grands saumons fraîchement pêchés, du beurre, des fruits, du miel, et laissa aux étrangers le soin d'accommoder la nourriture à leur goût dans la hutte dressée à leur intention.

M. Barbé de Marbois se montrait curieux de tout. Cela le porta à l'imprudence. Des Américains lui ayant présenté les danses des sauvages sous un jour flatteur, il souhaita assister à l'une d'elles. Les Onéïdas ne se le firent pas dire deux fois. Aussitôt les tambours appelèrent à la fête. En l'honneur de leurs spectateurs, les danseurs mimèrent les combats contre les Anglais. Pour l'occasion, ils avaient sorti de leur trésor de guerre deux jaquettes rouges d'uniforme britannique et leurs masques les plus effrayants. La curiosité de Barbé de Marbois fut bientôt rassasiée, mais les danseurs ne manifestaient aucune intention de cesser leur ronde. Au contraire, les femmes s'en mêlèrent. Plus personne ne s'intéressait aux étrangers. L'assistance avait les yeux rivés sur les danseurs. Les invités, épuisés par leur voyage, étourdis par le roulement des tambours, luttaient héroïquement contre le sommeil. Pris de pitié pour eux, je glissai un mot à l'oreille de Jourdain. Celui-ci soupira. J'insistai.

– Soit, céda-t-il. Je vais essayer...

Interrompre une danse n'était pas seulement difficile : c'était dangereux, surtout lorsque les hommes, l'esprit embrumé par l'alcool, l'exécutaient les armes à la main. Un guerrier contrarié pouvait fort bien user de son tomahawk pour rappeler la politesse au malappris qui se rendait coupable d'un tel manque de savoir-vivre. Aussi Jourdain agit-il avec beaucoup de prudence, commençant par les chefs de moindre importance, afin de pouvoir compter sur leur aide quand il s'adresserait à Rakentsarowanen et à Ojistalalé. Lorsqu'il entreprit cette dernière démarche, l'aube blanchissait le ciel. Et l'alcool, autant que la fatigue, alourdissait les jambes des danseurs. Ojistalalé leva la main. Les tambours se turent. Soulagés, les ambassadeurs se réfugièrent dans leur abri.

Le second soir, il y eut encore des danses, encore de l'alcool. Mais aussi des discours. Madison voulait s'assurer de l'appui des Onéïdas avant l'ouverture des pourparlers à fort Schuyler. Pour négocier, les Blancs utilisaient tantôt les services de Jourdain, tantôt la langue anglaise, car l'émissaire américain ne comprenait pas le français. La discussion dura donc toute la nuit. Certes, la cause était entendue d'avance : Ojistalalé voulait la paix. Mais un Iroquois craindrait de passer pour un lâche, s'il se prononçait trop facilement contre la guerre.

Depuis l'arrivée de La Fayette et de ses compagnons, je m'étais montré discret. Je ne voulais pas, par une parole prématurée, compromettre mes chances de rejoindre mon pays. Le marquis m'intimidait. Sous ses mines souriantes, je discernais de la dureté. Le chevalier de Caraman ne m'inspirait aucune sympathie. Barbé de Marbois, en revanche, me paraissait plus abordable. Je m'attachai discrètement à ses pas.

Inlassable, il parcourait le camp en tous sens, examinant chaque chose, cherchant la compagnie de tout le monde. Jourdain ou moi lui servions d'interprète. Sa curiosité lui coûtait très cher, car ses interlocuteurs n'hésitaient jamais à lui demander un cadeau. Son manteau écarlate suscitait la convoitise. Les Iroquois ne cessaient de le complimenter pour la souplesse du tissu et la vivacité de sa couleur. Prévenu par Jourdain, le pauvre homme vivait dans la crainte qu'un Onéïda, plus avide ou plus audacieux que les autres, n'affirmât avoir rêvé que le voyageur lui offrait son manteau rouge. Il n'aurait eu d'autre choix que de s'exécuter, car on ne peut contrevenir à un songe. Aussi, lorsqu'un Onéïda se montrait trop pressant sur ce chapitre, se dépêchait-il de lui donner une couverture, ou quelque autre présent, pour calmer ses appétits.

Moyennant ces présents, il obtint d'eux tout ce qu'il désirait savoir, à l'exception de la recette des remèdes, qui eussent cessé d'agir si le secret en avait été divulgué.

Chapitre 14

Le grand rêve d'Ionontes

Pour nos visiteurs, l'heure du retour au fort Schuyler avait sonné. Ils distribuèrent les ultimes cadeaux. Or, au moment du départ, on s'aperçut que leurs chevaux avaient disparu. Ce contretemps irrita fort le chevalier de Caraman, qui ne se privait pas d'exprimer ses soupçons : pour lui, aucun doute, les sauvages avaient volé les montures. Barbé de Marbois avait beau lui remontrer que pendant tout le séjour les Indiens ne s'étaient pas rendus coupables du moindre larcin, le chevalier n'en démordait pas : quelle confiance accorder à des gens trop frustes pour avoir une conscience claire de la propriété ? D'ailleurs, Barbé de Marbois avait beau jeu de lui prêcher la morale, quand il avait lui-même tremblé durant trois jours pour son manteau !

Cependant, Rakentsarowanen avait pris en personne la direction des recherches. Il savait que les chevaux ne s'enfoncent jamais profondément dans la forêt, et que les taillis qui entouraient le pâturage constituaient les meilleurs gardiens. De fait, on ne tarda pas à retrouver les montures, paissant, tranquilles, dans le sous-bois. Des rires accueillirent les bêtes, qui avaient joué un si bon tour à leurs cavaliers. Et puis, ce retard était de bon augure : il montrait que les esprits étaient satisfaits de l'hospitalité accordée aux voyageurs. Comment ne pas s'en réjouir ? Caraman, beau joueur, se força à sourire.

Jourdain était du voyage, ainsi que moi. Il était convenu qu'Ojistalalé nous rejoindrait dans quelques jours. S'il ne faisait pas mystère de son amitié pour le Grand Kayewla, il n'oubliait pas que quatre tribus sur six demeuraient hostiles aux Américains et que la discussion pouvait déboucher sur une nouvelle guerre. Pour ne pas irriter les Sénécas, il préférait ne pas afficher une trop grande familiarité avec les Blancs.

Comme j'allais quitter le village, Karouta accourut vers moi. Elle avait beaucoup vieilli en deux hivers. Tous ses cheveux, à présent, étaient blancs. Elle avait perdu son embonpoint, et sous ses pommettes les os saillaient. Elle me serra contre elle. Cette démonstration, inhabituelle et, pour tout dire, inconvenante en public, me gêna beaucoup. Elle porta sur moi un regard pénétrant, chargé d'affection et de regret. Je voulus la rassurer, mais les mots ne franchirent pas mes lèvres. En mon for intérieur, j'espérais ne pas revenir ; je ne voulais ni le lui avouer, ni lui mentir. Elle avait compris. Je le lus dans ses yeux. Se détachant brusquement de moi, elle trotta jusqu'à la longue maison.

Quand la peau qui masquait l'entrée retomba sur elle, je me sentais bien plus ému que je ne l'aurais voulu. La vie, pour elle, ne serait pas facile, sans un fils pour la nourrir. Certes, il y aurait toujours de la sagamité pour elle. Mais plus personne n'écouterait ses avis au conseil des matrones. Le cœur lourd, je me saisis de mon ballot et le jetai sur mon épaule. En passant par le cimetière, je déposai un peu de nourriture sur la tombe d'Otsitok. Je me retournai pour jeter un dernier regard au village qui m'avait accueilli. Près de l'enceinte, j'aperçus la petite Kanonwiionstha.

Le temps, au retour, ne fut pas plus clément qu'à l'aller. De fréquentes ondées tassaient les cavaliers sur leur monture et rendaient le sol glissant. La Fayette avait remis le long manteau dont les inscriptions intriguaient si fort les Indiens. Barbé de Marbois m'en avait dévoilé le mystère. Sur le bateau, pour protéger son vêtement, le marquis l'avait enveloppé dans du papier journal. Sous l'effet de l'humidité, l'encre avait adhéré à la gomme de l'imperméable. Confronté à la nécessité de choisir entre le ridicule et la rigueur du climat, le Grand Kayewla avait réagi en militaire : mieux valait risquer le premier que se soumettre à la seconde.

Quand nous arrivâmes au fort Schuyler, le nombre des Indiens avait augmenté. Mais, à notre grand dam, les éclaireurs n'avaient toujours pas signalé les ambassadeurs américains. Nous installâmes notre camp. Le P. Kirkland offrit à La Fayette l'hospitalité chaleureuse mais indigente de son logis. Comme les présents indispensables au bon déroulement des négociations remplissaient la seconde cabane jusqu'au toit, ses compagnons durent se contenter de huttes légères édifiées à la hâte, avec pour tout lit une jonchée de foin humide. L'été touchait à sa fin. La nuit, une pellicule de glace couvrait l'eau des vasques.

Pour faire patienter les Indiens, La Fayette fit procéder à la distribution des vivres qu'il avait apportés.

Connaissant ses alliés, il avait compté large. Pas question, en effet, de mesurer chichement les dons. Tant qu'un Indien tendait la main, on devait la remplir, même s'il prenait davantage qu'il ne saurait en avaler. Toute autre attitude eût été ressentie comme une insulte.

Un matin, Ojistalalé apparut sur sa plus belle monture, ses amulettes brillant sur sa belle veste d'uniforme. C'était la première fois que je le voyais en un tel équipage. Les Iroquois connaissent les chevaux, mais, habitant la forêt, ils n'en usent guère. L'entrée du sachem dans le camp n'en fut que plus remarquée. Avec beaucoup de majesté, le corps raidi, la tête haute, il passa la jambe par-dessus l'encolure de son étalon pour se laisser glisser à terre. Juste à ce moment l'animal s'ébroua. Déséquilibré, le vieux chef partit à la renverse et chuta sur le sol détrempé. Les Indiens s'esclaffèrent à ce spectacle, et moi le premier. Notre amusement redoubla devant les efforts du vieillard, empêtré dans sa tenue d'apparat maculée, qui cherchait sans grand succès à se relever. Quand il y parvint, le pied lui manqua et il retomba dans la boue, provoquant une nouvelle explosion de rire.

Je lus sur le visage des Blancs une stupéfaction attristée. Notre irrespect apparent envers le chef, notre absence de compassion envers un vieillard les heurtaient. Quelques lunes auparavant, leur réaction eût été la mienne et sans doute aurais-je commis la maladresse de me précipiter pour aider Ojistalalé à se relever, comme le fit Barbé de Marbois. Si, au contraire, je riais de bon cœur, c'est que, désormais rompu aux mœurs des Indiens, il me paraissait de la plus élémentaire politesse d'exprimer par ma gaieté au sachem que sa chute n'avait rien d'humiliant pour le clan. N'était-ce pas la preuve que j'étais devenu un vrai Onéïda, tout comme Jourdain ? Cette constatation m'effraya. Je tournai les talons et m'enfuis cacher ma confusion sous ma tente.

Dans la suite d'Ojistalalé se trouvait le vieux sage Ionontes. Pendant le séjour des Blancs au village, il les avait observés avec la plus grande attention, en particulier Barbé de Marbois. Il avait remarqué que ce dernier tenait un journal. Tous les matins, le diplomate tentait de réchauffer son encre près du feu sans obtenir autre chose qu'une boue pâteuse qui collait à la plume. Ionontes lui apporta la mixture avec laquelle Rakentsarowanen traçait sur l'écorce d'érable les signes utiles à sa magie, un mélange de charbon pilé et de gomme. Cette attention conquit

Barbé de Marbois. D'ailleurs, le diplomate s'ennuyait ferme en attendant les ambassadeurs du Congrès. Aussi acceptait-il très volontiers la conversation du vieil Onondaga. Je m'interrogeais sur les intentions d'Ionontes. Voulait-il persuader le visiteur d'apprendre à son tour le « vrai » langage ? Un entretien, surpris au bord de la rivière, m'éclaira.

– De jour en jour, lui disait le vieillard, nos peuples s'affaiblissent. Peu importe de mourir, quand on laisse derrière soi des jeunes pour entretenir le souvenir de leurs pères. Mais des nations autrefois puissantes sont aujourd'hui réduites à une poignée d'hommes.

De la main, il désigna un guerrier.

– Regarde celui-là. Il est venu chercher refuge chez les Onéïdas, parce que son peuple a été détruit par la guerre. Bientôt, il sera le seul homme de sa tribu. Après sa mort, qui parlera du dernier des Mohicans ?

Barbé de Marbois risqua une parole apaisante, qu'Ionontes repoussa d'une moue hautaine.

– Je sais comment empêcher cela. Le grand Orenda a parlé à mon sommeil. Envoyez-nous des hommes jeunes, des hommes qui travaillent le bois, qui battent le fer. Nous les marierons avec nos filles. S'ils veulent cultiver la terre, nous leur en donnerons plus qu'ils ne sauront en ensemencer.

La joie que le vieux sage avait manifestée en apprenant mon prochain mariage avec Otsitok me revint en mémoire. Nos épousailles, c'était son rêve qui se réalisait un peu. Ce souvenir m'était à la fois doux et amer.

– Hélas, poursuivit Ionontes, les Blancs réprouvent l'union de leur chair avec notre chair. Ils trouvent le moyen trop long pour s'emparer de nos terres. Ils sont impatients comme des enfants.

– Il est sans doute trop tôt, hasarda prudemment Barbé de Marbois. Lorsque la paix sera signée, que la confiance sera revenue...

Ionontes secoua la tête, irrité.

– Même un ennemi, si nous l'adoptons, vit parmi nous en sécurité. Regarde Tarouhia-Kanéré. Il était de ta race, avant.

La surprise du Français me fit mal. Certes, je me rappelais mon étonnement quand j'avais appris la vérité sur Jourdain. Mais celui-ci avait le visage couvert de tatouages. Il me semblait, quant à moi, que, malgré ma tenue et l'arrangement si particulier de ma chevelure, on ne pouvait pas me confondre avec un sauvage.

En même temps, j'éprouvai une immense gratitude pour Ionontes. Il avait révélé une vérité que je n'osais pas avouer. Désormais, les dés étaient jetés. Je connaissais assez le vieillard pour savoir qu'il n'avait pas parlé sans intention. Comme Karouta, il avait deviné mon désir de retourner parmi les miens.

L'entrevue que j'attendais tout en la redoutant se déroula peu après. Nous nous rencontrâmes, Barbé de Marbois et moi, comme par hasard. Nous échangeâmes quelques banalités, avant qu'il n'amène la conversation sur la révélation d'Ionontes.

– Ainsi, constata-t-il, vous avez choisi de vivre parmi les sauvages...

Il me dévisageait. Je me sentis rougir. Je lui racontai toute mon histoire, sans rien en cacher : ni les raisons pour lesquelles je m'étais embarqué pour le Nouveau Monde, ni ma désertion. Il m'écouta avec attention, sans m'interrompre. Je lui en sus gré. À la première question, peut-être me serais-je ressaisi. Peut-être, la prudence reprenant le dessus, aurais-je tu une partie de mon aventure. Mais son visage demeurait ouvert. Il m'écoutait sans me juger.

Quand j'eus achevé ma confession, il me dévisagea, songeur. Un silence gêné s'installa entre nous. Comme il allait enfin parler, il en fut empêché par la venue de Caraman. Le plus naturellement du monde, Barbé de Marbois porta la conversation sur les mœurs des Onéïdas :

– C'est curieux, dit-il, ils ont offert des épouses provisoires à mes domestiques, mais ne m'en ont proposé aucune.

Il semblait le regretter. Le chevalier fit la grimace et passa son chemin. Aussitôt, Barbé de Marbois reprit la conversation au point où nous l'avions laissée :

– Le combat auquel vous avez participé, sur la Chesapeake, a eu d'heureuses conséquences pour les Américains. N'espérant plus aucun secours, le général Cornwallis s'est résigné à déposer les armes. Certes, la prise de Yorktown n'a pas tout de suite mis un terme à la guerre. Il s'en est fallu de deux ans. Mais dès lors, l'indépendance des colonies américaines devenait inévitable. Aujourd'hui, un traité a été signé à Versailles, la paix est revenue entre la France et l'Angleterre. Cette circonstance plaide pour l'indulgence envers les gens qui se sont mis dans votre situation.

– Croyez-vous sincèrement que je ne courrais aucun danger à m'approcher d'un port ?

– Eh bien... La sagesse et la prudence vont souvent de pair. On apprend cela en diplomatie. Pour autant, il ne faut pas confondre cette dernière avec la couardise. Avec le temps, tout problème trouve sa solution.

Au moment de nous séparer, il me glissa :

– Vous comprendrez, Monsieur de Kervadec, que ma mission passe avant toute chose. Mais soyez assuré de mon soutien si l'occasion m'est offerte de vous aider.

Je le vis s'éloigner le cœur battant, les larmes aux yeux. « Monsieur de Kervadec » ! Il y avait si longtemps qu'on ne m'avait pas appelé ainsi !

Chapitre 15

Palabres au fort Schuyler

Ojistalalé revêtit son uniforme, sans s'inquiéter des taches de boue qui le maculaient. En compagnie de Rakentsarowanen et de quatre autres sachems, il se dirigea vers le campement des Sénécas. Il se cambrait et marchait lentement, la mine compassée. La délégation s'arrêtait parfois. Il ne fallait pas se presser, afin de donner aux Sénécas le loisir de se préparer. Le reste des Onéïdas présents au fort suivait, à distance respectueuse, mais assez près pour intervenir en cas de besoin.

Enfin, un groupe de Sénécas se porta à la rencontre d'Ojistalalé. Quelques pieds séparaient les deux campements. La lenteur avec laquelle cet intervalle fut franchi tient du prodige.

À mi-chemin des deux camps, là où passait la frontière tacite, les sachems s'assirent. On apporta du bois. Le feu n'était destiné qu'à allumer les pipes : les Anciens auraient considéré comme une insulte qu'on les soupçonnât de vouloir se protéger du froid. Quand les flammes montèrent, Ojistalalé se leva pour déclarer :

– Dans les temps anciens, Sénécas et Onéïdas étaient ennemis. Mais le grand homme Hayawatha fit d'eux des amis. Ainsi commença la ligue des nations. Uni, le Peuple des Longues Cabanes devint puissant et redouté. Et voici que la discorde s'est installée parmi les frères, à cause d'une guerre qui n'est pas la leur. À cause d'une guerre de Blancs. Cela n'est pas bon.

Le sachem sénéca se dressa à son tour et dit :

– Il n'est pas bon que les Vrais Hommes se battent pour une affaire de Blancs. Entre les Onéïdas et les Sénécas, la chaîne de l'amitié s'est ternie. Il faut la frotter avec du sable de rivière pour qu'en disparaisse la moindre trace de rouille. Ainsi elle brillera comme elle n'aurait jamais dû cesser de briller.

Les deux partis étant tombés d'accord, le calumet passa de main en main.

Le lendemain, les Sénécas furent à leur tour reçus par les Onéïdas, pour une cérémonie en tous points semblable à celle de la veille, au terme de laquelle fut scellé le retour de la paix entre les deux tribus.

Dans les jours qui suivirent, Onéïdas et Sénécas se rendirent de fréquentes visites. C'est miracle qu'une nouvelle dispute n'ait pas éclaté, car le lait nouveau coula beaucoup.

Les Sénécas s'employèrent avec succès à réconcilier les Onéïdas et les Mohawks.

Ojistalalé se réjouissait : il avait atteint le premier de ses objectifs. Restait le second : la paix avec les Blancs.

Les ambassadeurs du Congrès arrivèrent enfin, fort à propos, car les réserves apportées par La Fayette s'épuisaient ; aussi les Indiens songeaient-ils à regagner leurs villages. Les parlementaires firent grise mine en se voyant entourés d'une troupe de sauvages trop importante à leur gré. Ils se détendirent à peine lorsque Mr Madison leur assura qu'ils ne couraient aucun danger.

Le soir même, les négociations commencèrent.

Les sachems, en tenue d'apparat, se présentèrent, un fagot sous le bras. Le maître de cérémonie était le plus ancien des Onondagas. Ce privilège remontait au fondateur de la ligue des Six Nations, puisque Hayawatha appartenait à cette tribu.

La file des sachems forma une ronde. Les Onondagas s'arrêtèrent du côté du soleil levant. Les Anciens déposèrent leur fagot devant eux, puis une peau pour s'asseoir. Le maître de la cérémonie alluma son feu en frottant deux morceaux de bois l'un contre l'autre. Les autres l'imitèrent. Le cercle de flammes se ferma. Les sachems se levèrent et tournèrent autour trois fois, en pivotant sur eux-mêmes pour exposer tout leur corps au feu nouveau. Ces interminables préliminaires accomplis, on permit aux ambassadeurs du Congrès de prendre place. Ils durent cependant patienter encore, pour donner à chaque sachem le temps de lancer une bouffée de fumée vers le ciel, le sol et le soleil.

Puis le maître de cérémonie leva au-dessus de sa tête le wampum de la ligue en disant :

– Frères, par cette ceinture j'ouvre vos oreilles afin que vous entendiez.

Chacune des nations parla, selon l'ordre prescrit par l'usage. Quand vint le tour d'Ojistalalé, il tira sur sa pipe et dit :

– Voici la loi, telle que l'a dictée le prophète Dekanawida, telle que l'a rapportée le grand homme Hayawatha : déracinons le pin le plus haut et, dans le trou ainsi formé, jetons toutes les armes. Dans les profondeurs de la terre, enterrons-les à jamais loin des regards et replantons l'arbre par-dessus.

Se tournant vers les ambassadeurs du Congrès, il ajouta d'une voix ferme :

– Mais Dekanawida a dit aussi : la terre appartient à ceux qui l'habitent par droit inné et immémorial, et personne ne peut la leur ravir. Le Grand Orenda nous a tous créés du même sang et de la même argile mais, puisque les peuples parlent des langues différentes, il leur a assigné des territoires divers. Nous sommes prêts à ensevelir la hache, à couvrir de terre les os de nos frères morts au combat, afin qu'ils ne puissent se lever pour nous appeler à reprendre les armes. Mais que les Blancs ne s'avisent jamais d'envahir le pays des Vrais Hommes !

Les ambassadeurs jurèrent qu'ils n'avaient jamais nourri une pareille intention. J'observai Ionontes à la dérobée. Je lus beaucoup de tristesse dans son regard : regrettait-il de voir son rêve de métissage s'éloigner, ou doutait-il de la sincérité des Blancs ?

Les palabres se prolongèrent longtemps après la tombée de la nuit et s'achevèrent, comme il se doit, par une grande beuverie. Les membres du Congrès tinrent à matérialiser l'accord par un traité, où chaque tribu vint poser sa marque, bien que les Indiens jugeassent inutile de consigner par écrit ce dont tout l'auditoire pouvait témoigner.

Dès le lendemain commencèrent les préparatifs du départ.

Ojistalalé me fit appeler.

– Mon fils, dit-il, nous devons aujourd'hui nous dire adieu.

Ces paroles me rappelèrent celles d'Otsitok, sur la colline, et mon cœur se serra. Mais ce n'était pas sa mort qu'il évoquait.

– Pour Karouta, tu es un vrai fils. Et pour moi. Et tous ceux de ton clan te chérissent. Mais tu ne connaîtras jamais le bonheur parmi nous. Kanonwiionstha me l'a confirmé. Elle aurait bien voulu t'épouser à son tour, mais depuis la mort d'Otsitok un serpent te ronge le cœur. Son venin t'empoisonnera si tu ne t'éloignes pas. Il faut que tu repartes avec le Kayewla.

– Que dira Karouta ?

Que m'arrivait-il ? Ojistalalé me rendait ma liberté et, au lieu de sauter de joie, j'argumentais !

– Elle sera pleine de chagrin, comme toute mère qui perd son enfant. Mais elle ne sera pas surprise.

Ne t'inquiète pas pour elle. Nous mènerons une expédition ; un autre prisonnier te remplacera. Je le lui ai promis. Maintenant, va ! Le Manteau Rouge a parlé au Kalewya. Celui-ci est un homme généreux : il ne te refusera pas sa protection.

Ainsi, tous s'étaient ligués en secret pour assurer ce qu'ils croyaient le mieux pour moi !

La gorge nouée, je tendis à Ojistalalé le collier où pendaient les griffes du Grand-Père.

– Un jour, un Blanc viendra peut-être au pays onéïda. Il aura un visage de fausse face et il cherchera un ours. Tu lui montreras la griffe blanche et tu lui diras : « Carcajou l'a tué. »

Il ne me posa pas de question. Il prit le collier et le passa à son cou.

J'allai trouver Ionontes.

– Grand-père, je n'oublierai pas ce que tu m'as appris.

– Je te regretterai, dit-il. Mais je connais ton cœur. Si tu étais né dans ces forêts, tu entendrais la voix d'Otsitok dans les feuillages et tu ne serais plus triste. Hélas, tes oreilles de Blanc sont sourdes. Si tu restais, tu deviendrais tout sec à l'intérieur de toi. J'ai déjà vu des Blancs finir ainsi. Retourne chez les tiens. Explique-leur ce que sont les Onkwe-onwe. Apprends-leur le vrai langage. Dis-leur que la terre est notre mère, qu'elle ne peut pas plus appartenir à un homme que l'air qu'il respire ou que l'eau du ruisseau. Celui qui cultive un champ jouit de sa récolte. Cela est juste. Mais celui qui pose une clôture et dit : cette terre m'appartient et nul autre n'a le droit de manger son fruit, celui-là prétend enchaîner sa mère et affamer son frère.

Il songeait aux profondes forêts, aux lacs et aux collines de l'Iroquoisie ; et moi au domaine des Kervadec.

Je lui confiai un cadeau pour Kanonwiionstha.

– Tu lui diras qu'elle fera une bonne épouse et que le guerrier qu'elle choisira connaîtra une vie heureuse.

Ionontes gloussa.

– Maintenant que tu pars, je crois bien que Kahnawa tentera sa chance.

– Quand tu rentreras au village, dis-lui que je n'oublierai jamais mon frère, ni les leçons qu'il m'a données. Dis-lui que je sais qu'il est un grand guerrier et un grand chasseur et que sa gloire ne cessera de croître. Adieu, grand-père. Toi non plus, je ne t'oublierai pas.

Coupant court à l'attendrissement que je sentais monter en moi, je me rendis auprès de Barbé de Marbois. Il attendait ma visite.

– Les Iroquois me laissent retourner chez moi, annonçai-je. Mais je n'ai aucun goût pour le bagne, encore moins pour la potence. Puisque vous connaissez mon histoire, je remets mon sort entre vos mains.

– Votre jeunesse ne vous avait pas préparé à une telle aventure, dit-il. Au lieu de vous lancer dans une quête sans espoir, vous auriez été mieux inspiré de demander secours à l'administration du roi. Regagnez la France, en compagnie du marquis de La Fayette. De retour à Philadelphie, je saisirai nos consulats. Si votre frère se trouve encore sur le territoire américain, nous le saurons bientôt.

– Et s'il est au Canada ? Je doute que les Anglais...

– Croyez-vous, m'interrompit-il avec un sourire entendu, que nous avons mené une guerre sans agents de renseignement ?

Chapitre 16

Le retour

Le cours de la rivière Mohawk descendait vers Albany, première étape de la tournée triomphale organisée par les Américains en l'honneur du marquis de La Fayette, et que sa mission chez les Iroquois avait différée. Nous allions employer ce moyen commode, au grand soulagement de Mr Madison, que l'état des routes de son pays remplissait de honte, même si, avec beaucoup de mauvaise foi, il en rendait responsables les Anglais et la guerre.

Nous prîmes place dans de vastes canots de chasseurs de fourrures. Il faisait frais, mais le ciel dégagé promettait une navigation agréable. Le courant nous entraînait. Nos pagaies servaient surtout à nous maintenir dans le milieu de l'eau. Une seule fois, nous dûmes regagner la rive pour franchir des rapides. Un village les bordait : nous trouvâmes sans peine à louer des chariots pour transporter les bagages et assurer le portage des bateaux.

À mesure que nous avancions vers le sud, les terres cultivées devenaient plus nombreuses. Cependant, la plupart des fermes présentaient des façades brûlées, des toits effondrés. Beaucoup, abandonnées, attestaient la violence des expéditions iroquoises, même loin de leur territoire. Les colons qui s'accrochaient à leur terre avaient bâti à la hâte des abris de fortune. Dans ma tête résonnaient encore le bruit des tambours appelant les jeunes guerriers au combat. Je glissai un regard vers Kayenlaha. Cet adolescent s'était attaché aux pas de La Fayette dès que celui-ci avait franchi l'enceinte du village. Il l'avait suivi à fort Schuyler. Flatté, peut-être, par l'admiration que lui vouait le jeune Indien, le marquis l'emportait dans ses bagages, au même titre que les objets hétéroclites offerts par les Iroquois. Kayenlaha restait impassible devant le spectacle des dévastations. Trop jeune encore pour avoir pris part à la guerre, il n'avait qu'une passion : le galah. Il emportait sa crosse, s'imaginant sans doute pouvoir affronter les Blancs à ce jeu au-delà du Grand Lac Salé.

Le premier soir, nous dressâmes notre campement sur une plage de graviers. Bien que la paix fût signée, l'impression fâcheuse qu'avaient produite sur nous les vestiges des combats nous incita à établir un tour de garde.

Le P. Kirkland avait insisté pour nous donner des provisions. Toutefois, comme celles-ci consistaient en pemmican, mes compagnons préférèrent de beaucoup les poissons que Kayenlaha et moi avions attrapés et cuits dans une gangue d'argile, ainsi que Tigamanik m'avait appris à le faire.

– Venez par ici, Monsieur de Kervadec, me dit soudain Barbé de Marbois.

M'ayant attiré à l'écart, le diplomate me tendit un paquet. Je le saisis, intrigué. Puis je compris en sentant sous mes doigts une étoffe souple. Je le remerciai, ému à l'idée de retrouver un aspect de Blanc. À vrai dire, il eût mieux valu attendre la fin du voyage avant de revêtir ces habits mieux faits pour la ville que pour la rude condition des voyageurs. Mais je ne résistai pas au plaisir de les porter.

Le costume de Barbé de Marbois m'allait parfaitement.

– Ma foi, me taquina-t-il, je ne croyais pas trop à votre histoire de gentilhomme breton. Mais, avec un habit, je reconnais que vous avez bonne allure. Il ne vous manque qu'une perruque.

Je rougis, en songeant à la coupe si particulière de mes cheveux. De mes vêtements onéïdas, je formai un tas au pied d'un arbre. Je ne gardai que le sac dans lequel je conservais les amulettes offertes par Otsitok et le tomahawk de Kahnawa. Je récupérai également mon livre. Barbé de Marbois arrêta mon geste, prit le volume, l'ouvrit.

– Les *Lettres philosophiques* ! Mazette ! Vous étiez-vous mis dans la tête d'apporter les Lumières chez les sauvages ?

Sa réflexion, prononcée sur un ton badin, ne comportait pas de malice. Mais, au moment de me dépouiller de tout ce qui m'attachait encore aux Onéïdas, je ne supportai pas de les entendre ainsi traiter.

– Les Onkwe-onwe n'ont point attendu nos philosophes pour en pratiquer les idées. Quand le sage Dekanawida dicta la Grande Loi, il dit : « Les rites et les fêtes de chaque nation ne seront pas troublées et continueront comme auparavant, car ils ont été instaurés jadis pour le bien-être des gens. » N'est-ce point instaurer la tolérance que réclame Voltaire et qui nous fait encore défaut ?

Le diplomate redevint grave.

– J'ai entendu évoquer la Grande Loi par Mr Jefferson, un homme de bien à qui le Congrès a confié le soin de rédiger la déclaration d'Indépendance. Il se montrait très intéressé par la manière dont les tribus iroquoises ont réalisé leur union, tout en restant indépendantes les unes des autres. J'en parlais l'autre jour avec Mr Madison, qui travaille également à la charte qui doit unir les treize colonies. Je ne serais pas surpris si la Constitution de la République américaine s'inspirait de ce principe.

Nous passâmes une bonne partie de la nuit à parler de la Grande Loi.

– Ils sont si respectueux d'autrui et portent à un si haut degré la moralité, qu'il suffit à un Iroquois de planter un bâton incliné devant sa cabane, pour indiquer que nul ne la garde et en interdire du même coup l'entrée au passant !

J'omis, il est vrai, de préciser que, malgré l'union proclamée entre les tribus, il leur arrivait souvent de se mener des guerres cruelles. Je tus également les meurtres commis sous l'empire de la boisson. Je restai muet, enfin, sur le sort des prisonniers qui n'avaient pas eu ma chance, comme sur le suicide des vieillards qui ne voulaient pas devenir une charge pour leur clan quand ils n'avaient plus assez de vigueur pour la chasse.

Le deuxième jour, nous atteignîmes l'endroit où la rivière Mohawk se sépare en trois bras avant de se jeter dans l'Hudson. Nous n'étions plus guère éloignés d'Albany. Mais les voyageurs s'attardèrent pour admirer les Cohoes Falls.

Il paraît qu'il existe, dans la région des Grands Lacs, une cataracte encore plus impressionnante que celle-ci. J'ai peine à l'imaginer. Sur toute la largeur de l'un des bras de la Mohawk, entre deux falaises noires luisantes d'humidité, l'eau se précipite d'une hauteur dépassant soixante pieds, dans un fracas assourdissant. Il faudrait la plume de Dante pour décrire le bouillonnement et les tourbillons qui se forment au pied de la chute. Une brume épaisse s'en élève. Le soleil y dessine des arcs-en-ciel du plus gracieux effet.

Bien que trempés par les écharpes de brume que le vent poussait dans notre direction, nous restâmes longuement à contempler ce spectacle effrayant. Aussi n'est-ce que fort tard que nous abordâmes à Albany.

La ville forme un demi-cercle autour du débarcadère. Des habits de tissu, des maisons de pierre :

j'avais regagné le monde des Blancs. Et soudain, en voyant toutes ces constructions et ces rues animées, malgré l'heure avancée, par une agitation qui me sembla peu raisonnable, j'éprouvai de la crainte pour mes amis onéïdas. Les Blancs sont rongés par une frénésie de posséder. Ionontes l'avait bien compris : innombrables seraient ceux qui ressentiraient l'attrait d'un pays neuf. Seul, désormais, le traité qu'elles venaient de signer pouvait protéger les Six Nations d'une invasion. Mais le papier est plus fragile que les perles des wampums.

J'ignore comment Barbé de Marbois avait présenté mon aventure au marquis. Ses talents de diplomate permirent en tout cas de faire oublier ma désertion au profit de mon aventure chez les Onéïdas. La Fayette s'enticha de moi. Il m'emmena à toutes les réceptions organisées en son honneur, à Albany d'abord, puis à Boston, Salem, Portsmouth, Rhode Island, Newport, Boston de nouveau, et Richmond, où son ami, le général Washington l'accueillit à bras ouverts. Dans toutes ces villes, les dames ne manquèrent pas de frémir au récit de mon existence chez les sauvages. Quelques demoiselles se montrèrent tout particulièrement attentives. Malgré moi, je ne pouvais m'empêcher de les comparer à Otsitok. Je trouvais leur blondeur fade, leurs mines artificielles et leurs gestes inutilement apprêtés. L'évocation de mon mariage provoquait des gloussements où se mêlaient réprobation et curiosité malsaine. Je me lassai vite de ce rôle de bête curieuse.

À la fin d'octobre, Barbé de Marbois nous quitta : nommé ambassadeur du roi de France auprès de la jeune République américaine, il devait rejoindre Philadelphie. Ce départ me chagrina. Je m'étais pris d'affection pour ce diplomate curieux des autres et si peu enclin aux préjugés. Il me rendait, je crois, cette estime. En tout cas, il insista pour m'offrir une bourse assez bien garnie.

– Prenez, prenez, vous en aurez plus besoin en arrivant en France que moi à Philadelphie !

Je n'acceptai que sur la promesse qu'il en recevrait le remboursement sitôt que je serais rentré en possession de mon bien. Car je ne doutai pas d'y parvenir, grâce à son aide.

– Si vous y tenez, conclut cet excellent homme. Cela me donnera au moins le plaisir de recevoir de vos nouvelles.

Le départ de Barbé de Marbois me rendit plus insupportables encore les mondanités auxquelles je me trouvais exposé. D'Annapolis, nous gagnâmes Baltimore et Philadelphie, où, à mon grand soulagement, nous ne nous attardâmes guère. Enfin, début décembre, après que La Fayette eut pris congé du Congrès réuni à Trenton, je mis le pied sur l'embarcation qui, par une descente agréable de la rivière d'Hudson, nous mena jusqu'au port de New York.

Une fois de plus, je fus frappé par la démesure qui semble être la marque de ce continent. Dans le port, plus de cinq cents navires de toutes tailles se disputaient l'accès aux quais, lesquels grouillaient d'une foule en perpétuelle effervescence. Bien que pavées, les rues, rectilignes à la mode du pays, se couvraient de boue. La ville n'était en effet qu'un vaste chantier. On construisait partout des maisons de pierre pour remplacer les masures hâtivement dressées avec les matériaux les plus divers par les nouveaux venus. Mais les cabanes qu'on abattait le jour repoussaient la nuit ; car chaque matin apportait son lot d'immigrants. Dans cette moderne Babylone, on parlait toutes les langues, et pas seulement dans le port. Plus qu'à Philadelphie, plus qu'à Boston, je ressentis la terrible faim de s'enrichir qui agitait tous ces gens. Elle ne se dissimulait plus derrière la volonté de construire une société idéale, où chacun pourrait s'épanouir. Ici, on sentait tous ces pauvres hères poussés à l'exil par la misère prêts à s'entre-dévorer pour quelques piécettes. Dans les réceptions même, l'argent tenait dans les conversations une place que je jugeais indécente. À présent que les Anglais leur abandonnaient le territoire, les Américains ne songeaient plus qu'à en tirer profit. Un appétit si manifeste renforçait la crainte que j'éprouvais pour mes amis iroquois.

La *Nymphe* prit le large par un froid matin de décembre. La frégate résonnait de bruits qui m'avaient été familiers : le grincement des poulies, le craquement des membrures, le fracas des vagues brisées par l'étrave. Je ne pensais pas que je les retrouverais avec un tel plaisir.

Pourtant cette joie se teintait d'un peu de mélancolie. Tourné vers la côte qui s'éloignait, je croyais distinguer dans le lointain les tambours des Onéïdas.

Qui entend les tambours entend son cœur, entend sa guerre.

Je ne rapportais pas d'Amérique l'instrument de ma vengeance. Certes, je me raccrochai encore à l'espoir ténu que les espions de Barbé de Marbois retrouveraient mon frère. Mais, au fond, cela ne me paraissait pas aussi important que je l'avais cru naguère. Papegai et Kahnawa m'avaient appris que l'arme compte moins que le bras qui la manie. Et l'homme qui retraversait l'Atlantique n'avait plus grand-chose à voir avec le gamin naïf que j'étais à l'aller. Mes ennemis n'avaient qu'à bien se tenir !

Arégonen... a torreben !

GLOSSAIRE DES TERMES DE MARINE

Accastillage : Ensemble des équipements mobiles utilisés sur le pont d'un navire : poulies, manilles, etc.

Amarre : Câble ou cordage servant à fixer un navire à quai.

Amarrer : Attacher au moyen de cordages.

Amure : Cordage qui fixe le point inférieur d'une voile du côté d'où vient le vent. On a les amures tribord quand le vent souffle de droite, et bâbord quand il souffle de gauche.

Aussière : Cordage souple servant à amarrer ou à remorquer un navire.

Aviron : Rame permettant de manœuvrer une embarcation légère.

Bâbord : Côté gauche du navire, en regardant vers l'avant.

Bastingage : Coffres disposés autour du pont supérieur d'un vaisseau ; ils sont surmontés de filets, dans lesquels, en cas de combat, on disposait les hamacs roulés pour amortir l'impact des projectiles ennemis.

Batterie : Ensemble des canons qui se trouvent sur un même pont.

Beaussir : Se dit du temps quand il s'améliore.

Bordé : Revêtement de planches épaisses qui assure au navire son étanchéité.

Bordée : 1. Partie de l'équipage qui assure le service du bord pendant que l'autre se repose.

2. Ensemble des canons rangés sur le même côté d'un navire ; par extension, décharge simultanée de ces canons.

3. Route parcourue entre deux virements de bord par un navire qui remonte le vent.

Boulet : Projectile d'artillerie dont le poids varie de une à trente-deux livres, utilisé pour créer des brèches dans les coques ennemies ou, s'ils ont été préalablement chauffés au rouge, allumer des incendies. Les boulets ramés, formés d'un boulet coupé en deux, dont chaque moitié est soudée à l'extrémité d'une barre de fer ont pour fonction de couper les cordages et de déchirer les voiles.

Bouline : Cordage en patte d'oie servant à tenir une voile de biais pour lui faire prendre le vent de côté.

Boutefeu : Bâton portant une mèche allumée pour mettre le feu à la poudre des canons.

Branle-bas de combat : Les hamacs sont aussi appelés branles. Commander le « branle-bas de combat » signifie : dégager les entreponts de tout ce qui les encombre, notamment les hamacs, et porter ceux-ci sur le pourtour du pont supérieur afin que, roulés dans des filets, ils servent de protection contre les balles ennemies pendant le combat.

Cacatois : Voile carrée, la plus haute sur le mât.

Cambuse : Local, placé à l'avant du navire, où sont entreposés et distribués les vivres.

Cale : Fond de navire où l'on range la cargaison.

Calfat : Ouvrier chargé d'assurer l'étanchéité de la coque et du pont à l'aide d'étoupe (résidu de cordages) recouverte de brai (poix mélangée à de l'huile de poisson), puis d'une couche de goudron.

Calier : Matelot préposé au service de la cale : surveillance et entretien de la cargaison, rangement des cordages, distribution des munitions...

Canot, canote : Petite embarcation mue par des avirons, mais pouvant être équipée d'une voile.

Carène : Partie immergée de la coque, généralement en chêne. À la fin du XVIIIe siècle, les Anglais commencèrent à la doubler de plaques de cuivre pour empêcher les coquillages d'y adhérer, ce qui rendit leurs vaisseaux plus rapides.

Chaloupe : Embarcation de transport, utilisée également à la manœuvre des ancres ou au remorquage du vaisseau. Sur un vaisseau, elle mesure 14 mètres. Mue par huit à quatorze paires d'avirons, elle peut avoir un ou deux mâts.

Château : Partie arrière du vaisseau, où logent les officiers.

Compas : Instrument de navigation indiquant l'orientation du navire par rapport au nord magnétique grâce à un disque gradué tournant sur son axe.

Coque : Ensemble formé par la membrure et le revêtement du navire.

Corne : Vergue hissée en arrière d'un mât, supportant une voile trapézoïdale.

Cotre : Petit navire à un mât.

Couple : Élément de la charpente de la coque, perpendiculaire à l'axe du navire, sur lequel est fixé le revêtement externe (le bordé).

Coursive : 1. Passage restant libre sur le pont, dans le sens de la longueur du navire.

2. Corridor entre les cabines ou les aménagements intérieurs.

Debout : Pour un navire, avoir le vent debout, c'est naviguer contre le sens du vent.

Déferler : Déployer les voiles.

Déhaler : Déplacer un navire au moyen de ses amarres.

Drisse : Cordage qui sert à hisser une voile, un pavillon...

Dunette : Partie surélevée et fermée d'un navire, située à l'arrière.

Écoutille : Ouverture rectangulaire dans le pont qui permet d'accéder aux entreponts et aux cales.

Écrivain : Officier qui tient les écritures du bord. Il enregistre les différentes consommations (eau, vin, nourriture...), assure la comptabilité, note sur un registre (appelé rôle d'équipage) tout ce qui concerne la vie des marins : embarquements, maladies, décès, blessures au combat, désertions, débarquements...

Enfléchures : Échelons de cordage fixés sur les haubans pour permettre de monter dans la mâture.

Entrepont : Tout espace compris entre deux ponts, particulièrement celui situé sous le pont principal.

Épissure : Tressage des brins de deux cordages de façon à ce qu'ils n'en forment plus qu'un.

Escadre : Formation regroupant plusieurs vaisseaux placés sous le commandement d'un même officier, le chef d'escadre. Une flotte de guerre est composée de trois escadres : l'escadre contre-amirale, ou bleue, en avant-garde ; l'escadre amirale, ou rouge, au centre ; l'escadre vice-amirale, ou blanche, en arrière-garde.

Espar : Longue pièce de bois utilisée comme élément de mât ou comme vergue.

Ferler : Replier une voile pour la serrer autour de sa vergue à l'aide de petits cordages, les rabans.

Filin : Nom générique de tous les cordages, quelle qu'en soit l'épaisseur.

Fraîchir : Se dit du vent quand il augmente en force.

Frégate : Navire à trois mâts carrés et à deux ponts. Plus petit et plus rapide qu'un vaisseau de ligne, il assure des missions d'éclaireur ou de liaison entre les flottes.

Gabier : Matelot chargé de la surveillance, de l'entretien et de la manœuvre des voiles supérieures. Il commande aux autres matelots.

Gaillard : Partie extrême du pont supérieur à l'avant et à l'arrière du navire.

Gargousse : Petit sac contenant la poudre destinée à la charge d'un canon.

Gîte : Inclinaison latérale d'un navire par rapport à la verticale.

Gouvernail : Partie mobile à l'arrière du navire servant à le diriger.

Gréement : Cordages et accessoires nécessaires à la manœuvre des voiles. Le gréement courant permet de mouvoir les voiles. Le gréement dormant, fixe, maintient la mâture.

Gréer : Équiper un voilier de son mât, de ses voiles, de tous ses filins et cordages qui permettent la manœuvre.

Haler : Tirer au moyen d'un cordage.

Haler dedans : Rentrer, en parlant des canons.

Hamac : Rectangle de toile de 6 pieds de long et de 3 pieds de large (1,80 m sur 0,90 m) suspendu par ses extrémités, dans lequel on s'allonge pour dormir.

Hauban : Cordage servant à maintenir un mât par le travers ou par l'arrière.

Hune : Plate-forme rectangulaire, arrondie sur l'avant, placée à la jonction de deux mâts superposés, où sont accrochés les haubans des mâts supérieurs.

Ligne (ligne de file): Formation de combat consistant à ranger les vaisseaux les uns derrière les autres, de façon à présenter la plus grande puissance de feu à l'ennemi.

Lumière : Orifice sur le sommet du canon qui permet d'enflammer la poudre.

Maître-câble : Cordage supportant l'ancre principale. Sur un vaisseau, il pèse six tonnes et le maintient autant que l'ancre elle-même, qui en pèse trois.

Maître d'armes : Officier chargé du maintien de l'ordre à bord.

Marchepied : Cordage placé sous la vergue, sur lequel s'appuient les matelots pour plier les voiles.

Mât : Pièces de bois (sapin ou pin) verticales portant les voiles. Ils sont composés de plusieurs tronçons maintenus par des cerclages de fer. Les mâts sont, de l'avant à l'arrière : le beaupré ; le mât de misaine ; le grand mât ; le mât d'artimon.

Matelot : Homme d'équipage. Le mot s'emploie plus spécialement pour désigner deux marins faisant équipe, chacun étant le matelot de l'autre.

Membrure : Pièce de charpente supportant le revêtement externe du navire.

Misaine : Voile du mât de misaine, le plus en avant des bas-mâts.

Muraille : Partie émergée de la coque d'un vaisseau.

Palan : Appareil composé d'une ou de plusieurs poulies permettant de soulever des charges ou de manœuvrer les vergues.

Passavant : Partie centrale du pont, située entre ses deux parties extrêmes.

Pavillon : Pièce d'étoffe indiquant la nationalité d'un navire, la compagnie à laquelle il appartient, ou utilisée pour communiquer d'un bord à l'autre grâce à un code.

Pavois : Ensemble des pavillons d'un navire. On hisse le grand pavois, c'est-à-dire tous les pavillons ensemble, en signe de fête.

Plat-bord : Lames de bois horizontales entourant le pont d'un navire.

Pont : Niveau ou étage sur un navire. Plus spécialement, pont supérieur.

Poupe : Partie arrière du navire.

Près (naviguer de): Naviguer contre le sens du vent.

Proue : Partie avant du navire.

Quart : Période de quatre heures pendant laquelle les hommes sont de service.

Quille : Partie inférieure de la coque, située dans l'axe du navire, sur laquelle est fixée la charpente. Elle est doublée dans sa partie inférieure par une pièce robuste formant une protection, la fausse quille.

Radouber : Réparer, remettre en état un navire, une voile.

Ris : Bande de toile cousue horizontalement sur une voile et dans laquelle sont percés des œillets (œils de pie). Prendre un ris consiste à diminuer la surface de la voile en la repliant sur la longueur séparant deux ris et en la liant au moyen de cordages (les garcettes) sur le ris supérieur.

Rôle d'équipage : Registre contenant la liste du personnel embarqué.

Sabord : Ouverture carrée pratiquée dans la muraille d'un navire pour permettre le tir des canons.

Sainte-barbe : Local de la soute où est entreposée la poudre.

Salle du conseil : Salle contiguë à la cabine du commandant, qui sert de salle d'état-major, de salle à manger, de salon et de salle de réception.

Tonneau de jauge : Unité de capacité d'un navire, valant 2,383 m^3.

Tribord : Côté droit du navire, en regardant vers l'avant.

Vaisseau : Navire de guerre à trois mâts qui possède au moins deux batteries couvertes. Selon leur taille, les vaisseaux sont classés par rangs, les trois premiers rangs étant appelés vaisseaux de ligne :
1er rang : 2 400 à 1 400 tonneaux, 120 à 68 canons.
2e rang : 1 300 à 1 100 tonneaux, 68 à 64 canons.
3e rang : 1 050 à 800 tonneaux, 60 à 48 canons.
4e rang : 800 à 550 tonneaux, 44 à 36 canons.
5e rang : 550 à 300 tonneaux, 34 à 28 canons.

Vergue : Longue pièce de bois placée horizontalement en avant des mâts pour soutenir la voile.

Voile : Surface de toile de lin, carrée, trapézoïdale ou triangulaire, déployée pour transformer la pression du vent en force motrice du navire. Les voiles sont classées selon leur niveau dans la mâture et le mât auquel elles sont fixées ; de bas en haut :
les basses voiles : misaine, grand-voile, artimon ;
les huniers : grand fixe, grand volant, petit fixe, petit volant ;
les perroquets : grand fixe, grand volant, petit fixe, petit volant ;
les cacatois et contre-cacatois : grand, petit.

Yole : Embarcation étroite, mue par trois paires d'avirons, utilisée pour les déplacements du capitaine et des officiers.

INDEX DES PERSONNAGES HISTORIQUES

Dans son récit, Jean Hoel de Kervadec évoque certains personnages dont l'histoire a retenu le nom. Les notices qui suivent apportent des précisions sur la vie de certains d'entre eux.

Barbé de Marbois, François (1745-1837). Diplomate français, né à Metz. Après avoir débuté dans la carrière diplomatique en Allemagne, il devient en 1782 consul général à Philadelphie (États-Unis). En 1784, il épouse une Américaine, Elisabeth Moore. Nommé en 1785 intendant général des îles Sous-le-Vent, aux Antilles, sa probité et la rigueur de sa gestion lui attirent l'hostilité des colons de Saint-Domingue. Mais il doit fuir en 1789. Nommé ambassadeur à Ratisbonne, en Allemagne, puis à Vienne, il revient à Paris quand la guerre éclate entre la France et l'Autriche. En 1793, pendant la Terreur, il se retire prudemment sur ses terres de Buchy. En 1795, il est élu au Conseil des Anciens par le département de la Moselle. Le coup d'État du 18 Fructidor (4 septembre 1797), qui épure l'Assemblée des députés jugés trop royalistes, lui vaut d'être déporté à Cayenne. Il revient en France en 1799, après la prise du pouvoir par Bonaparte. Celui-ci le nomme conseiller d'État, puis ministre du Trésor. C'est à ce titre qu'il négocie avec les États-Unis la cession de la Louisiane par la France à la jeune république américaine. Nommé Premier président de la Cour des Comptes en 1808, il se rallie à la Restauration en 1815 et est nommé Garde des sceaux par Louis XVIII. Il siège jusqu'à sa mort à la chambre des Pairs.

Barras, Jacques-Melchior Saint-Laurent, comte de (1719-1792). Marin français. Entré dans les gardes-marine en 1734, il sert en Méditerranée et aux Antilles, puis, en 1746, il effectue des missions d'escorte au profit de la Compagnie des Indes. En 1756, pendant la guerre de Sept ans, il prend part à la campagne de Minorque, qui oppose les marines françaises et britanniques en Méditerranée. En 1778, il rejoint la flotte d'Estaing chargée de forcer le blocus des côtes américaines par les Anglais, puis reçoit en 1781 le commandement de l'escadre stationnée à Rhode Island, où elle avait débarqué les troupes françaises placées sous le commandement de Rochambeau pour venir en aide aux indépendantistes américains. Au moment du siège de Yorktown, il achemine jusqu'à la Chesapeake des renforts en hommes et en artillerie de siège. En 1782, il participe dans les Antilles aux combats de Saint-Christophe et prend les îles Nieves et Montserrat. Il meurt peu après avoir été promu vice-amiral.

Beaumarchais, Pierre Auguste Caron de (1732-1799). Écrivain français. Ayant commencé sa carrière comme horloger du palais de Versailles, puis comme professeur de musique des filles de Louis XV, il obtient un grand succès en 1775 avec *Le Barbier de Séville*, pièce qui critique les mœurs de la noblesse. Agent secret, il vend des armes aux *Insurgents* américains. Il fonde la société des auteurs dramatiques. En 1784, il fait jouer *Le Mariage de Figaro*, encore plus subversif que sa première pièce. Convaincu de détournements de fonds publics, il est emprisonné en 1792 ; mais, libéré à temps pour échapper à l'exécution des prisonniers par les émeutiers parisiens (Massacres de septembre), il se réfugie en Angleterre, d'où il ne reviendra qu'après la chute de Robespierre, en 1794.

Bougainville, Louis Antoine, comte de (1729-1811). Navigateur français. Après des études de mathématiques, il amorce une carrière militaire. Il devient aide de camp de Montcalm au Canada (1756). Il entre dans la marine en 1763. Sur instruction de Louis XVI, il accomplit le tour du monde à bord de la frégate la *Boudeuse* (décembre 1766 - mars 1769), découvrant au passage les îles Salomon. Son *Voyage autour du monde*, publié en 1771, connaît un vif succès. Chef d'escadre pendant la guerre d'Indépendance américaine, il participe sous les ordres du comte de Grasse à la campagne qui aboutit en 1781 à la victoire de la Chesapeake (5 septembre 1781). Il est cependant battu l'année suivante à la Martinique par l'amiral anglais Hood. Membre de l'Institut en 1796, il est fait sénateur et comte d'empire par Napoléon.

Bouillé, François Claude Amour, marquis de (1739-1800). Cousin de La Fayette, il entre dans la carrière militaire à 14 ans. Gouverneur de la Guadeloupe, puis des îles du Vent, aux Antilles, il se distingue pendant la guerre d'Indépendance américaine par la prise des îles de la Dominique, de Tobago et de Saint-Eustache, en 1778. En 1790, alors qu'il est commandant en chef de la Lorraine, de l'Alsace et de la Franche-Comté, il réprime la révolte de la garnison de Nancy, ce qui le rend très impopulaire. Il organise la fuite de Louis XVI et de la famille royale en juin

1791. Le roi ayant été arrêté à Varennes, Bouillé s'enfuit au Luxembourg. Il combat dans les rangs des émigrés, et se retire à Londres, où il meurt en 1800.

Cornwallis Charles Mann, lord Brome, marquis de (1738-1805). Général anglais. Il prend part à la guerre de Sept ans (1756-1763) qui, opposant notamment la France à l'Angleterre, aboutit pour la première à la perte du Canada et de ses colonies de l'Inde au profit de la seconde. Commandant en chef de l'armée du Sud pendant la guerre d'Indépendance américaine, il commence par remporter quelques victoires, mais, assiégé à Yorktown en 1781, il est contraint à la capitulation. En 1792, nommé gouverneur du Bengale, il défait le souverain du Mysore, Tippou sahib, principal obstacle à la domination anglaise sur l'Inde du Sud. Nommé vice-roi d'Irlande en 1798, il revient en Inde en 1801 en qualité de gouverneur général.

Dekanawida (2e moitié du XVIe siècle). Bien que ce réformateur amérindien soit probablement historique, sa biographie se confond avec sa légende. Selon celle-ci, né Huron, il se réfugie chez les Iroquois à la suite d'un rêve de sa mère, qui prédit qu'il sera la cause de la destruction de son peuple. Doué de la possibilité d'entrer en communication avec l'esprit cosmique, l'Orenda, il énonce les principes de vie des

Iroquois, la Grande Loi. Son disciple, Hayawatha, réalise sur cette base la Ligue des Iroquois.

Grasse, François Joseph Paul, comte de (1722-1788). Marin français. Après avoir commencé sa carrière maritime comme page du Grand Maître de l'ordre de Malte, en lutte contre les pirates barbaresques, il entre au service de la France en 1740. Il combat les pirates au large de la côte grecque et les Anglais dans le golfe de Gascogne. En 1778, il participe contre ceux-ci à la bataille d'Ouessant. Nommé chef d'escadre en 1779, il rejoint la flotte de l'amiral d'Estaing engagée contre les Anglais aux Antilles et se distingue notamment par la prise de l'île de la Grenade. En 1781, en réponse aux appels pressants de Washington, il est de nouveau envoyé aux Antilles, à la tête d'un corps expéditionnaire de 3 000 hommes. Sa victoire sur les amiraux britanniques Graves et Hood devant la baie de la Chesapeake, en septembre 1781, entraîne la reddition du camp retranché de Yorktown, tournant décisif de la guerre d'Indépendance américaine. En février 1782, il s'empare de l'île de Saint-Christophe. Mais le 12 avril 1782, alors qu'il se rend à Saint-Domingue, il est battu au large des Saintes par l'amiral Rodney. Fait prisonnier, envoyé à Londrcs, il cst libéré par les Anglais avant même la fin des négociations de paix en raison du respect qu'il leur inspire. À son retour en France, en revanche, il doit se justifier devant le tribunal maritime de sa défaite aux Saintes. Blessé par cet affront, il quitte la marine et se retire sur ses terres, où il meurt le 14 janvier 1788.

Hayawatha (2e moitié du XVIe siècle). Chef iroquois de la tribu des Onondaga. Disciple de Dekanawida, il met en pratique les principes de ce dernier en réalisant l'union des cinq tribus iroquoises, ce qui leur assure la primauté sur le nord-est de l'Amérique.

Jefferson, Thomas (1743-1826). Homme politique américain. Député de Virginie au Congrès continental, qui regroupe les représentants des colonies américaines insurgées contre la Grande-Bretagne, il est chargé de rédiger la déclaration d'Indépendance américaine (1776). Ambassadeur des États-Unis en France de 1785 à 1789, il devient secrétaire d'État de 1790 à 1793. Créateur, avec Madison, du parti républicain, ancêtre de l'actuel parti démocrate, il est élu président des États-Unis en 1800 et réélu en 1804. En 1803, il rachète la Louisiane à la France. Partisan d'une politique de neutralité dans les affaires européennes, il refuse à Napoléon l'aide des Étas-Unis dans le conflit qui oppose la France à la coalition européenne.

La Fayette, Marie Joseph Paul Yves Roch Gilbert Motier, marquis de (1757-1834). Militaire et homme politique français. Après une courte carrière chez les mousquetaires noirs (1771-1776), La Fayette s'engage en 1777 aux côté des *Insurgents* américains, contre l'avis de Louis XVI, d'abord hostile à cette cause. Revenu en France en 1778, il décide le roi à envoyer un corps expéditionnaire en Amérique en montrant combien la perte des treize colonies américaines affaiblirait l'Angleterre. Très lié avec Washington, il est présent lors de la chute de Yorktown, prélude à l'indépendance des colonies américaines. De retour en France en 1785, il s'engage dans la vie politique. Nommé député de la noblesse aux États généraux, il s'y montre favorable au tiers-état, ce qui lui vaut d'être élu vice-président de l'Assemblée nationale le 13 juillet 1789. Après la prise de la Bastille, il est nommé à la tête de la Garde nationale. Malgré son immense popularité, il ne peut empêcher la marche des Parisiens sur Versailles le 5 octobre, mais il l'accompagne et évite tout débordement. Se positionnant comme le conseiller du roi, il est l'un des fondateurs du club des Feuillants, qui préconise une monarchie constitutionnelle. Organisateur de la première fête de la Fédération, le 14 juillet 1790, il s'y fait acclamer.

Son ambition inquiète : une partie de la presse l'accuse de vouloir imposer sa dictature. Quand la fuite du roi à l'étranger est arrêtée à Varennes, c'est lui qui ramène la famille royale à Paris mais il s'oppose à la destitution de Louis XVI, ce qui entame sa popularité. Celle-ci décroît encore quand la garde nationale ouvre le feu sur des manifestants réunis le 17 juillet 1791 sur le Champ de Mars. Démis de son commandement de la Garde nationale, il est envoyé sur la frontière orientale. Inquiet du progrès des idées républicaines, il tente en vain de reprendre un rôle actif après l'émeute parisienne du 20 juin 1792. Menacé d'arrestation à la chute de la royauté, le 10 août 1792, il se rend aux Autrichiens, qui l'emprisonnent. Il est libéré après le coup d'État bonapartiste du 18 Brumaire, mais sera toujours tenu à l'écart par Napoléon. De retour à la politique pendant la Restauration, il contribue à la chute de Louis XVIII en 1830. Député de la majorité louis-philipparde, il finit dans l'opposition.

Madison, James (1751-1836). Homme politique américain. Représentant de la Virginie au Congrès continental, formé par les colonies insurgées contre l'Angleterre, il défend la thèse d'un gouvernement fédéral fort et est chargé de rédiger la Constitution du nouvel État. Il fonde avec Jefferson le parti républicain (origine de l'actuel parti démocrate). Secrétaire d'État de Jefferson de 1801 à 1809, il est élu président des États-Unis en 1809, fonction qu'il exerce jusqu'en 1817. Sa présidence est marquée par la guerre anglo-américaine de 1812-1814.

Makandal, François (?-1758). Esclave de Saint-Domingue, peut-être originaire de Nouvelle-Guinée. En 1748, il prend la tête d'un parti d'esclaves révoltés. Disposant d'un réseau d'espionnage efficace, il mène pendant dix ans des attaques meurtrières contre les colons, ne cessant de renforcer ses rangs. Capturé le 18 janvier 1758, accusé d'avoir voulu faire empoisonner tous les Blancs de l'île, il est brûlé deux jours plus tard. Sa légende reste tenace parmi les esclaves.

Orvilliers, Louis Guillouet d' (1708-1792). Marin français. Entré dans la marine à vingt ans, il est chef d'escadre en 1764. Commandant de la flotte envoyée contre les Anglais dans l'Atlantique, il remporte la bataille d'Ouessant en 1778. Chargé du débarquement en Angleterre, en 1781, il échoue en raison du mauvais temps et de l'épidémie qui ravage l'équipage de sa flotte. Il renonce alors au service à la mer et se retire dans une abbaye de Paris. Il émigre au début de la Révolution.

Rochambeau, Jean-Baptiste Donatien de Vimeur, marquis, puis comte de (1725-1807). Militaire français. Ayant fait ses premières armes en 1742, pendant la guerre de succession d'Autriche, il devient l'aide de camp du duc d'Orléans. Il rejoint l'armée américaine le 1er juillet 1780 et participe à la prise de Yorktown. De retour en France, il devient gouverneur militaire de Picardie. Membre de l'assemblée des notables en 1787, il rallie la Révolution. Il reçoit le commandement de l'armée du nord en 1791 et est fait maréchal de France la même année. Battu le 27 mai 1792 à Quiévrain, il remet son commandement au maréchal Luckner. Arrêté comme suspect en 1793, il est libéré après la chute de Robespierre et reçoit de Napoléon, en 1803, une pension de maréchal.

Washington, George (1732-1799). Militaire et homme politique américain. Né dans une famille de riches planteurs de Virginie, il s'établit comme planteur à Mount Vernon en 1757, après avoir participé à la guerre de Sept ans comme colonel dans la milice de Virginie. Pendant la guerre d'Indépendance, il est nommé commandant en chef de l'armée continentale le 15 juin 1775. En 1781, la prise de Yorktown, avec l'aide du corps expéditionnaire français, est décisive : en 1783, l'indépendance des colonies américaines est acquise par le traité de Paris. Washington préside la convention qui rédige la Constitution des États-Unis en 1787 et est élu premier président des États-Unis en 1789, fonction qu'il exerce jusqu'en 1797.

Les amiraux Graves et Hood, le comte d'Hector, le capitaine Castelan, Ionontes, Ojistalalé, Nicolas Jourdain, le P. Samuel Kirkland, le chevalier de Caraman, Tousard, La Luzerne et le général Sullivan sont également des personnages historiques.

TABLE

Première partie :
La terre des insurgés

Deuxième partie :
Les tambours des Onéïdas

Dans la même collection

Gilly, grave amoureuse,
13 ans, presque 14...
de Claire Robertson

Les larmes de l'assassin
d'Anne-Laure Bondoux

Cherry, ses amis,
ses amours,
ses embrouilles
d'Echo Freer

Quand j'aurai 20 ans
de Jacques Delval

Ciel jaune
de Marie-Hélène Delval

Accroche-toi, Sam !
de Margaret Bechard

Mercredi mensonge
de Christian Grenier

Angel Mike
de Regine Beckmann

Planète Janet
de Dyan Sheldon

Fantômes d'Opéra
d'Alain Germain

Comment devenir maître
du monde en vingt-six leçons
et demie
de Dan Gutman

Une princesse
peut en cacher une autre
de Kate Brian

Le rat
de Magali Herbert

Comme un coquelicot
de Marie-Florence Ehret

Les démons de Nègreval
de Pierre Davy

Betsy et l'Empereur
de Staton Rabin

Pépites
d'Anne-Laure Bondoux

Losers' Club
de John Lekich

Cet ouvrage a été mis en pages
par DV Arts Graphiques à Chartres

Impression réalisée sur CAMERON par

BRODARD & TAUPIN

GROUPE CPI

La Flèche

en novembre 2006
pour le compte des Éditions Bayard

Imprimé en France
N° d'impression : 38305